吴尔夫文集

The Waves

海浪

〔英〕弗吉尼亚·吴尔夫 著
吴钧燮 译

人民文学出版社

Virginia Woolf
Waves
根据 Mariner books 1950 年版译出。

图书在版编目(CIP)数据

海浪/(英)吴尔夫(Woolf,V.)著;吴钧燮译.—北京:人民文学出版社,2013

(吴尔夫文集)

ISBN 978-7-02-009842-2

Ⅰ.①海… Ⅱ.①吴…②吴… Ⅲ.①长篇小说—英国—现代 Ⅳ.①I561.45

中国版本图书馆 CIP 数据核字(2013)第 091740 号

责任编辑　马爱农
装帧设计　柳　泉
责任印制　李　博

出版发行　人民文学出版社
社　　址　北京市朝内大街 166 号
邮政编码　100705
网　　址　http://www.rw-cn.com

印　　刷　三河市鑫金马印装有限公司
经　　销　全国新华书店等

字　　数　174 千字
开　　本　787 毫米×1092 毫米　1/32
印　　张　9.875　插页 3
印　　数　6001-10000
版　　次　2003 年 4 月北京第 1 版
印　　次　2014 年 6 月第 2 次印刷

书　　号　978-7-02-009842-2
定　　价　29.00 元

如有印装质量问题,请与本社图书销售中心调换。电话:01065233595

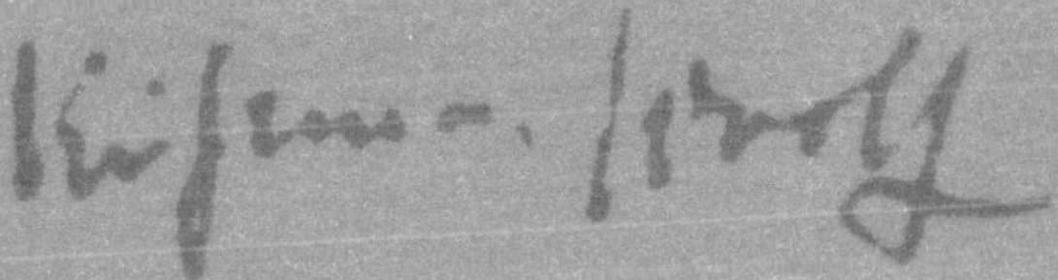

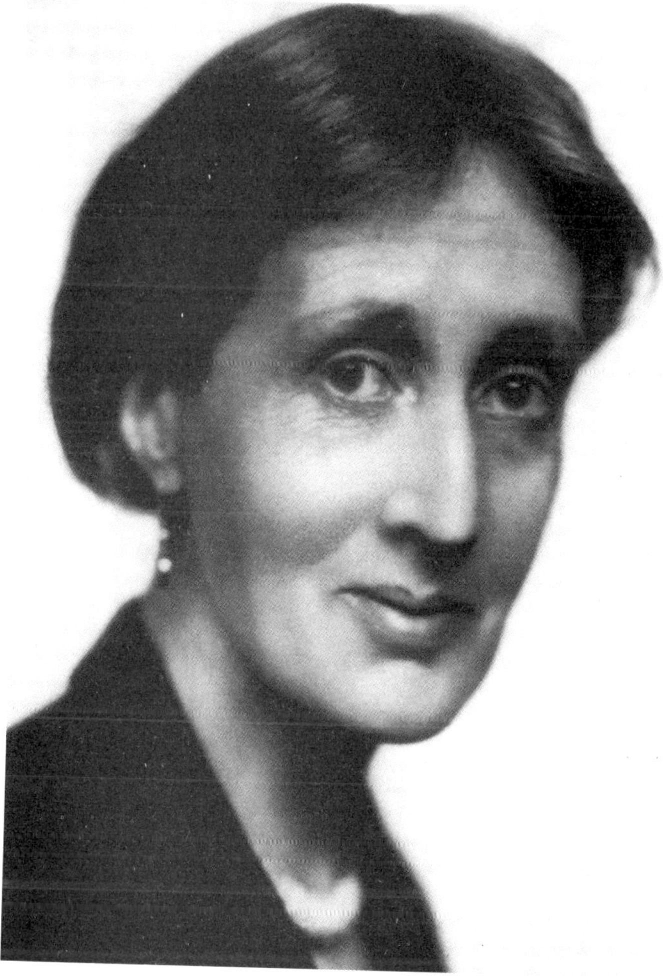

前　　言

《海浪》也许是弗古尼亚·吴尔夫创作的九部小说最不容易读的一本书了。之所以如此,是因为我们遇到若干关乎可能性的问题;在阅读她此前此后的作品时,都不存在。譬如那些标明"某某说"的内容,怎么可能由人物口中道出;六个人物,又怎么可能聚在一起这样说话;此外,这些人物所"说"的部分与有关海浪的描写究竟是何关系,为什么能够相互穿插在一起,构成这么一种文本。这些问题不予解决,阅读障碍无以逾越。——正因为如此,《海浪》遭到站在小说立场的某些论家的批评,甚至斥为"失败之作";当然同时也获得了另外一些论家的赞扬。然而即便对于后者来说,作品中前述可能性之存在,仍然有待于得到确认。

梅·弗里德曼作为不很欣赏《海浪》的一人,在《意识流:文学手法研究》中说:"每个人都似乎在对自己或没有听进去的旁听者讲话,而不是在交谈,……当读者随意打开书而看到'伯纳德说'时,不免为之惊讶,因为下面紧接的话,恰恰是不想说出口的。"只消把《海浪》读上两三页，我们就会表示赞同，即所有这些根本不是人在说话。大概正因为如此，论家称之为一种"内心独白"。可是弗里德曼对此也不认可："独白本身过于独具一格，难以使人相信是内心独白。……思想的连接是严格符合逻辑的，措辞也符合英文的一般句法。"《海浪》不仅无法归并于一般小说，与意识流小说也有明显差异。那么作家所写的到底是些什么呢。

这一问题在此前的《达洛维太太》和《到灯塔去》中其实已经存在，不过不大彰显罢了。我们无法相信克拉丽莎或拉姆齐夫人置身某一情景之中，真的就是那般想法；作家实际上并未直接描写人物的意识活动，而是在此基础之上有所丰富，有所升华，其间又与人物所处环境多所呼应联系。从这个意义上讲，称之为"诗化的心理分析"最为恰当。詹·哈夫雷说："弗吉尼亚·吴尔夫需要的是一个第三人称叙述者，这个叙述者必须来自英国现实主义传统中全知全能的叙述者的声音，但同时又能意味着把观察和叙述当作一种创造而不是当作一种传达来加以戏剧化。"(《弗吉尼亚·吴尔夫作品中的叙述者和再现"生活本身"的艺术》)正因为叙述者身兼人物内心世界的观察者和分析者，观察、分析与叙述糅杂在一起，所叙述的内容也就不妨有别于人物自己所思所感，读者不至于太不习惯。于是有如哈夫雷所说："只有一个叙述者的意识，从一大堆杂乱无章的事实造成的一片混乱之中创造出秩序,从而说明了它自己,而这个叙述者的意识,似乎便是意识本身。"无论是克拉丽莎,还是拉姆齐夫人,最终都是吴尔夫自己。

到了写《海浪》时,情况发生了变化:人物的内心世界仍然被观察,被分析,并被叙述出来,但是原来的"第三人称叙述者",也就是那个观察、分析的人消失了。上述观察、分析仍然是把握人物内心世界的主要方式,不过这一工作改由人物自己承担了。作品中标以"某某说"的,就是所观察、分析,并被叙述出来的内容。人物也许相对趋近于自身立场,但至少观察、分析的方式还是吴尔夫式的,亦如哈夫雷所说:"这个叙述者的声音以消融在它所创造的其他人物的声音中而著称,特别是消融在内心独白之中。"弗里德曼曾批评道:"六个人物若是离开了他们的抒情独白,就失去了生命。"然而问题恰恰在于他们通过这种独白获得了生命。

哈夫雷说:"从外表上看来似乎有两种真实(按指'客观真实'与'主观真实'),但最后呈现为只有一种真实,因为它们是由同一个创造者以同样的方法创造出来的——即从个人的准则和需要中有选择地创造出来的——同样,我认为,在其他场合,弗吉尼亚·吴尔夫的叙述者也都是创造者,而不是真实的或想象中的报道者。"在《达洛维太太》和《到灯塔去》中,人物丰富、升华了的意识活动,正是被创造出来的这样一种新的真实,讲得确切一点,一种新的主观真实。吴尔夫"意识流小说"的真正贡献——尤其是区别于乔依斯、福克纳之处——即在于此。

这种创造出来的主观真实,在上述两本小说中是被置诸客观真实——对克拉丽莎来说,是她的晚会;对拉姆齐夫人来说,是她在海滨别墅的生活——之中,《海浪》却又有所不同。客观真实已经不复存在,另外一种创造出来的真实取代了它。这就是伯纳德、苏珊、罗达、奈维尔、珍尼和路易怎么会在一起"说"的原因。莫洛亚在《吴尔夫评传》中把《海浪》别致地称为"一部清唱剧":"六个独唱者轮流地念出词藻华丽的独白,唱出他们对时间和死亡的观念。"不过舞台并非现实世界中的任何一处,它发生于一个新的空间;在这里他们的交流方式,并不等同于在现实世界中的交流方式。所以这些"某某说",虽然偶尔能被其他人听到,甚至形成对话,更多的时候则近乎自言自语。也只有在这个意义上,我们才能够把它叫做"内心独白"。——这个"独"字至为关键,伯纳德等拥有在现实世界中无法比拟的独立性。他们所"说"的常常是他们之间共同的事;但是当他们在"说"的时候,彼此距离非常遥远。

这可以被看做是超越每个人物的主观真实之上,并为他们所共同拥有的一种主观真实。然而它不仅仅是由六个"声音"——彼此多半听不到的声音——所构成的。

娜·亚·索约洛娃在《弗吉尼亚·吴尔夫：一个色彩趋于黯淡的世界》中说："作者为自己提出了这样一个任务：要把从童年到老年的人的意识进化过程显示出来。意识的每一阶段，都是与自然或宇宙的某一特定状态相应的，而从早晨到黄昏波谲云诡、涛声不绝、变动不已的海上景象，又作为每一个意识进化阶段的前导。"有关海浪的描写具有象征意义，大概无可置疑；然而就像这里所揭示的，如此"相应"，又复"前导"，似乎其间还有一种较之象征更其密切的关系。弗里德曼说："描写部分并不为独白提供必要的外界背景。"显然并非如此；但是如果简单地把"从早晨到黄昏波谲云诡、涛声不绝、变动不已的海上景象"理解为六个"声音"发生的现实意义上的外界背景，肯定也是不对的。

小说开头，有关海浪及海滨花园的一番描写之后，六个人开始了他们的"说"；所说的都是对于客观真实的感受，——后来伯纳德回顾道："园子那边是海。我瞧见了某种发亮的东西……"正与最初他"说"的"我看见一个圆圈，在我头顶上悬着。四周围·圈光晕，不住晃动"相对应。这提示我们，描写部分与内心独白共同起始于客观真实中某一具体时刻，具体环境——这也是除内心独白时而涉及的有关人物经历的内容外，《海浪》惟一与客观真实发生联系之处。此后上述两种成分就分别按照它们各自的时间逻辑向后延续，对于海浪来说，是从早晨到黄昏的一天;对于伯纳德等六个人物来说,是几十年,他们活过了几乎整整一生。在这一过程中,两种时间自身的顺序得到严格遵循,无论海浪的变化,还是人物的意识,都是朝向未来的。只是到了最后一部分,伯纳德"说":"现在来总结一下吧。"人物改为转身面对既往的岁月。如果单看内心独白部分,我们会觉得由这些"某某说"组成的新的真实,只是现实世界之外的一个空间,在时间上仍然属于现实世界。当它们与有关海浪的描写部分相互穿插,形成现在这种文本之后,就完全不同了。海浪是作家所创造的新的真实的有机组成部分,它的确为内心独白提供了"必要的外界背景",但同样是创造意义上的。直截了当地讲,六个人物的几十年,相当于海浪的一天,它们共同构成了一种新的时间关系。人物的内心独白发生于其中,或者说,人物的命运发生于其中。这样吴尔夫所创造的真实,才是一种全新的时空关系,它打通了原来客观真实与主观真实的界限,把它们一并囊括在内。

从这个意义上讲,《海浪》较之《达洛维太太》和《到灯塔去》,的确大大发展了一步。如果说在那两部小说中,客观真实对于作家展现人物内心世界,有可能造成一种羁绊——按照吴尔夫自己的逻辑,的确如此;虽然换种看法,也许会说它们正是相得益彰——的话,现在她终于达到了自己的理想状态。回过头去看她在《本涅特先生与布朗太太》中说的:"我要弄清楚,当我们提起小说中的'人物'时,我们是指什么而言。"在《海浪》中,她已经把这一概念改造得不仅与她的前辈威尔斯、本涅特和高尔斯华绥等的理解完全不同,而且与她自己在《达洛维太太》和《到灯塔去》中所演绎的也相去甚远。《海浪》是吴尔夫的一部义无反顾之作,甚至对她自己来说,也是绝无仅有的。现在可以回答本文开头所提出的问题了:吴尔夫创造了一种不同于任何既有的可能性的可能性。或者如吉·杜南在《弗吉尼亚·吴尔夫:小说的信条》中所说:"吴尔夫的信条就是祛除不可能性。"

在上述框架之下去理解"海浪"所具有的象征意义,恐怕就不止是一种对应关系了。林·戈登在《弗吉尼亚·吴尔夫:一个作家的生命历程》中把这种描写与《到灯塔去》第二部"时过境迁"联系起来,是独具只眼的。海浪,海滨花园,以及花园中的小屋,种种景色变化,显然处于异常细微而又不动声色的观察——某些地方甚至使我们联想到后来罗伯-格里耶式的纯客观描写——之中,那么谁在观察着这一切呢。类似的眼光我们在上述"时过境迁"中见过。戈登说:"《海浪》一开始就像造物者一样,写了一个无人的宇宙,它后来就有了居住者。""时过境迁"具有同样性质,虽然它只是人们离去——包括死亡——和剩余的人归来的一个间隙而已。《到灯塔去》中这一部与前后两部的对比,和《海浪》中有关海浪的描写与"内心独白"的对比不无类似之处。如果说前者意味着人之存在与否的话,后者同样向我们展示了两个极向——这正是吴尔夫所创造的新的真实或新的时空关系的两极。一端属于造物的,自然的;另一端则是人自己。也就是说,在对应关系之上,还有一种相互观照的关系:有关海浪的描写部分,映衬着伯纳德等人的存在;伯纳德等人的内心独白,则有一个天长地久、生生不息的背景。

关于《海浪》中六个人物的相互关系,论家多有论述。小说临近末尾处,伯纳德所"说"的一段话,也许对理解此点有所助益:

"如今我自问:'我到底是什么人?'我一直在谈到伯纳德、奈维尔、珍妮、苏珊、罗达和路易。我等于是他们全体合而为一么?我只是其中的一个而且是突出的么?我不知道。我们一起坐在这儿。不过如今波西弗早已死了,罗达也已死了;我们被彼此分开;我们并不聚集在这儿。可是我并没找到任何能把我们分开的障碍。我和他们是分不开的。当我这会儿在说这些话时,我就觉得'我就是你'。我们看得那么重的所谓彼此的区别,我们那么热心维护的所谓个人人格,如今都抛开了。"

如此说来,"彼此的区别","个人人格",都曾经存在;不过"如今"在伯纳德这儿"合而为一",而这个伯纳德并不同于与奈维尔等并列的伯纳德。这是小说最后一部分与前八个部分之间的一种发展,一种变化;当然同时还伴随着别的发展变化,即如此时汇聚了伯纳德、奈维尔、珍妮、苏珊、罗达和路易——或许还应加上虽未发出"声音",却为所有"声音"所关注的波西弗——的伯纳德所"说":"在我身上也涌起了浪潮。它在逐渐扩大,高高耸起。"这是另外一种"合而为一",发生于"我"与海浪之间;而吴尔夫所创造的真实——首先由六个"声音",继而由有关海浪的描写和内心独白所组成——最终完成于此。在此之前,我们恐怕还不能不承认六个"声音"的相对独立性,有六个生命的确活在其中;虽然体现为内心独白的不同历程,而又为作者事先确定的各自的性格基调所导向而已。

这里伯纳德最终将伯纳德、奈维尔、珍妮、苏珊、罗达、路易以及波西弗"合而为一",说来与《达洛维太太》中克拉丽莎最终将塞普蒂莫斯与她自己"合而为一",以及《到灯塔去》中莉莉·布里斯科和其他活下来的人最终将拉姆齐夫人与他们"合而为一"多少相仿。都体现了吴尔夫本人对于生命的深切感悟。对于作家来说,或许正是全部寄托所在。杜南说:"也许因为小说不可避免地要有 个结尾,要有一个限度,所以作家给某些读者以失败的感觉。小说的成功之处,就在于想把对世界的体验和盘托出,并把这个任务、这种职责赋予写作;成功之处,就在于让写作经受住了这种考验。而失败之处呢,就在于小说的必然性,结束的必然性,作品总得有一个结尾,因为要有一个形式,外在于书的主题的形式。"的确吴尔夫诗化的心理分析——《海浪》中的内心独白仍可归属此类——最具魅力之处,主要还在对于过程灵动而饱满的揭示,而这一过程似乎并无自行终了和归为任何结论的趋势;然而即便结尾的设置限制或简化了这种揭示,对于吴尔夫来说,仍然非这样结尾不可。

止庵

二〇〇二年九月

太阳还没有升起。海天混沌一色,只有海面稍稍有一点涟漪,仿佛有一块布在上面起伏打皱。随着天色逐渐泛白,天边现出一条暗沉沉的线,把海和天分了开来,这时那块灰色的布上就出现了一行行浓重的条纹,在水面下绵延不断,互相追逐,彼此推拥,不断前进。

当它们到达岸边时,每条波纹先高高涌起,然后一一散裂,在沙滩上铺上一层薄薄的白色水花。波浪暂时平伏一会,接着又重新掀起,发出叹息般的声音,就像熟睡者梦中不自觉的呼吸。这时天边那条暗纹渐渐变得明朗,就像一瓶陈酒中的酒渣已经澄清,使酒瓶重新透出绿莹莹的颜色。地平线外,天空也慢慢变得清澈,仿佛那里鱼肚色的沉渣已经澄清,或者仿佛有个伏在地平线下的女郎举起了一盏明灯,使天空中横亘着一条条青黄夹白、色调暗淡的光纹,活像一把扇子上的一条条扇骨。接着她把灯更举高了一些,大气就显得仿佛是由纤维织成似的,它从绿色的水面上抽起一缕缕金黄血红的细丝,好像放烟火时纷纷腾起的烈焰。随后这些烟火的万千丝缕逐

1

渐融汇成炽热的一片,将那原来沉甸甸像灰毛毯似的天幕烘托起来,化成了亿万点淡蓝的光霭。海面渐渐变得透明起来,不断微微起伏,闪闪发光,直到那些暗淡的条纹终于几乎全部消失无踪。那条擎着明灯的手臂慢慢地越举越高,最后那广漠的光焰似乎明显可辨;天边燃起了一圈弧形的光芒,映得它近旁的海面一片金光闪闪。

光照射到园中的树木,逐步把叶子一一映成了透明。一只鸟儿在高处啾然而鸣;静默了一会;接着又是另一只鸟儿在低处啁啾。阳光照出屋壁的棱角,然后像扇尖似的轻轻触在一块白色窗帘上,映出卧室窗前一片树叶细小得像指印般的蓝色阴影。窗帘微微地掀动了一下,但室内仍旧一片昏暗,朦胧难辨。外面,鸟儿一直在啁啾鸣唱着它们那单调的歌儿。

"我看见一个圆圈,"伯纳德说,"在我头顶上悬着。四周围着一圈光晕,不住晃动。"

"我看见一片浅黄色,"苏珊说,"蔓延得老远,最后接着一条紫边。"

"我听见一个声音,"罗达说,"唧唧,唧;一会儿高,一会儿低。"

"我看见一个圆球,"奈维尔说,"在连绵不断的山坡前像一滴水似的挂下来。"

"我看见一个红缨穗,"珍妮说,"上面缠满着金线。"

"我听见什么东西在蹬脚。"路易说,"一头野兽被链子拴住了脚。它在蹬呀,蹬呀,蹬呀。"

"瞧阳台角落上那个蜘蛛网。"伯纳德说,"网上面有一滴滴的水珠和一点点的白光。"

"窗子跟前满堆着扫拢来的树叶,像一些带芒的麦穗。"苏珊说。

"小路上投下一个影子,"路易说,"像一只弯起的胳膊肘。"

"草地上晃动着一块块光斑。"罗达说,"它们是树梢上透下来的。"

"躲在树叶深处的那些鸟儿,眼睛都闪闪放光。"奈维尔说。

"鸟毛上盖着一层粗短的绒毛,"珍妮说,"都被水珠打湿了。"

"一条毛虫蜷成个绿色的圈圈,"苏珊说,"一面有一排排短脚。"

"一只灰壳蜗牛爬过小路,一路压平了它身子底下的小草。"罗达说。

"一个个窗格里射出亮起了的灯光,在草地上闪闪烁烁。"路易说。

"石头冰我的脚。"奈维尔说,"不管圆的尖的,我都觉得出来。"

"我的手背火烫,"珍妮说,"手心却沾满露水,又冷又湿。"

"现在公鸡啼了,就像清溪里突然冒出一股鲜红的激流来似的。"伯纳德说。

"咱们上上下下、前后左右全是鸟儿的鸣叫声。"苏珊说。

"那只野兽在蹬脚;是一头被链子拴着脚的大象;那头又大又笨的畜生在沙滩上蹬脚。"路易说。

"瞧那所屋子,"珍妮说,"所有的窗子全挂着白色的窗帘。"

"洗碗间龙头里正开始流出冷水来,"罗达说,"直冲在盆子里的青花鱼上。"

"墙上满是金黄色的裂缝,"伯纳德说,"窗下有树叶子映出来的一点点细小得像指印般的蓝色阴影。"

"这会儿康斯泰伯太太正套上了她那双厚厚的黑袜子。"苏珊说。

"当炊烟一升起来,睡意就像一缕轻烟似的从房檐上被卷走了。"路易说。

"鸟儿原来正叽叽喳喳叫成一片,"罗达说,"这会儿洗碗间的门打开了,它们全一哄而起,像撒出一把谷子似的纷纷飞走啦。不过还单剩一只,在窗子下面叫个不停。"

"锅底上聚起了一层气泡。"珍妮说,"一会儿它们纷纷冒了上来,越冒越快,像一串银色的珠子似的一直冒到了锅面上。"

"现在比迪正拿一把带锯齿的刀子在刮鱼鳞,刮到一只木盆里。"奈维尔说。

"饭厅的窗户现在变成了暗蓝色,"伯纳德说,"烟囱上冒出一缕缕的轻烟。"

"避雷针上停着一只燕子。"苏珊说,"比迪砰地一声把水桶摞在厨房的石板地上。"

"教堂的钟敲了第一下。"路易说,"接着又继续敲下去;一下,两下;一下,两下;一下,两下。"

"瞧那桌毯,沿着桌边洁白地垂下来。"罗达说,"又摆上了一圈洁白的盘碟,碟子边上都描着银线。"

"忽然一只蜜蜂的嗡嗡声刺进我的耳朵。"奈维尔说,"它就在那儿哩;飞过去了。"

"我身上发热,打战,"珍妮说,"快避开太阳光,躲到阴凉地方去吧。"

"现在他们都走了。"路易说,"只剩下我独自一个。他们进屋子吃早饭去了,剩下我站在墙边的花丛里。天还很早,没到上课时间。花儿朵朵地布满在草丛中间。花瓣五色缤纷。花茎从下面漆黑的土沟里长出来。那些花儿就好像光线幻化出来的鱼儿在绿阴阴的水里游动。我把一株花茎捏在手里面。我就是那株花茎。我的根深深扎进大地深处,穿过夹着砖石的干土,穿过湿土,透过铅和银的矿脉。我全身都是由脆弱的纤维构成的。最小的地震都会震得我发抖,沉重的泥土挤得我喘不过气来。到了这儿,上面,我的眼睛全是绿色的叶子,什么都看不见。在这上面,我是个穿着灰法兰绒衣服的孩子,系着根用一个黄铜蛇头扣起来的皮带。在那儿,下面,我的眼睛就是尼罗河边沙漠上一尊石像上呆睁着的两眼。我看见女人们带着红色的水罐走到尼罗河边去;我看见骆驼一摇一摆走着,男人扎着头巾。我听到四周全是走动、颤抖和忙乱的声音。

"在这上面,伯纳德、奈维尔、珍妮和苏珊(不过不包括罗达)老用他们的捕虫网在花坛上掠着。他们从摆动的花尖上掠蝴蝶。他们把地面上洗掠一空。他们的网子里满是扑动的翅膀。他们叫唤着:'路易!路易!路易!'但是他们看不见我。我藏在灌木树篱外面。只有透过树叶丛中的孔隙才能看得见。唉,上帝,让他们快走开吧。上帝,让他们把那些蝴蝶放在一块小手绢上,摊在沙砾堆上。让他们数着他们的那些乌龟壳,那些花蝴蝶和白蝴蝶吧。只求别发现我。我就像树篱荫下一株水松树那么嫩绿。我的头发全是树叶。我扎根在泥土的深处。我的身子是一株花茎。我捏了一下手里的那株花茎。从它的断口处流出了一滴汁液来,黏糊糊的,慢慢地变得越来越大。这时篱笆孔前闪过一个粉白色的身影。接着一道目光从缝隙里溜了过来。这目光窥见了我。我是个穿着身灰法兰绒衣服的孩子。她找到了我。我的颈项背后被碰了一下。她吻了我。一切全都被打乱了。"

"我一吃完早饭,"珍妮说,"就连忙跑来。我望见篱笆孔里的叶子在动。我还当'那是只正呆在窝里的鸟儿'哩。我分开叶子瞧瞧,可是那里并没什么呆在窝里的鸟儿。叶子还是在动。我吓坏了。我跑过苏珊身边,跑过罗达身边,又跑过正在工具房里说着话的奈维尔和伯纳德。我边跑边喊,越跑越快。到底是什么东西在使叶子晃动?什么东西叫我心里直跳,撒腿就跑?最后我终于向这儿跑来,瞧见你,路易,全身碧绿,就像一株小树,像一根树枝,一动不动呆着,呆呆地睁着一双眼睛。'他死了么?'我心里想,就吻了你一下,心在我的粉红色上衣里一个劲跳动,就像这些树叶子仍旧在动那样,尽管并没有什么东西使得它们晃动。现在我闻到了犄牛儿的香味;我闻到了泥土味儿。我跳着。我滔滔不断地说着。我好像一张光线织成的网罩住了你。我浑身发抖地扑过来倒在你身上。"

"透过树篱的缝隙,"苏珊说,"我瞧见了她在吻他。我从花盆上抬起头来,从树篱上的一个缝隙里望过去,瞧见她正在吻他。我瞧见他们——珍妮和路易,正在接吻。现在我只好把我的苦恼包在我的小手绢里。把它紧紧地卷成一团。上课前,我要独自跑到山毛榉树下去。我不想坐在书桌跟前做算术。我不愿意坐在珍妮和路易的旁边。我要把我的痛苦心情带去,摊开在山毛榉树的树根前。我要小心察看它,用指头掂着它的分量。他们找不见我。我要吃野果,在刺莓丛里找鸟蛋吃,我会变得乱发蓬松,睡在树篱下面,喝沟里的水,死在那儿。"

"苏珊走过去了。"伯纳德说,"她刚走过工具房门口,把手绢紧紧揉成一团。她没有哭,不过她那挺漂亮的眼睛紧眯着,就像猫儿就要跳起来之前的眼睛那样。我要跟着她,奈维尔。我要带着好奇心悄悄跟在她后面,以便在她大发脾气,觉得'我孤单极了'的时候,好马上去劝劝她。

"现在她正悠悠晃晃、漫不经心地穿过野地走去,想瞒过我们。随后她走到了那个低坡上;她以为别人已经瞧不见了;她就双手握在胸前迈步飞跑起来。她两手的指甲在她那团手绢里紧勾在一起。她是在朝那山毛榉树丛下的荫蔽处跑。当她跑到那儿时,就像在游泳似的把两臂一分,钻进了树阴。但因为刚从阳光里来,两眼看不清,她脚下一绊,一下扑倒在树根上,躺在树丛下面,光线就像呼吸似的一隐一现,透射进来。树枝在上下地晃动。这儿正仿佛是充满着苦恼和烦乱。充满着忧郁哀愁。光线时明时暗。仿佛充满着痛苦。树根盘在地上活像个骷髅架,关节的地方堆满了枯败的树叶。苏珊把她的痛苦摊了开来。她的小手绢摊在山毛榉树的树根上,她就蜷缩地坐在她刚才跌倒的地方啜泣着。"

"我看见她吻了他。"苏珊说,"我从树叶中间望过去看见了她。她在像闪烁着钻石光彩的阳光下跳着舞,轻得像一粒飞尘。可我却身材矮胖,伯纳德,我个子矮。我一双眼睛望出去离地很近,老看得见草丛里的虫儿。当我一瞧见珍妮吻着路易,我原来满腔的热情就一下化成了冰冷的石头。我要啃着青草,死在一条满是污水烂叶的小沟里。"

"我瞧见你走过的。"伯纳德说,"你经过工具房门口时,我听得你在哭喊着:'我真不幸呀。'我放下了手里的刀子。我刚才正在跟奈维尔一起用木柴做船。我的头发蓬乱,因为康斯泰伯太太叫我梳梳头时,正巧有只苍蝇落进了蛛网里,我就问她:'我该去把那只苍蝇救出来呢,还是听凭它去被吃掉?'就这样,我老是把事情给耽搁了。我头发没梳,里面还沾着那些木屑。一听见你在哭,我就跟着你走来,接着就见你摊开了那块紧揉成一团,里面满包着怒气、满包着恼恨的手绢。不过这些很快就会过去的。现在我俩的身子紧靠在一起。你听得见我的呼吸。你看那只甲虫也正在想背走一片叶子。它一会儿朝这边爬,一会儿又朝那边爬,所以当你瞧着那只甲虫时,就连你想要占有某一件东西(眼前是想占有路易)的渴望,也正像透过山毛榉叶子时隐时现的光线那样,总会动摇的;而一些正在悄悄打进你内心深处的话,也总会把那个紧包在你手绢里的仇恨的结解开的。"

"我又在爱,又在恨。"苏珊说,"我只渴望要一样东西。我的眼睛是死板板的。珍妮的眼睛光彩焕发。罗达的眼睛像晚上总会召得蛾子飞来的小白花。你的眼睛又大又饱满,而且从来不低垂下来。可是我已经在开始追寻我的目标了。我看得见草丛里的虫儿。尽管我母亲还在替我织白短袜、缝围涎布的边,我还是个孩子,可是我又在爱,又在恨。"

"不过当咱们一块儿坐着,紧靠在一起的时候,"伯纳德说,"咱们俩就通过辞藻,互相融合在一起了。咱们四周净是一片迷雾。咱们是一块空幻不可捉摸的领域。"

"我看见了那甲虫。"苏珊说,"我看见了它是黑色的;我看见了它是绿色的;我只会说简单的字眼。可你却滔滔不绝,越说越远,把一个个字眼编成漂亮辞藻,越说越起劲。"

"现在,"伯纳德说,"让我们去历险吧。那儿树林子里有所白房子。它在咱们下面很远的地方。我们要沉下去,像游水的人想用脚趾尖碰到河底似的。咱们要穿过一片像绿色大气似的树叶丛沉下去,苏珊。咱们一边跑一边往下沉。气浪在咱们头上合了起来,那一大片山毛榉的叶子在咱们头上合拢了。这是那座有金色时针的钟。这些是那幢大房子上面高高低低、凹下凸起的屋顶。这是那个小马夫穿着橡皮靴在院子里噔噔噔地跑来跑去。这里就是埃尔弗顿。

"现在咱们已经穿过树梢落到了地上。大气不再在我们头上卷起它那长长的、讨厌的紫色气浪。咱们着了陆;咱们踏上了大地。这是女主人小花园四周修得整整齐齐的灌木树篱。午间她们常在园子里散步,手里拿着剪子,修剪玫瑰。现在咱们是在一个四面有围墙的林子里。这就是埃尔弗顿。我在路口上见过路牌,上面有箭头标着'去埃尔弗顿'。谁也没去过那儿。羊齿草的气味浓极了,下面长着红色的菌子。现在咱们惊醒了还从来没见过凡人的睡梦中的穴乌;现在咱们踏着了那些年深月久、又红又滑的陈年橡实。这座林子四周围墙环绕;从来没有人上这儿来。听!这是一只硕大的癞虾蟆在乱树丛里扑通一声跳动;那是一颗原生枞树的果实啪哒一声落在羊齿草里自己烂掉。

"你踏在这块砖头上。望一望墙里面。这就是埃尔弗顿。女主人正坐在两扇长窗的中间在写字。几个园丁正在用又长又大的笤帚打扫草地。咱们是第一个上这儿来的。咱们是这块谁都不知道的地方的发现者。别出声;要是园丁看见了,他们就会开枪打咱们的。咱们准会像黄鼠狼似的被钉在马棚的门上。当心!别动。紧紧抓住墙头上的羊齿草。"

"我瞧见女主人在写字。我瞧见园丁在打扫。"苏珊说,"要是咱们死在这儿,谁也不会来埋葬咱们的。"

"快逃!"伯纳德说,"快逃!那个黑胡子的园丁发现咱们了！咱们会被打死的！咱们会像一只樫鸟似的被打死，钉在墙上！咱们是在一个不友好的敌境里。咱们一定要逃到那山毛榉林子里去。咱们一定得藏进树底下。我来的时候折弯过一枝小树枝。那儿有条暗道。你尽量低下身子来。紧跟着走，别回头。他们会当咱们是狐狸哩。快逃！

"现在咱们没事了。现在咱们可以重新直起身子来了。咱们现在可以在这高高的苍穹底下，在这广大的树林子里伸开手脚了。那只不过是大气气浪的嘘嘘声。那是一只斑鸠在从山毛榉树梢上的隐蔽处冲出来。这只斑鸠在扑翅飞起；这只斑鸠在扑着它那迟钝的翅膀。"

"现在你又越说越玄，"苏珊说，"一味编起漂亮辞藻来了。你一会儿像根气球上的绳子腾空而起，穿过层层树叶，越飞越高，高不可攀。一会儿你又慢慢腾腾地，落在我后面，不断地回顾，编着漂亮辞藻。你已经把我撇在一边。园子到了。这儿是灌木树篱。罗达正在这儿小路上，把花瓣儿漂在她那只褐色的水盆里不住地晃动着。"

"我的船儿都是白色的。"罗达说，"我不要蜀葵或者犄牛儿的红花瓣。我要把水盆侧过来，让白色的花瓣在盆里漂动。我现在有一队船儿正在漂洋过海。我要扔一根树枝进去当木筏，救一个落海的水手。我要扔块石子进去，瞧着海底里冒起水泡来。奈维尔走了，苏珊也走了；珍妮说不定是跟路易在厨房外的后园里采醋栗。乘赫德森小姐正把我们的作业本摊开在课桌上批改,我暂时可以独自呆一会儿。我暂时有点儿自由。我把所有落下来的花瓣拾了起来,让它们漂在水里。我洒了些雨滴在几片花瓣上。我要在这儿树一座灯塔,一个'美人爱丽丝'头像。现在我要把这褐色水盆晃来晃去,好让我的船儿破浪前进。它们有的会沉没。有的会触礁。只有一艘会继续驶着。这一艘就是我的船。它驶进冰窟窿,里面有白熊在嗥,钟乳石垂下碧绿的链子。大浪涌起来了;浪尖弯下头来,窥视着桅顶的灯。船儿全被打散了,沉没了,只剩下我的船儿驶在浪头上,乘风飘到一个海岛上,那儿有鹦鹉在呢喃,还有啄木鸟……"

"伯纳德在哪儿?"奈维尔说,"他拿走了我的小刀子。我们正在工具房里做小船,苏珊经过门口。伯纳德扔下他的小船跟着她走了,随手带走了我的小刀子,用来削龙骨的那把挺快的小刀。他活像一团乱铅丝,一根旧钟绳,老晃荡个不停。他就像窗边攀着的海草,一会儿干,一会儿湿。他撇下我弄得我挺尴尬;他却跟着苏珊走了;而且要是苏珊一哭,他就会拿着我的小刀,向她瞎诌一气。那片大的刀刃是个国王呀,那片折断的刀刃是个黑人呀,我讨厌向人夸耀;我讨厌跟人纠缠。我讨厌到处游逛,把事情搅成一团。现在打铃了,咱们要迟到啦。咱们现在得把玩儿的东西扔下。咱们现在得一块儿进去啦。那些作业本已经一本本挨着摆在绿呢桌面上了。"

"我不会去回答动词变格,"路易说,"等伯纳德先答。我父亲是在布里斯班①的银行里工作,我说话有点澳洲口音。我要等着照伯纳德的答案抄。他是英国人。他们都是英国人。苏珊的父亲是牧师。罗达没父亲。伯纳德和奈维尔是上流人家子弟。珍妮跟她祖母住在伦敦。现在他们正在吮着笔尖。现在我们正在卷着作业本,斜眼偷看着赫德森小姐,数着她胸衣上的紫色钮扣。伯纳德头发里有片木屑。苏珊眼睛有点发红。两人都满面红光。可我却脸色苍白;我浑身整洁,我的灯笼裤用一条有蛇形铜扣的皮带扎紧。我的功课都记得挺熟。他们能知道的永远不会有我多。我又会变格又会变性。我能知道世界上一切东西,只要我愿意。可我不想出头露脸去回答功课。我的根受到压制,像花盆里的花根似的一味绕着转。我不想出头露脸,在这口黄黄的钟面、一直嘀嗒个不停的大钟支配下过活。珍妮和苏珊,伯纳德和奈维尔互相抱成团,纠合成一根鞭子来抽打我。他们讥笑我的整洁,嘲弄我的澳洲口音。我现在要学伯纳德那样含含糊糊地说几个拉丁字。"

"那都是洁白的字眼,"苏珊说,"像在海边拣到的石子似的。"

"我一说出它们来,它们就左右摇晃着尾巴。"伯纳

---

① 澳大利亚昆士兰的首府。

德说,"它们直摇尾巴;它们直晃尾巴;它们成群结队在空中飘来飘去,一会儿向这,一会儿向那,飘个不停,一会儿分开,一会儿又合拢。"

"那都是金黄色的字眼,都是火红的字眼。"珍妮说,"我喜欢要一身火红的衣服,金黄色的衣服,深黄的衣服,好晚上穿。"

"第一个时态,"奈维尔说,"都有不同的含义。世上有一种秩序;这个世界上有各种特殊,各种差别,我现在还刚刚踏进这个世界的边缘。因为这还只不过是个开端。"

"现在赫德森小姐,"罗达说,"把书合上了。现在可怕的事开始了。现在她拿起一段粉笔在黑板上写了几个数目字,六、七、八,接着又画了个叉叉,又画了条线。答案是什么?别人都看着;他们看时都露出懂了的神气。路易写了;苏珊写了;奈维尔写了;珍妮写了;现在就连伯纳德也动手写了起来。可我却写不出。我看见的只是几个数字。别人都交上了他们的答案,一个挨一个。现在该我了。可是我却没有答案。别人都让走了。他们砰地关上了门。赫德森小姐也走了。我一个人被留下来想答案。现在这些数目字没有一点意义了。已经失去意义了。钟在嘀嗒嘀嗒走着。两只指针像是两支正在沙漠里行进的车队。钟面上那些黑线是绿洲。长针走在前面,去找寻水。另外那只针在沙漠滚烫的石子上艰难地挣扎

15

着往前走。它就要死在沙漠里了。厨房门砰地关上了。野狗在远处吠着。瞧,那弯弯扭扭的数目字开始包含着时间;它里面包含着世界。我动手描一个数目字,世界就被曲线包了进去,可我自己却在这条曲线外边;现在我把它描合拢……就这样……全合拢了,成了个整体。世界是个整体,而我却在外面,哭喊着:'哦,救救我,别让我永远被赶出在这时间的曲线外面!'"

"罗达坐在那儿呆瞪着黑板,"路易说,"坐在课堂里,我们却在伯纳德正讲他的故事的这会儿,顾自己逍遥在外,到这儿采几枝麝香草,到那儿摘一片青蒿叶子。她两只肩膀往后挺着,就像只小蝴蝶的翅膀那样。当她眼瞪着那些粉笔数字时,她的心也钻进了那些白圈圈;它跨过那些白色的曲线,独自走进了一片空虚。它们对她来说是毫无意义的。对它们她想不出答案来。她没有像别人那样的一个躯体。而我,尽管说话带澳洲口音,父亲是在布里斯班的银行里工作的,却并不像害怕别人那么害怕她。"

"现在,"伯纳德说,"让咱们爬到醋栗树丛的荫盖下面去讲讲故事吧。咱们去过一下地下的生活。让咱们去占有咱们那块在神气的醋栗树丛映照下的秘密国土吧,那树丛就像一座大枝形烛台架似的,一面通红闪亮,一面却漆黑无光。这儿来,珍妮,要是咱们俩弯着身子挤紧一点,就能坐在醋栗树叶子的荫盖下,瞧见炉香袅绕。这是咱们的天地。别人都沿着马车道走过去了。赫德森小姐和柯里小姐的裙摆在旁边扫过,就仿佛灭烛用的罩子似的。那是苏珊的白短袜。那是路易干干净净的跑鞋不慌不忙地在砂地上走过。这儿来了一些亲爱的贵客——枯枝败叶。现在咱们是在一块沼地上;一个瘴疠横行的丛林里。这儿有只满身长蛆的白象,它是被箭射中眼睛而死的。那些忙乱不停的鸟儿——苍鹰、兀鹰闪烁发光的眼睛,其中的含义显而易见。它们把咱们当成了倒下的树。它们去啄一条虫,——结果却是条戴眼罩的眼镜蛇,——它们就凭它去身带乌紫溃烂的伤疤,等着一头狮子来把它砸烂了。这是咱们的天地,在新月和星光的照耀下;半透明的巨大花瓣挡住入口,像紫色的窗子一样。一切都十分新奇。这儿的东西显得既庞大又渺小。花秆儿粗得像橡树。树叶丛高得像大教堂的圆顶。咱们是两个躺在这儿的巨人,能够叫森林索索发抖。"

"在这儿是这样,"珍妮说,"这会儿是这样。可是咱们马上就要走了。柯里小姐马上就要吹起她的哨子。咱们只好走。咱们就要分开。你会有几位用白丝带挂着十字架的老师。我却会有一个东海岸学校里的女教帅,老坐在一幅亚历山大皇后的画像底下,我就要去那儿,还有苏珊和罗达。只有在这儿是现实的;只有这会儿是现实的。这会儿咱们躺在醋栗树丛底下。微风一起,就满身都是斑斑驳驳的光点。我的手像 张蛇皮。我的膝盖像

17

会浮动的粉红色小岛。你的脸就像底下张着网的苹果树。"

"在这个丛林里,"伯纳德说,"一点也不热。树叶在咱们头上拍着黑色的翅膀。柯里小姐已经在阳台上吹过哨子。咱们只得从这个醋栗树叶的篷帐下爬出来,站直身子。珍妮,你的头发里的树叶。你脖颈上有一条绿色的毛毛虫。咱们得排成队,两个一排。在赫德森小姐坐在办公桌前登记成绩时,柯里小姐要带咱们去稍微散一会儿步。"

"真乏味,"珍妮说,"光顺着公路走着,没有沿路的窗子可以看看,没有像矇眬的眼睛似的绿玻璃,可以透过它们望见里面的过道。"

"咱们得两人一排排成队,"苏珊说,"整整齐齐地走,不准慢吞吞地走,不准落在后面,路易在前面带队,因为路易动作伶俐,不会发呆走神。"

"既然别人都认为,"奈维尔说,"我身体太弱,不能跟他们一起走,既然我太容易疲倦,身体不好,那我就正好利用这段清静的时间,这段不必跟人家说话的时间,绕着屋子转一转,并且仍旧爬到扶梯半中央的那一级上,尽量重新体味一下昨晚当厨子正在反复调节火门那会儿,我透过弹簧门听到他们谈论那个死人时心里产生的感觉。别人发现他被割断了喉管。当时我觉得苹果树叶子都在半空中一动不动了;月亮也呆住了;我简直都抬不起腿来继续走上楼梯了。他是在阴沟里被发现的。他的血还顺着阴沟在汩汩地流。他的下腭惨白得像条死鱼。我要永远把这件严酷、无情的事称作'苹果树下的惨死'。天上飘着灰白色的云；下面是这棵无情的树；是带着像裹腿似的银白色树皮的恶狠狠的树。我这个小小的生命浪花是脆弱无力的。我没法摆脱。我碰到了障碍。我说过：'我没法克服这个不可理解的障碍。别人是摆脱开了。不过我们都逃不过劫数，大家都一样，逃不过这棵苹果树，这棵我们都没法摆脱的无情的树。

"现在这桩严酷无情的事过去了；我要在这快近傍晚的时刻继续绕着屋子转转，在日落时分，太阳照在漆布地毯上闪出点点油光，一缕阳光投在墙上，映得椅脚仿佛折断了似的。"

"我们散步回来时，"苏珊说，"我瞧见弗洛里在厨房后面的园子里，四周全是晾着让风吹干的衣服，睡衣裤呀，衬裤呀，长睡衣呀，全被风猛烈地刮着。欧内斯特在吻她。他系着他那条绿的粗呢围裙，刚才正在擦洗银器；他把嘴噘得像个带褶子的口袋似的，隔着迎风飞舞的睡衣裤紧紧抓住了她。他像头蛮牛似的不顾三七二十一，她却发急得晕了过去，脸上煞白，只有几条细细的血管还显出点红色。现在尽管他们正在递着喝午茶时吃的面包盘、黄油碟和一杯杯的牛奶，我却像看见地上裂了道缝，嗞嗞地直冒气；茶壶也呼呼直吼，像欧内斯特刚才那样，而我呢,尽管牙齿嚼着软软的面包和黄油,嘴里抿着甜甜的牛奶,却仿佛被刮得迎风飞舞,就像那些睡衣裤那样。我不怕热,也不怕严冬。罗达一边吮着浸牛奶的面包皮,一边在梦想;路易用他那像蜗牛似的绿眼睛一味望着对面的墙;伯纳德把面包揉成一团团的小球,把它们称作'老百姓'。奈维尔已经用他那干净利落的方式吃完了。他把餐巾卷了起来,套进银圈里。珍妮把手指在桌毯上转动着,仿佛它们正在阳光下舞蹈,跳着趾尖旋转。可是我既不怕热,也不怕严冬。"

"现在,"路易说,"我们全起身离席,站了起来。柯里小姐把那个黑本子摊开在小风琴上。每当我们唱起歌来,把自己称作小孩子,祈求上帝保佑我们睡梦平安的时候,很难不掉下眼泪来。当我们忧心忡忡得情绪凄惨、身上发抖的时候,在一起唱歌是很甜蜜的。大家悄悄互相偎依着,我靠着苏珊,苏珊靠着伯纳德,紧握着手,心里都担着不少心事,我担心着我的口音,罗达担心着数目字;但大家有决心去克服。"

"我们像小马驹似的排队上楼,"伯纳德说,"一个跟在一个后面不住地蹬蹄子、踏脚,抢着进浴室。我们你一拳我一脚,互相扭打,在洁白的硬板床上跳着蹦着。该我洗了。我马上就来。

"康斯泰伯太太腰里围着条浴巾,拿起她那块柠檬色的海绵来,在水里浸浸湿;它变成了巧克力似的棕色;

20

水珠直滴;然后高高举在浑身打着战的我的头顶上,挤了一下。水顺着我的脊背沟直淌下来。我身体两侧产生像针刺似的感觉。我浑身皮肤火热。我身上干燥的角落都被淋湿;我冰凉的身体变得暖洋洋的;它被冲刷得干净发亮了。水冲下来把我像条黄鳝似的裹在里面。现在一条暖暖的浴巾把我围了起来,当我擦一擦背的时候,它毛茸茸地弄得我心痒痒的。强烈丰富的激情在我心灵的屋顶上涌现;这一天 树林里的经历像大雨般倾盆而下;还有埃尔弗顿;苏珊和鸽子。沿着我心灵的墙壁顺流而下,交汇在一起,这一天的经历显得那么丰富多彩。现在我马马虎虎地套上了睡衣裤,躺在一条飘浮在微光中的薄薄的被单下,它像由一个浪头激起来的水花那样渐渐盖住了我的眼睛。透过它,朦胧而遥远地,我听到了从很远很远的地方传来开始合唱的声音;车轮声;犬吠声;人们的叫喊声;教堂的钟声;合唱开始了。"

"当我折好自己的衬衫和斗篷时,"罗达说,"同时也就抛开了我想成为苏珊或者珍妮的那种不可能实现的愿望。不过我要竭力伸直脚趾尖去碰着床脚的栏杆;我要借脚尖碰着栏杆,让自己有一点坚实牢靠的感觉。现在我不会沉没了;也不至于陷到薄薄的床单底下去了。现在我屏声静气,伸直身子平躺在这不牢靠的床垫上。我现在是露出在地面上了。我不必再站直身子,被人打倒,送了命。一切都显得宛转、柔和。墙壁和食柜洁白,黄色柜面宛转变曲,上面的镜子发白闪光。现在我可以把我的心情尽情倾诉出来了。我可以想象我的无敌舰队正在乘风破浪前进。我可以回避开不愉快的接触和冲突了。我独自在白色的山岩下航行。唉,可是我仍旧在沉没下去、陷下去!那是食柜的边沿;那是婴儿室的镜子。可是它们在伸展、延长。我陷落在像一堆黑色羽毛似的睡梦中;它沉重的翅膀压住了我的眼睛。穿过黑暗,我瞧见那长长的花坛,康斯泰伯太太从长着南美丝光草的那个角落上跑出来,告诉我我的姑母已经来了,要带我坐马车走。我上了车,又逃脱了;我靠有弹簧后跟的靴子跳过了树梢。可是现在我又掉进了停在大厅门前的马车里,她坐在车里点头晃动着黄色羽毛,眼光严厉得像发亮的大理石。唉,从梦中醒来吧!瞧,原来是衣柜。让我把自己从波涛里拉出来吧。可是它们向我压过来;它们把我卷在它们那巨大的波峰中间;我头上脚下;我被翻倒了;我四脚朝天,倒在这些长长的光线中,这些长长的波浪里,这些看不见尽头的小路上,有人在背后追呀,追呀。"

太阳正在升起。蓝色和绿色的海浪扇面形地迅速扫过海岸,绕讨一棵棵海冬青的花穗,在沙滩上这儿那儿地留下了一个个发亮的小水潭。潮头退却后留下一条隐约可辨的黑色印迹。原来迷离模糊的礁石轮廓清晰起来,露出上面红色的裂缝。

一条条黑白分明的暗影横在草地上,在花心草尖上跳动的露珠使花园显得像一幅尚未整个完工而只是一些零碎亮斑拼成的镶嵌画。胸脯上有鲜黄和玫瑰色斑点的鸟儿不时喧闹地齐声高唱一曲,仿佛一些滑雪的人在手挽手地笑语欢腾,接着又突然寂静无声,仿佛被人打散了似的。

太阳更加大片地照亮了屋子。阳光触到了窗角上不知什么绿色的东西,使它显得像一块翡翠,像一个无核鲜果似的一汪嫩绿。阳光映得桌椅轮廓分明,使白桌布上像绣上了金光灿烂的条纹。随着光线的增强,不时会有某处的一个蓓蕾绽开,花朵怒放,上面还带着嫩绿的脉纹,微微抖索,仿佛绽蕾开放时的一番努力使得它摇曳不定,同时还仿佛用它们纤细的铃舌撞击着雪白的铃壁似的发出隐约可辨的丁冬声。每一样东西都显得柔和、朦胧,仿佛碗碟的瓷是流动的液体,刀叉的钢是水做的。同时那浪涛碎裂时的震荡发出沉闷的回响,仿佛一些大木头砰然落在海岸上。

"现在,"伯纳德说,"时间到了。白天已经来临。车子已来到大门口。我那口大箱子压得乔治的罗圈腿更加弯曲。讨厌的仪式结束了,还有赏钱呀,在前厅里的告别呀。现在轮到跟母亲哭哭啼啼的分别仪式,跟父亲的握手道别仪式;现在我必须不停地挥手,不停地挥手,一直挥到拐弯不见。现在这番仪式总算结束了。谢天谢地,全部仪式都已结束。我现在是独自一人了;我就要第一次去进学校。

"谁做事仿佛都只干眼前这一次;下次决不再干。决不再干。非干这类事真可怕极了。人人都知道了我要去进学校,第一次去进学校。'那孩子是第一次要去进学校了。'女佣人一边擦着楼梯级一边说。我决不能哭。我得像没事人似的望着他们。现在到了张着血盆大口似的车站门口:那圆盘大钟在直瞪着我。我一定得不断说些漂亮辞藻,好有些牢靠的东西挡着我,隔开女仆们的注视,盯着我瞧的那些大钟的漠不关心的脸的注视,不然我会哭出来的。那是路易,那是奈维尔,穿着长外套,提着手提包,呆在售票窗边。他们很镇定。可是他们显得跟往常不同。"

"伯纳德来了。"路易说,"他很镇定;他很自在。他一边走一边晃动着提包。我要跟在伯纳德后面,因为他一点不露怯。我们被人流拥着走过售票处,一直走向月台,就像一条溪流带着树枝枯草涌到桥脚边。这儿是那个非常强大的深绿色火车头,周身没有脖子,只有脊梁和大腿,呼呼直冒气。值班员吹起了他的哨子;信号旗放了下来;仿佛轻轻一推引起一场雪崩那样,毫不费力地顺着势头,我们就向前开动了。伯纳德铺开一条毛毯,玩起了羊踠骨游戏。奈维尔在看书。伦敦逐渐零落散乱起来。伦敦逐渐扩大延伸。那儿有林立的烟囱和高塔。那儿有一座白色的教堂;那儿是一根高出在塔尖之上的桅杆。那儿是一条运河。现在那儿是一片开阔的地面,上面有柏油路穿过,奇怪的是这会儿就有人在那儿行走。那儿有座小山,上面是成排红色的屋子。有个人正在过一座桥,后面跟着一只狗。现在那个着红衣服的孩子开始开枪打一个农夫。那个着蓝衣服的孩子把他一把推开。'我舅舅是英国最好的射手。我表哥是驯养猎狐犬的能手。'吹牛皮开场了。我却没法吹,因为我父亲在布里斯班的银行里工作,我说话带澳洲口音。"

"经过这一场混乱,"奈维尔说,"经过这一场混乱和骚动,我们总算到了。这的确是个重大时刻,——的确是个庄严的时刻。我像一位老爷来到了他讲究的府舍。那一位就是咱们学校的创办人；咱们赫赫有名的创办人,他正抬起一条腿站在院子里。我们问候了我们的创办人。这个肃穆的四方庭院里充满着一种高尚的古罗马气派。各班级的教室里已经亮起了灯光。这些也可能是实验室；那儿准是图书馆,我将要在那里面钻研纯正的拉丁文,熟练掌握那些精致的语句,朗读维吉尔、卢克里修斯清晰、响亮的六音步诗；还要读着宽边四开本的大厚书,毫不含糊地带着满腔激情吟诵着喀特勒斯的情诗。同时,我还要躺在长满令人刺痒的小草的田野里。我要跟我的朋友们一起躺在高耸的榆树下。

"瞧,那是校长。可惜,他不由得要引起我的嘲笑。他太会花言巧语,同时也太油光水滑了,就像公园里的那种雕像那样。而且在他的背心,他那件绷紧得像鼓皮似的背心的左边,还挂着个十字架。"

"老克雷恩,"伯纳德说,"现在要站起来对我们讲话了。老克雷恩,那位校长,鼻子长得就像一座落日照耀下的大山,而且下巴上还有条发蓝的皱纹,就像被某一个游客放火烧焦了树木的山沟似的；又像是隔着雨濛濛的窗子望见的乱木丛生的山沟似的。他摇头晃脑地满嘴净讲些漂亮的大话。我也爱漂亮的大话,不过他那些话实在过分热烈得不像是真话了。可这一次他却深信它们都是真话。当他颇为吃力地摇摇摆摆蹒跚着离开房间,撞开弹簧门走了出去时,全体老师也都颇为吃力地摇摇摆摆蹒跚着撞开弹簧门,走了出去。这是我们离开姐妹们,在学校里所过的第一晚。"

"这是我在学校里所过的第一晚,"苏珊说,"离开我的父亲离开了我的家。我泪眼模糊,泪水刺痛了双眼。我讨厌松木和漆布地毯的气味。我讨厌那饱经风雨的灌木丛和卫生间里的瓷砖地。我讨厌人人都在嘻嘻哈哈地开玩笑,一副傻相。我把我那些松鼠和鸽子留下来让小男仆照料了。厨房门砰地一声,柏西打乌鸦的枪声在树叶丛中啪啪地直响。在这儿,一切都是虚假的;一切都是俗气的。罗达和珍妮正穿着棕色斜纹布衣服远远地坐在一边,瞧着兰伯特小姐在一幅亚历山大皇后的肖像下面坐着,朗读放在她面前的一本书。那儿还有一幅手工针黹,是不知哪个女人绣的。要是我不噘着嘴,不扭着手帕,我准不由得要哭出来。"

"兰伯特小姐戒指上那紫色的光,"罗达说,"不断在祈祷书洁白书页上那块黑色的污斑上来回闪过。这是一种像葡萄酒似的、含情脉脉的光芒。等我们的行李在宿舍里安顿好以后,我们就紧挨在一起坐在一张世界地图底下。这儿有上面带墨水缸的写字桌。我们可以用这儿的墨水来写我们的作业。可是在这儿我什么也算不上。我没有自己的面目。这一大群同伴,都穿着棕色斜纹布服,使得我没有了自己的独特人格。我们全都是冷冰冰的,毫不友好。我要想法扮出一副镇定自若、一副不同凡响的脸来,而且要使它带着无所不知的神气,然后整天带着它,像贴身带着的护身符那样,同时,——我发誓要做到,——我还要在树林里找到一个幽谷,让我可以在那儿把我那形形色色的稀世珍宝全显示出来。我决计要做到这一点。因此我决不哭。"

"那个黑黑的女人,"珍妮说,"颧骨挺高,有一身像带花纹的贝壳似的闪闪发光的衣服,准备着在晚上穿。这在夏季还挺不错,不过冬天,我还宁肯要一身薄一点的衣服,上面嵌着红线,会在炉火光下闪闪发光。这样等亮了灯以后,我好着上我的红衣服,薄得像轻纱似的,紧裹在我身上,当我跳着舞走进房间来时,它会飘扬起来。当我走到房间中央在一张描金靠椅上坐下来时,它会散开成一朵花儿似的形状。可是兰伯特小姐却穿了一身灰暗的衣裳,当她坐在一幅亚历山大皇后的画像底下,把一只雪白的手指坚定地按在书页上的时候,它从她雪白的花边披肩下面像小小的瀑布似的垂了下来。然后我们就做起祈祷来。"

"现在我们两个一排地向前走,"路易说,"整整齐齐像典礼队伍似的走进小教堂。我喜欢我们走进这座神圣建筑物时四周笼罩的暗淡光线。我喜欢这种整整齐齐的排队前进。我们列队走进去,各自坐了下来。当我们进去时大家都一样,谁都不显得突出。我现在喜欢看到克雷恩博士稍微有点蹒跚,——但仅仅是由于他的个头的缘故,——爬上了讲道坛,照着一本摊开在那只铜鹰背上的《圣经》念起一段经文来。我心里很愉快;我为他的大个头、为他的权威感到满心欢喜。他平息了我那次可怕、丢脸的纷乱心情所引起的、长期萦绕不去的阴云,——当时我们围着圣诞树跳着舞,在分礼物的时候他们把我给忘掉了,一个胖女人说:'这个小孩子还没有拿到礼物哩,'接着就取下树梢上一面闪闪发亮的小国旗给了我,而我却恼得哭了起来,——因为竟让人家出于怜悯才记起了我。现在这一切都被他的权威、他的十字架平息了,我感到浑身充满了一种双脚落到了实地的感觉,觉得我的根一直深深地往下扎去,终于盘绕在一个坚实可靠的核心上。在他读着经文的时候,我恢复了自己的完整感。我成了在行进的行列中的一个人物,正在转动的巨大轮子中的一根轮辐,这终于在此时此地就立即使我昂起了头。本来我一直隐在暗地里,一直躲藏着;但当这轮子一转动起来,——在他读经文的时候,——我就昂首踏进了这朦胧的光影之中,就在这儿,刚才我曾瞥见但却不曾瞧清楚那许多跪着的孩子,那些圆柱子和黄铜祭器。这儿没有生硬的行为,没有突如其来的亲吻。"

"那蠢汉做起祈祷来,"奈维尔说,"就害得我挺不自

29

在。当那亮闪闪的十字架在他胸衣上一起一伏的时候,他那干巴巴缺乏想象力的话就仿佛铺路石那样冰冷地砸在我头上。富于权威性的话常常被那些说它们的人糟蹋了。我要嘲笑揶揄这种可悲的宗教,嘲笑那些面如死灰、满身残伤、被悲痛压倒而浑身战栗的人沿着一条在无花果树阴下的灰白色道路上走着,路旁尘土中倒卧着许多孩子——赤身露体的孩子;而装满葡萄酒的羊皮酒囊一个个挂在小酒店的门上。复活节时我曾跟父亲一起旅行到过罗马;满街上都摇摇晃晃地挂着基督圣母的哆哆嗦嗦的形象;还有那种装在一只玻璃盒子里的基督的可怕形象在街上抬过。

"现在我要侧过身去装作要摇摇腿。这样我就可以瞧见波西弗了。他坐在那儿,笔直地坐在那些小家伙中间。他透过他那笔直的鼻梁有点吃力地呼吸着。他那双古怪的毫无表情的蓝眼睛带着异教徒的漠不关心神气,呆瞪着对面的柱子。他倒可以当一个出色的教堂执事哩。他真该有一根桦树枝条,好去责打犯了错的小孩子。他就像那些黄铜祭器上刻的拉丁文句子那样。他什么也没看;他什么也没听。他远离我们所有的人,独自呆在一个异教的天地里。可是瞧,——他用手拍了拍自己的脖子背后。人们常为了这种手势而身不由己地终生爱上了一个人。道尔顿、琼斯、埃德加和贝特曼也像这样用手拍拍脖子背后。不过他们并没获得什么成功。"

"最后,"伯纳德说,"那唠唠叨叨终于停止。讲道结束了。他总算把门口那些白蝴蝶的飞舞都讲得无影无踪,化成了齑粉。他那难听而粗糙的声音就像个没刮干净的下巴。现在他像个喝醉了的水手似的踉踉跄跄回到了他座位上。这种举止是所有那些老师们竭力想要模仿的;可是由于身体孱弱,由于穿着灰长裤显得邋邋遢遢,他们只不过把自己弄得滑稽可笑。我并不轻视他们。他们的古怪样子在我眼里只觉得可怜。我把这事以及别的许多事记在我的笔记本上,是为了供将来参考。等我长大时,我要经常带着一个笔记本——一个有许多页的厚本子,有条不紊地按字母编排。我要把我的警句一一记进去。在'H'栏下要记上'蝴蝶的齑粉'。要是在我的小说中我要描写阳光照在窗台上,我会去查查'H'栏,就会找到蝴蝶的齑粉这句话。这很有用。树木'用绿色的指头挡着窗户'。这也很有用。不过可惜!我很快就被分散了注意力,——被一缕像扭长了的糖果似的头发,被西利亚那本有象牙封面的祈祷书。路易能眼睛也不眨,整小时整小时地静观着大自然。我却做不到,除非去跟它交谈。'我那不曾被船桨搅动的心灵之湖,平静地起伏波动,不久就沉入了酣睡。'这一句挺有用。"

"现在我们出了这冷清清的庙宇,来到黄沙的操场上。"路易说,"因为今儿是个半放假的日子(公爵的寿诞),所以他们玩着板球,我们就在长长的草地上玩儿。

要是我能成为'他们'之一,我也宁愿玩那个;我要套上我的护胸,大踏步跨上操场,走在击球手的最前面。现在你瞧,每个人都跟在波西弗后面。他粗大个儿,笨重地走下操场,穿过长长的草地,向耸立着那些大榆树的地方走去。他那威风凛凛的派头是一个中世纪司令官的派头。在他走过的草地上仿佛留下了一道闪光的脚印。他漠然望着我们这些追随着他的人、他的忠仆们,去像羔羊似的让人屠杀,因为不用说,他是准会去从事某一项玩命的冒险事业,最后死在战场上的。我的心肠变硬了起来;它好像一把双面锉刀似的从两方面刺痛着我:一方面,我爱慕他的威风派头;另一方面,我又鄙视他那粗里粗气的腔调,——我实在比他强得多,而且我是不服气的。"

"好吧,"奈维尔说,"现在让伯纳德来开始吧。让他来唠唠叨叨说下去,给我们讲各种各样故事,而我们懒懒散散躺着休息。让他来描述我们大家的所见所闻,使它们能变得有连贯性。伯纳德说世上老是会有故事的。我就是个故事。路易也是个故事。有关于那个着皮靴的孩子的故事,那个独眼龙男人的故事,那个卖海螺女人的故事。让他唠唠叨叨讲他的故事,我只管仰天躺着,透过抖动的草儿瞧着那些戴护胸的击球手直僵僵走路的样子。整个世界仿佛都在浮动、卷曲,——地上是那些树木,天上是那些云彩。我透过树梢,仰望天空。那上面仿佛在进行着竞赛。在柔和的白云之间,我隐约听到'跑呀'的喊声,我听到'这是怎么啦'的喊声。当云被风吹散时,它们就失掉了那一团洁白。要是那种蔚蓝色能永远存在该多好;要是那个空洞能永久存在该多好;要是这一刻能永远存在下去该多好……

"可是伯纳德仍旧在不停地讲着。比喻、想象就像泡泡似的冒了出来。'像一头骆驼',……'一只秃头鹰'。骆驼是秃头鹰;秃头鹰也就是骆驼;因为伯纳德是个没准头的家伙,吊儿郎当,但却讨人喜欢。是的,因为当他一讲起来,一打起那些可笑的比方来,我就会感到一阵轻松。你也会变得轻飘飘起来,仿佛你就是那些泡泡似的;你会变得无拘无束起来;我会感到,我终于摆脱了。就连那些圆滚滚的胖小子(道尔顿、拉本特和贝克)也会感染这种无拘无束。他们觉得这比打板球还好玩。这类话一冒出来他们就会马上抓住。他们让毛茸茸的小草刺痒他们的鼻子。可后来我们大家都觉察到了波西弗正庞然大物似的躺在我们中间。他怪里怪气地大笑了一声,似乎是赞许我们的嬉笑。但随即他就摇摇摆摆地在长长的草地上走过去了。我觉得他嘴里正在嚼着一根草茎。他感到厌烦;我也感到厌烦。伯纳德马上发现我们已经厌烦了。我觉察到他的话里有种拼命卖力以致有点过了分的味道,好像竭力在说:'你们瞧!'可是波西弗回答说:'不。'因为他总是会首先看出别人的虚假来;而且又粗鲁到极点。一句话说到半截怯生生地微弱下去了。是的,终于出现了那种可怕的时刻:伯纳德泄了气,说的话一点连贯性也没有了,他颓丧地勉强又支吾了几句就沉默了,张着口仿佛要哭出来的样子。这样说来,在生活的种种苦难和破灭中还包括这样一种情况——我们的朋友们甚至都不能把他们的故事说完。"

"现在让我来试试,"路易说,"在我们起身离开之前,在我们去喝茶之前,尽力用眼前这个时刻来作一次最大的努力。这总行得通吧。我们各自分手;有的人去喝茶;有的人去打鱼;我去把我的作文交给巴克先生。这总该行得通的。经过一场不和,经过彼此憎恨(我鄙视卖弄想象——我也满心憎恶波西弗的气焰),我被搅乱的心情凭着某种突然的省悟重又安定下来了。我要让这些树木、这些云彩作证,证明我完全心平气和了。我,路易,我,这个将要在这个世界上活过未来七十年的人,生来就是身心健全的,超越憎恨,超越不和。这儿,在这块草地上,我们曾为某种巨大的内在强制力所驱使而围坐在一起。树会摇动,云彩会飘走。到时候这种个人独白也该由大家来分担。我们不应该总是像敲锣似的老是只发出一个声音,每回只报一件大事。孩子们,咱们以往的生活就一直像敲锣似的;大喊大叫和夸口吹牛;啼啼哭哭和灰心丧气;在花园里揍彼此的后脖颈。

"现在这些草儿和树木,这使得蓝天被吹开一个空穴后又重新复原、吹动树叶后又重新归于安定的飘忽微风,还有我们在这儿抱膝围坐而成的一圈,都在提醒着另外某一种不同的、更好的、能永远体现理性的生活秩序。这我是在一刹那之间忽然领悟,而且试图今晚把它表达为言语、融铸成一个钢环的,尽管波西弗在一群小喽罗俯首帖耳追随之下莽莽撞撞地走了开去时,把这件事破坏了。不过我倒正需要波西弗;因为正是他启发了这番诗意。"

"已经多少年,多少月了,"苏珊说,"不管在丧气的冬天,或是在寒冷的春天,我都不断在跑上这座楼梯。现在已是盛夏了。我们上楼去换件白上衣好去打网球,——有珍妮和我,还有罗达随后也去。我上楼时数着每一级楼梯,把每一步都当一件好歹已经完结了的事情来数。每天晚上我也同样从日历上撕下已经过去的一天,然后紧紧地把它揉成一团。每当蓓蒂和克拉拉跪在那儿做祷告的时候,我就怀着报复的心情这样做。我不做祷告。我向这一天进行报复。我在象征它的东西上面泄愤。现在你已经死了,我说,上课的一天,可恨的一天。它们延绵了六月份这整整一个月,——今天是二十五号,晴朗而井井有条的一天,打铃,上课,按照命令去洗澡,换衣,做功课,吃饭。我们听从中国回来的传教士讲话。我们被带去参观陈列馆,看名画。

"在家里,牧草正在阜原上起伏波动。我父亲正靠在栅栏上抽着烟。屋子里每当夏日的清风吹过空寂无人的过道时,房门一扇接一扇地砰然开阖。说不定某一幅老画正在墙壁上晃动。一片花瓣正从瓶里的玫瑰上落下。大车在灌木树篱上撒落一束束干草。每当我经过楼梯转角的镜子,珍妮走在前面,罗达慢吞吞跟在后面的时候,我都像是看见了这一切,我老像是看见了似的。珍妮老在跳舞。珍妮老是在大厅里、在那难看的花砖地上跳着舞;她还在操场上翻筋斗;她常不顾禁令摘朵花来插在耳朵背后,引得柏里小姐乌黑的眼里满是赞慕之情,是对珍妮,不是对我。柏里小姐挺爱珍妮;我也可能喜爱过她,可是现在不爱了,只爱我父亲,还有我用笼子关着留在家里让小男仆照管的鸽子和松鼠。"

"我讨厌楼梯转角上那面小镜子。"珍妮说,"它只能照出我们的头,让我们的脑袋跟身子分了家。再说我的嘴也太阔,而两只眼睛又靠得太近;我笑起来牙床露出得太多。苏珊的脑袋跟它那恶狠狠的神气,还有那双草绿色的眼睛,——据伯纳德说诗人喜欢它们,因为它们能对付密密的白线针脚,——把我完全比下去了;就连罗达那张痴呆呆的脸也显得完美,就跟她常放在盆里漂的白花瓣似的。所以我上楼总是急忙跑过她们,跑到下一个楼梯拐角上,那儿挂着面长镜子,我可以照见自己的全身。现在我能连头带身体看到我的整体了;因为就是穿着这件斜纹布罩衣,它们也是连头带身体成为一个整体的。

瞧,当我摆一摆头的时候,我细细的身体就从上到下全摆动起来;就连我瘦瘦的腿也在摆动,就像风中的花茎似的。我在苏珊的死板面孔和罗达的痴呆相中间摆动着;我像地缝中燃烧的火焰那么跳动着;我在晃动,我在跳舞;我从来没有停止过晃动和跳舞。我晃动着,就像那片像个小孩在灌木树篱上晃动、曾经吓了我一跳的树叶那样。我舞蹈着,跳出那些围着黄色护壁板、斑斑驳驳、杂乱无主的墙壁,就像炉火光跳跃着越过茶炊一样。我甚至在女人们冷漠的眼睛里也发现了兴奋的目光。当我读书时,课本黑暗的边缘上跳跃着一道紫色的光圈。但我却没法理解那有各种变化的每一个单字。我没法理解那从古到今的种种思想。我不会像苏珊那样失魂落魄地呆站着,含着眼泪想家;或者像罗达那样胡乱地躺在羊齿草丛里,把我粉红色的布衣染脏,幻想着海底茂盛的花草,鱼儿缓缓地游过礁石。我从不幻想。

"现在让我们快一些吧。现在让我首先脱下这些粗陋的衣服吧。这儿是我洁白的袜子。这儿是我的新鞋。我在头发上系上一条白缎带,这样当我跳过院子时,它就会一下飘了起来,但又仍旧整整齐齐地系牢在我的脖子底下。一根头发也不能吹乱。"

"那是我的面孔,"罗达说,"在镜子里,苏珊的肩膀背后——那就是我的面孔。不过我要缩在她的身后,好把它藏起来,因为我没在这儿。我没有面孔。别的人都有面孔;苏珊和珍妮有面孔;她们是在这儿。她们的世界是真正的世界。她们身上的负担是很重的。她们说是就是是,说不就是不;而我却老在闪避、改口,但总是一下子就被看穿。她们碰上女仆时,她望着她们,并不笑。可是她却老朝我笑。别人对她们说话,她们知道该说些什么。她们真正在笑;她们真正在生气;而我却一定要先望一望,等别人做了以后再照着别人做。

"现在你瞧,珍妮只是为了去打网球而穿上她的袜子时,是多么出奇地镇定自若。我羡慕这一点。不过我更喜欢苏珊的作风,因为她更加果断,却没有珍妮那么一心想出风头。两人都瞧不起我一味模仿她们的一举一动;不过苏珊有时候还肯教教我,——比如说,——怎么打蝴蝶结,而珍妮虽自有她的见识,却只藏在自己肚里。她们有可以坐在一块儿的朋友。她们有要在角落上谈的私房话。而我却只敢依恋着别人的名字和面容,但却把它们像消灾降福的符咒似的深藏在心底。我在大厅的远处看中某一张陌生的面容,但当这位不知名姓的她走来坐在我对面时,我却简直连茶都喝不下去。我喉咙哽住了。我被强烈的激动弄得身子都摇晃起来。我想象着这些不知姓名的人、这些美好无瑕的人正在灌木丛后面注视着我。我高高跳起,以求引起他们的赞美。夜晚,睡在床上时,我引起了他们无比的惊羡。我时常饮箭而死,以便赢得他们的眼泪。要是他们说过,或者我看见过他们行李上的一张标签而得知他们最近到斯卡布罗度过假，那个城市就仿佛遍地金光，街道都闪闪发亮。因此我最恨那些会使我看见自己真正面容的镜子了。独自一人时，我时常会落进空无所有的境界。我得小心踮着脚走路，生怕会失足掉出世界的边缘而落入空无所有。我得用手拍拍坚实牢靠的门，以便把我自己召回我的肉体。"

"我们来晚了。"苏珊说，"我们只好等着下一场轮到我们时再去打球。我们先在这块长长的草地上掷掷球，假装在瞧着珍妮和克拉拉，蓓蒂和梅维斯。可是我们不去瞧她们。我讨厌瞧别人打球。我要找出些我最讨厌的东西的化身来，把它们埋在地下。这块亮晶晶的小鹅卵石是卡尔洛太太，我要把她埋得深深的，就为她那种奉承巴结的举动，为她给我一个六便士来奖赏我练琴时把手指伸平。我埋下这六便士。我还想埋下这整个学校：那座健身房；那间教室；那个总有肉味儿的饭厅；还有那所小教堂。我想埋下那些红褐色的花砖和画那些老头子们——学校的资助者和创办者们——的竭力讨好的画像。有几株树是我喜爱的；那株皮上凝着一团团透明的树脂的樱桃树；还有阁楼上能望见远山的那一面的景色。除了这些，我简直想把所有的一切全埋掉，就像我埋掉这些难看的石子一样，它们老是散满在这个有许多码头和游客的海岸上。在家乡，浪头有一英里长。冬夜我们常听见它们澎湃的声音。上一年圣诞节有个独自驾着一辆马车的男人被浪头淹没了。"

"当兰伯特小姐跟教士说着话走过的时候,"罗达说,"别人都笑着偷偷模仿她驼背的样子;可是万物却都仿佛发生了变化并且变得格外明朗。珍妮在兰伯特小姐走过时实在蹦跳得太过分了。要是她瞧见了这朵小雏菊,事情就会发生变化。不管她走到哪儿,万物就会经她的眼睛一瞧而发生变化的;不过即使她走过去了,难道它们还会仍旧回复原状么?兰伯特小姐正在带着教士经过边门到她个人的小园子里去;当她来到池子旁边时,她瞧见一只青蛙停在一片叶子上,这也会起变化的。不管她像座坟地上的雕像似的随便站在哪儿,一切就会显得严肃、苍白。她让她那件带穗子的披肩滑了下来,只有她的紫色戒指,她那葡萄色的紫水晶戒指仍在那儿闪闪发光。每当人们一离开了我们,他们就会引起这种神秘的印象。一当他们离开了我们,我就能伴随着他们去到池子旁边,并且把他们想象得庄严堂皇。每当兰伯特小姐走过时,她就会使小雏菊发生变化;当她用刀子切牛肉时,一切就都会显得像火焰在熠熠燃烧。随着时间一个月一个月地过去,万物就越来越变得不再那么僵硬严酷;就连我的肉体现在也仿佛能透过光;我的脊背变得像靠近烛火的蜡那么柔软了。我老在幻想;老在幻想。"

"我打赢了。"珍妮说,"现在该你们打了。我得倒在地上喘喘气。我因为奔跑,因为赢球,弄得气都喘不过来了。我浑身都因为奔跑和赢球弄得像散了架子似的。我的血淮变得鲜红、沸腾,在我的胸口激烈跳荡。我的鞋底刺痛,好像有什么铁丝圈断了,刺进了我的脚。每一片草儿我都能看得挺清楚。不过我的前额、眼睛背后却跳得那么厉害,好像什么都在跳舞似的,——球网呀,草地呀;你们的脸像蝴蝶那么飘来飘去;树木也好像在上下跳动。全世界仿佛没有一样东西是稳定的,是静止不动的。什么都在激荡,什么都在跳舞;仿佛一切都在那儿风驰电掣、喜气扬扬。不过,当我独自躺在这坚硬的地上,瞧着你们打球时,我开始感到想要一个人独处;被某一个来寻找我的人召唤、叫走,这个人受到我的吸引,离不开我,禁不住要跑到我身边来,我正坐在一张金漆椅子上,披风在我身上飘扬,就好像一朵花。我们俩躲到一个亭子里,或者单独坐在一个阳台上,谈着心。

"现在高潮平息下来了。现在树木又回到了地面上;我胸口激荡的阵阵波涛起伏得比较柔和了,我的心驶进了港,仿佛一艘帆船的风帆缓缓地降落在白色的甲板上。球打完了。现在我们得回去喝茶了。"

"那些爱夸口的小伙子现在成群结队打板球去了。"路易说,"他们是齐声合唱着驾着他们的大四轮马车去的。他们的头一齐转向栽满月桂树丛的那个方向。现在他们又在夸口了。拉本特的哥哥是牛津大学的足球队员;史密斯的父亲曾经在伦敦板球场打出过一次百分。阿契和休,派克和道尔顿,拉本特和史密斯;接着又是阿契和休,派克和道尔顿,拉本特和史密斯,——这些姓名老在重复出现;老是这些同样的姓名。他们既是民团团员,又是板球队员;他们还是自然史学会的职员。他们老是四个人成一组,列队前进,帽上戴着徽章;每经过他们队长的身旁时他们都要一致敬礼。他们那种严守秩序是多么庄严,他们的严格服从是多么值得赞美!要是我能追随他们,要是我能跟他们在一起,我情愿放弃我所知道的其他一切。不过他们也一样撕掉蝴蝶的翅膀,让它在那儿挣扎发抖;他们把血迹斑斑的手帕塞在角落里。他们在昏暗的过道里弄哭小孩子。他们长着通红的大耳朵,露在帽子外边。不过我们,奈维尔和我,我们还是但愿也能这样。我怀着羡慕的心情注视着他们。我躲在帘子背后偷看,看到他们动作的整齐一致而心花怒放。要是我的两腿能靠着他们的腿而增强力量,它们一定能跑得飞快!要是我能一直跟他们在一起,一块儿比赛取胜,一块儿划船参加大赛,整天骑马,我准会半夜里放声高唱!我准会一开口话如泉涌,滔滔不绝!"

"波西弗已经走了。"奈维尔说,"他整天只想着比赛。在四轮马车拐过月桂树丛时,他从不挥手告别。他瞧不起我身体瘦弱,不能参加比赛(不过他对我的瘦弱总是温和地同情)。他瞧不起我只是因为他关心他们比赛的胜败才勉强加以关心。他接受我的忠诚；他接受我提供的那种怯生生的、无疑是有点低声下气的主动帮助，尽管其中也带有点对他的头脑的轻视。因为他不会念课文。不过每当我躺在长长的草地上朗读莎士比亚或者喀特勒斯时，他比起路易来还理解得更好些。不是指理解字面，——可是字面算得了什么？我不是已经熟知怎样押韵，怎样模仿蒲伯、德莱顿甚至莎士比亚的文体么？可是我却做不到整天站在太阳底下专心眼盯着球；我做不到凭自己的身体来感觉球儿的传送，一心只想着球。我将终身是一个只会拘泥字面含义的人。但是我却无法跟他在一起生活，受不了他那股傻劲儿。他将来会变得粗俗，睡觉时鼾声如雷。他会娶妻成家，早餐桌上来一番温情脉脉的场面。可是眼前他还年轻。当他光着身子，转辗反侧，浑身燥热地躺在床上的时候，他跟阳光、雨水、月亮是融为一体，其间没有一根线、一张纸那样的隔膜的。这会儿当他们驾着车沿着公路驶去时，他脸上常常是一会儿发红、一会儿发青。他会扔掉他的外衣，叉开两腿站在那儿，两手做好准备，眼睛盯着球门。同时他会祈祷着：'上帝保佑我们打赢'；他会心里只想着一件事，就是他们一定得赢。

"我怎么能跟他们一起坐着马车去打板球呢？只有伯纳德能跟他们一块儿去，可是伯纳德却老是错过时间，没法跟他们去。他老是错过时间。他那无可救药的喜怒无常妨碍他跟他们一块儿去。他洗着手,会忽然停下来说:'那儿有只苍蝇落进了蜘蛛网里。我该去救出它呢,还是让蜘蛛去把它吃掉?'他老是被种种数不清的彷徨困惑心情所笼罩,否则他本来会跟他们一起去打板球,会躺在草地上仰望着天空,并且在中了球的时候一下跳起身来。不过他们会原谅他的;因为他会给他们讲故事。"

"他们驾着车走了,"伯纳德说,"我错过了时间没能跟他们一块儿去。那班讨厌而同时又挺可爱的小伙子,你和路易、奈维尔都那么羡慕的小伙子驾着车走了,所有的人都掉过脑袋朝着一个方向。不过我对这类大出风头的事并不在意。我的手指头在琴键上溜过,却辨不清哪是白键哪是黑键。阿契毫不费力就能得一百分;我碰巧才能得个十五分。可是我们俩中间又有什么差别呢?不过等一等,奈维尔;让我说下去。一阵阵泡泡升了起来,就像锅底上升起来的那些银白色泡泡那样;想象之上更冒出新的想象来。我不能像路易那样坐下来拚命孜孜不倦地读书。我得把捕鼠机的小门打开,放出那成串的句子来,然后瞎猫碰死耗子似的把它们混在一起,这样就能胡乱看得出一条彼此多少连结在一起的线索来,而不至于互相毫无连贯。我要讲给你听关于博士的故事。

"当克雷恩博士念完祈祷文踽踽跚跚走出弹簧门的时候,看来他深信自己真高明无比;可是说实话,奈维尔,我们没法否认他一离开不但使我们感到轻松,而且甚至像感到摆脱了一个负担,就像拔掉了一颗牙似的。现在让我们来跟着他挤出弹簧门上他的住所去。让我们想象他在马棚那边的他那间私室里脱衣服的情景吧。他解开了他的吊袜带(让我不厌其烦而且不避琐屑地来谈吧)。接着用他那特有的姿势(很难避免用这类老一套的话,而且在他身上这类话倒颇为适合),他从他的裤袋里取出了银币,又取出了铜币来,分别放在他的梳妆台上。他摊开两臂搁在椅子扶手上沉思起来(这是他一人独处的时刻;我们正是要尽量在这种场合看清他):他究竟还是穿过粉红色的桥梁走到他的卧房里去呢还是不去?这两个房间是由克雷恩太太床边的玫瑰色灯光形成的一道桥梁连接在一起的,这时克雷恩太太正头发散开在枕头上,读着一本法文的自传。她读着读着,用一种灰心绝望和自暴自弃的姿势伸手抹了抹自己的额角,叹息说:'就是这些么?'一边拿自己和某一位法国的公爵夫人比较着。现在,博士说,再过两年我就要退休了。我将要在西岸的一个乡间花园里修剪水松树篱。我本来可以做个海军上将;或者当个法官;而不是当个教师。是什么力量把我引上这条道路的呢,他自问,一边呆瞪着煤气灯光,两肩耸得比我们平时看到的还要厉害(记住,他身上只穿着一件衬衫)。究竟是什么无所不在的力量啊?他想着,一边转头越过自己的肩膀望了望窗户,一边又驰骋起他那庄严的词藻来。这是个狂风四起的夜晚;栗树的枝桠上下颠簸。星星在枝叶间闪烁。是什么祸福难凭的力量把我引到这儿来的啊？他一边问着，一边闷闷不乐地发现他的椅子已在紫色地毯的绒毛上磨坏了一个小洞。就这么，他坐在那儿，吊袜带拖在脚上晃来晃去。不过，讲一个人走进他的私室后的事情是很难的。这个故事我实在再讲不下去了。我是竭力在掉花腔；我是在叮当簸弄我裤袋里的四五个硬币。"

"伯纳德的故事我觉得很有趣，"奈维尔说，"开头是这样。可是到他后来越说越荒唐并且张口结舌，掉起花腔来，我就想起我自己的孤独寂寞来了。他看什么事情都只看阴暗的一面。所以我不能跟他谈波西弗。我设法袒露自己那荒唐而强烈的热情以求得到他的同情理解。那也准会成了一个'故事'。我需要这样一个人，他的头脑能使一切问题都迎刃而解；对他来说荒唐色彩也是美妙的，一根鞋带也有它的可爱处。可我能向谁去诉说我那迫切的热情呢？路易太冷淡，志向太大。实在没有人可说，——在这儿，处在这些灰暗的拱门、悲悲切切的鸽子、热闹的运动、传统活动和竞赛中间，而这一切都是那么巧妙地糅合在一起，以便阻止人们有独自的感受。可是当我偶然撞见了一些预示着将要来临的事情的意外征兆时，我惊得呆住了。昨天，当经过通向那所私人花园的开着的门时，我瞧见芬雅克正举起他的木槌。草地中央，茶炊里冒着热气。还有大簇大簇的蓝花。这时我心中突然涌起了一种朦胧而神秘的崇敬感,一种战胜了一切混乱的完美感。当时谁也没有瞧见我站在开着的园门口时那种凝神专注的神态。谁也没有猜想到当时我心中的迫切愿望,就是要把自己的生命献给某个神,然后死去、消失。他的木槌放下了;幻景破灭了。

"我应当去找到某一棵树么?我应当丢弃这些班级课室和图书馆,以及我在其中读到喀特勒斯著作的发黄的大本书,去换取森林和田野么?我应该走到山毛榉树下去,或者沿着树影在水中像恋人似的难解难分的河岸信步走去么?不过大自然太单调、太乏味了。她有的只是崇高和无垠、水和树叶。我开始向往着炉火,清静,还有某一个人的肢体。"

"我开始向往着将要来临的黑夜。"路易说,"当我站在这儿,正要伸出手去碰威克汉先生门上的橡木纹镶板时,我想象自己是黎希留的好友,或者是正把鼻烟盒递给皇上本人的圣西门公爵。这是我受到的特殊荣宠。我的妙语隽句'像烈火般传遍宫廷'。公爵夫人叹赏得扯下了她们耳环上的绿宝石……不过这些缤纷的焰火只有当我在自己的小卧室里、独自处在黑暗中时才更能放射异彩。这会儿我还只不过是个带殖民地口音的孩子,正要用手指节去叩威克汉先生的仿橡木门。这一天是饱受屈辱和为了怕人嘲笑而不敢显露胜利的一天。我成了全校的第一名优等生。可是当黑夜降临,我就可以解脱掉这个不值得羡慕的躯体——我的大鼻子,我的薄嘴唇,我的殖民地口音,而遨游在广阔天地里。那时我就会成为维吉尔的伴侣,柏拉图的伴侣。那时我就会成为法国一个名门望族的末代苗裔。不过我也是一个能强制自己的人,能竭力丢开这些虚无飘渺的王国,这些午夜的遐想,去面对这扇仿橡木门。我此生一定会做到——愿上天垂怜这一天不会太远——把这两种我看得那么惊人明显的矛盾事物出色地结合在一起。为了我所受的苦我定要做到这一点。我要敲门。我要走进去。"

"我已经扯下了五月和六月这整整两个月的日子,"苏珊说,"加上七月的前二十天。我已经扯下它们揉成一团,好让它们不再存在,最多只是还揣在我身边的一个负担。它们全是些委靡不振的日子,像伤了翅膀无法动弹的飞蛾。只剩下八天了。八天以后,六点二十五分,我就要走下火车,站在月台上。那时候我的自由就要展翅飞翔,所有这些叫人皱眉蹙额的限制——钟点、秩序、纪律,以及准时到这儿到那儿等等,都会彻底崩溃了。当我打开马车门,瞧见戴着他那顶旧帽子和绑着护腿的父亲时,那样的日子就终于到来了。我会发抖。我会掉下眼泪。然后第二天早晨我会一清早就起来。我会从厨房门走出去。我会到沼地上去走走。那些幽灵骑士们高头大马的马蹄声会在我身后响起,又突然停住。我会看到燕子掠过草地。我会纵身仆倒在河岸边,瞧着那些鱼儿在水草中间穿来穿去。我的手掌上会留下松针刺下的痕迹。我要在那儿掏出和扔掉所有我在这里得到的东西;某种叫人难受的东西。因为在这儿,冬去春来,在楼梯间,寝室里,我身上已经沾上了某种东西。我并不像珍妮那样一心想受到爱慕。我并不想使别人在我走进去的时候带着爱慕的神情抬起头来。我只渴望献身,被人献身,渴望孤身独处,让我好掏出我所有的东西来。

"然后我将穿过胡桃树阴下光影摇曳的小道走回家去,我会碰见一个老妇人正推着一辆满装柴火的小儿车;还有一个牧羊人。不过我们不会交谈。我会穿过厨房外的后园回家去,看见沾满露珠的包心菜卷曲的菜叶,和园中那所一扇扇窗上还遮着窗帘的屋子。我要上楼到我的房间里去,翻翻我自己那些小心紧锁在衣柜里的东西:我的贝壳;我的鸟蛋;我的奇花异草。我要喂一喂我的鸽子和松鼠。我要上我的狗棚那儿去梳梳我那长毛狗的毛。这样我就可以把我在这儿所沾上的那些叫人难受的东西逐渐地消除掉。可是这会儿铃又响了;又要照例没精打采地拖着脚走去。"

"我讨厌黑暗、睡觉和夜晚,"珍妮说,"讨厌躺在那儿一心盼望着白天来临。我盼望一星期变成整个儿的一天。当我很早醒来——鸟儿叫醒了我的时候,我躺在那儿望着食柜上的铜把手逐渐变得清晰;接着是洗手盆;接着是毛巾架。随着寝室里的每件东西愈来愈清晰,我的心也跳得愈来愈快。我觉得我的身子变硬起来,而且发红,发黄,变成棕褐色。我用手摸摸我的腿和身体,感到它们的曲线和它们的纤细。我喜欢听铃声响遍全屋,接着满屋子骚动起来,——这儿乒砰一声,那儿啪哒一响。房门打开关上;水哗哗地响着。我一边两脚落地,一边喊着,又是一天来啦,又是一天来啦。这有可能是倒霉的一天,不如意的一天。我常常受到责骂。我常常为懒、为爱发笑挨骂;可是即使正当马休士小姐在嘟囔我轻率散漫的时候,我也会一眼望见有什么东西在动,——也许是一幅画上的一抹阳光,或许是正拉着割草机经过草地的一头驴子,或者是在月桂树叶间闪过的一片风帆,所以我从来不曾垂头丧气过。什么也阻挡不了我一边跟马休士小姐去做祈祷,一边在她身后跳着足尖舞。

"再说,现在又快到我们可以离开学校,穿着长裙子的时候了。我要晚上戴着项链,穿上一身无袖的白衣服。在辉煌的屋子里将要举行舞会,一个男人会召我单独跟他出去,对我讲他从来没对别人讲过的事。比起苏珊或者罗达来,他会更喜欢我。他会在我身上发现某种品质,某种特有的东西。可是我不会让自己只跟一个人厮混在一起。我不愿意被固定起来,受到约束。我垂着脚坐在床沿边期待着新的一天到来时,浑身战栗发抖,就像树篱上的一片叶子。我还可以过五十年,还可以过六十年。

我还不曾打开我的宝库。眼前还只不过是个开端。"

"还要再过好几个钟头，"罗达说，"我才能熄了灯上床躺下，游离在这个世界之外，了结这一天，去安心抚育我那棵小树，让它在我头上的碧绿穹苍底下颤巍巍地成长起来。在这儿我没法抚育它成长。老有人会把它碰倒。他们问这问那，不断打搅，把它碰倒在地。

"现在我要上浴室去，脱下我的鞋子洗一洗；不过在我洗的时候，当我低下头俯在洗手盆上的时候，我要让那俄罗斯女皇的面纱披落在我的双肩上。皇冠上的钻石在我的额头上闪闪放光。我仿佛听到那些悻悻的暴民在我走上阳台时大声鼓噪。现在我使劲儿揩干我的手，好让那位我忘了姓什么的小姐不至于疑心我是在向那群怒冲冲的暴民挥舞拳头。'我是你们的女皇，你们这些老百姓！'我的神态充满蔑视。我是无畏的。我征服一切。

"可惜这只是个脆弱的幻想。这只是株纸糊的树。兰伯特小姐一口气就把它吹倒了。就连她走过过道的身影就足以把它一下子化为齑粉。它是不牢固的；它不能使我感到满足，——这个当女皇的幻想。现在当它一旦破灭之后，就撇下我在这过道里只觉得浑身发冷。什么都显得苍白乏味了。我现在只好走到图书室里去，取出一本书来，翻翻，读读，再翻翻，读读。这儿有首关于灌木树篱的诗。我要沿着它信步走去，摘下花儿，绿色的牵牛花和月光色的山楂花，野玫瑰和蜿蜒的常春藤。我要把

51

它们摘在手里,把它们放在光亮的桌面上。我要坐在颤悠悠的小河边,瞧着那些明朗舒展的睡莲,它们那月光般清冷的光辉,照映得覆垂在树篱上的橡树也熠熠生辉。我要采摘花朵;我要把花儿扎成一个花环,紧紧握着它,把它们献给……唉!献给谁?我的生命之流似乎受着什么阻扰;一道深沉的潜流拥在什么障碍物前;它在推挤;它在挣扎;其中仿佛有个解不开的结。唉,真痛苦,真难以忍受!我昏晕过去,我倒了下来。接着我的全身融化了;我挣脱了,我浑身发热了。现在那道潜流汹涌如潮,冲开闸门,迫退阻力,任情地奔腾着。我究竟该把这股这会儿正打从我温暖、松软的躯体中迸涌出来的东西奉献给谁呢?我要采摘我的花朵,把它献给……唉!献给谁呢?

"水手们正在成群地悠闲巡行,还有一双双情侣;公共汽车正隆隆地开过海滨,驶向城里。我愿献身;我愿使人充实;我愿把这种美归还给世界。我要把我的花儿扎成一整个花环,伸出手来跨步向前,把它奉献给……唉!奉献给谁呢?"

"现在我们已经被世人接纳了,"路易说,"因为这已是最后一个学期的最后一天,——奈维尔、伯纳德和我的最后一天,——不管我们的老师们曾经给了我们些什么。我们已经受到了推荐,世界已经呈现在我们面前。他们还要留下去,我们就要离开了。那位了不起的博士,所有的人中间我最尊敬的一位,步履略微有点蹒跚地走过各人的书桌前,逐一地分发装订好了的贺拉斯、丁尼生的诗集,济慈和马休·阿诺德的全集,都写上了合适的题词。我尊敬这只分书的手。他用充满自信的语调讲了话。他的话在他看来是真实的,尽管对我们来说却并不。他粗声粗气,满腔激动,既凶狠又柔和地对我们说,我们就要走了。他嘱咐我们要'像个男子汉似的离开'。(无论《圣经》上的话,《泰晤士报》上的话,从他嘴里说出来都显得同样铿锵有力。)有的人将要干这个,有的人将要干那个。有些人将不会再见面。奈维尔、伯纳德和我再不会在这儿会面。生活将会把我们分开。可是我们已经结下了某种不解之缘。我们孩子气的、无忧无虑的年头已经过去了。可是我们之间已经结下了某种纽带。首先是,我们已继承了某些传统。这些铺路石板已经经历了六百年的沧桑。这里的墙上刻着一些军人、政治家的名字,还有一些不幸的诗人的名字(我的名字也一定会列在他们中间)。愿上帝保佑所有这一切传统,这种种防范和限制吧!我是十分感激你们这些身穿黑袍的人,还有你们这些目前已故的人的,感激你们的教导,你们的指引;不过归根结底,问题还依然存在。分歧还并未解决。花儿在窗外摇头摆尾。我望见一些野鸟,而种种比最野的鸟儿还要更野的冲动,正在从我野性难驯的心中冒出来。我的目光是野的;我的嘴唇紧紧地抿着。鸟儿在飞翔,花儿在舞蹈;但我耳中却老是听见那沉闷的海浪声;还有那头被链子锁着的野兽在岸边的蹬脚声。它老在不停地蹬脚,蹬脚。"

"这是最后一次仪式。"伯纳德说,"这是我们所有仪式中的最末一次。我们心头充满了种种奇异的感觉。举起旗子的值班员快要吹响他的哨子;喷着汽的列车一会儿就要开动了。你正想要说几句只有在眼前这种场合才会有的话,体味一下只有在这种场合才会有的感受。你的头脑里装满了许多东西;你的嘴唇快要张开了。但正好这时一只蜜蜂撞了进来,绕着那位将军的太太汉普顿夫人为表示对送花人十分领情而在不断地闻着的那束花嗡嗡直打转。蜜蜂会去叮她的鼻子么?我们大家刚才都深受感动;但既有点不敬,又有点后悔;既急于想了结,又有点依依不舍。这只蜜蜂弄得我们分了心;它的随意乱飞,似乎是对我们那种紧张心情的有意嘲弄。它捉摸不定地嗡嗡飞着,一会儿到东,一会儿到西,最后终于在一朵康乃馨上停了下来。我们中许多人不会再会面了。当我们此后可以随意上床,或者多坐一会,我也再用不着偷偷藏起一截蜡烛头来读黄色小说的时候,我们也就不再能享受其中自有的某种乐趣了。那只蜜蜂现在又绕着了不起的博士的脑袋嗡嗡地转了起来。拉本特,约翰,阿契,波西弗,贝克,还有史密斯,——我都曾经十分喜欢过。我只认识过一个疯疯傻傻的小伙子。我只憎恨过一个讨厌的小伙子。我很乐意回想起自己在校长桌子吃过的那顿浑身别扭的早餐,吃的是果酱和烤面包。只有他这会儿不曾注意到那只蜜蜂。即使它停在他的鼻子上,他也会气派十足地一挥手把它赶掉。现在他已经干完了他的好事;现在他说起话来声音几乎若断若续,不过却也不尽然。现在我们——路易、奈维尔和我三个——已经被永远打发走了。我们已拿到了我们那几本十分精致的书,全都用细小难辨的草体字写上了挺有学问的题词。我们已起身走散,各奔东西;包袱已经卸掉了。那只蜜蜂已成了无足轻重、谁也不睬的小昆虫,它已飞出开着的车窗,飞得不知去向。明天我们也要飞走了。"

"我们快要出发了。"奈维尔说,"行李箱子在这儿,出租车已经来了。戴着宽边毡帽的波西弗就在那儿。他准会忘了我的。他会把我去的信随便乱搁在鸟枪和猎狗中间,一字不复。我要把写的诗寄给他,他也许会只回我一张风景明信片。但我却恰恰因此而更喜欢他。显然,由于他完全不学无术,他准会在我的生活中渐渐消失的。而我,尽管看来似乎难以置信,却一定会走向另一种生活;也许这只不过是一种儿戏,一种前奏曲罢了。尽管我受不了博士那套夸张的做作和装腔作势的热诚,但我却已经感觉到,我们仅仅隐约预见到的东西已在逐渐临近了。我将来一定能随意出入芬雅克曾经举起木槌来的那个小花园。那些曾经瞧不起我的人准会承认我的威权。但是凭着我身上的某种不可思议的生活法则,仅仅威权和财富还不够;我将不断排开帷幕,闯入隐秘的小天地,渴望独自听到别人的窃窃私语。因此我将要尽管犹豫迟疑,但却总是得意扬扬地往前走;明知有难以忍受的痛苦,但却认定在自己的历险道路上必定会经过重重磨难终于战胜一切,毫无疑问,最后我一定会找到我向往的目标的。我最后一次望见我们那虔诚建校者的雕像正矗立在那儿,鸽子在他的头边飞绕。它们会永远在他的脑袋周围盘旋,使它变得一片雪白,同时小教堂里传出风琴的呜咽声。好啦,我来找自己的座位吧;等我在我们预订的车厢房间角落上找到了我的座位,我要用一本书来挡着眼睛,好遮住淌出来的一滴眼泪;我要遮起眼睛来观察;偷偷瞧一下某个人的脸。今儿是暑假的第一天。"

"今儿是暑假的第一天。"苏姗说,"但这一天还没有展开。在我傍晚下车踏上月台以前,我不想去考察它。甚至在我嗅到凉丝丝、绿阴阴的田野气息之前,我连嗅都不准备去嗅它。不过眼前已经不再是学校的田野了;也已经不再是学校的灌木树篱了;这里田野上的人正在干真正的活儿;他们正在往大车上装真正的干草;这些牛也是真正的牛,不再是学校里的牛了。可是走廊上的石碳酸气味和教室的粉笔味儿仿佛仍旧在我的鼻子里。那些假型板闪光发亮的样子仿佛仍旧在我的眼前。我得等着瞧那一片片的田野和灌木树篱,林子和田地,铁路边点缀着一丛丛金雀花的陡峭斜坡,侧轨上的一节节货车厢,隧道和女人们正在晾洗衣裳的城郊小园子,接着又是田野,和孩子们攀在大门上悠晃着玩的景象,才能盖没那些东西,把它们深深地埋下去,——那个我恨透了的学校。

"我决不送我的孩子们上学校,一辈子也不想在伦敦过一宿。在这个空旷的车站上一切都散发出空荡荡的回声,灯光就像凉篷里的光那么黄惨惨的。珍妮就住在这里。珍妮常带着她的狗在这些人行道上散步。这儿的人都默不作声地急匆匆穿过街道。他们两眼只盯着橱窗。他们的头抬起、低下时差不多都一般高。一条条街道全被电线连接在一起。一所所房屋上全都是玻璃窗和金碧辉煌的装饰;瞧,现在又都是堂皇的大门和花边窗帘,圆柱和洁白的台阶。不过现在我已经经过了,又到了伦敦城外;又开始看到了山野、房屋,正在晾衣服的妇女,接着又是树木和田野。伦敦现在在模糊了,消失了,渐渐支离破碎,终于完全不见。石碳酸和满是松脂的松木味儿逐渐淡漠。我闻到了谷物和芜菁的气味。我解开了一个用白布条系着的纸袋。鸡蛋壳从我的两膝间溜下地去。现在我们经过一个又一个的车站,纷纷打开一瓶瓶的罐头牛奶。现在妇女们彼此吻一吻,拿出篮子来进食。现在我要把头伸出车窗去。风立刻灌进了我的鼻子和喉咙,——凉爽的风,带咸味的风,夹杂着芫菁的气息。我的父亲已经在那儿,正转过背去跟一个农夫在讲话。我浑身哆嗦。我哭了起来。我父亲绑着护腿在那儿啦。我父亲在那儿啦。"

"我正舒舒服服坐在我的角落里一路往北开,"珍妮说,"坐着这列轰隆轰隆的快车,不过它开得又稳又快,使那些灌木树篱显得成了低低的一片,小山成了长长的一线。我们让那些信号棚一闪而过;我们使大地微微地摇摆。远方不断从四面汇聚到一点;接着我们又不断使远方无边无垠地展开在眼前。一根根电线杆不停地突然冒出来;一根隐没下去,另一根又接着出现。现在我们轰隆轰隆摇摆着开进了一条隧道。一位先生把窗子拉开了。我从镶在隧道壁上的闪光的镜子里看到了照出来的影子。我看见他放下了报纸。他朝我在隧道里照出来的影子笑了一笑。在他的注视下,我的全身不由得立刻自动地畏缩了一下。我的身子仿佛过着它自己的生活。现在黑洞洞的车窗又变得发绿了。我们已经开出了隧道。他又读起他的报纸来。不过我们已经表达了两者身躯之间的彼此赞赏。这会儿这里正有大量的身躯聚会在一起,我的身躯已经介绍给大家了;它刚才走进了这间全是描金椅子的车厢里。瞧,——所有别墅的窗子跟它们那白纱帐似的帘子全在跳舞;那些用蓝手绢包着头坐在麦田里树篱下的人也都像我那样觉得又热又兴高采烈。有个人在我们经过时向我们挥了挥手。这些别墅的园子里有树阴和凉亭,有些只穿着衬衫的年轻人正爬在短梯上修剪玫瑰。一个人骑着马在田野上慢步跑过。他的马在我们经过时向前猛冲了一下。骑马的人掉过头来望了望我们。我们又轰隆隆地开进了一片黑暗。我仰身靠在椅子上,尽情沉湎在欢乐中;我设想着自己穿过隧道,就要来到一个灯光辉煌摆满椅子的房间里,我将要在一张椅子上坐定下来,受到大家的称羡,我的衣裳在我身上潇洒地飘垂。可是瞧呀,我一抬头就碰上了一个性情乖张的女人的目光,她看出了我欢乐的心情。我的身子马上毫不客气地在她面前一下合拢,就像一把阳伞似的。我能随意打开或者合拢我的身体。生活开始了。此刻我正打开了我生活的宝库。"

"今儿是暑假的第一天。"罗达说,"现在,当火车正开过这些火红的岩石,开过这蓝色的大海时,已经了结了的那个学期才在我身后显示出了它完整的具体形象。我能辨认得出它的颜色来。六月是白色的。我瞧见田野上遍地是白色的雏菊和白色的衣裳;网球场上也划满了白线。同时还起过风,打过猛烈的响雷。一天夜里,有颗星星划破云空,我对星星说:'把我烧成灰烬吧。'那是在仲夏,正当开过游园会,我在那次游园会上受到了屈辱之后。七月里,使人难忘的是大风和暴雨。同时,还有正当我手里拿着个信封去给人送信时在院子当中碰上的那个死气沉沉、叫人望而生畏的铅灰色的泥水坑。我走到那泥水坑跟前。我走不过去。我失掉了把握。我说了句：'我们这些人真不中用，'就跌倒了。我就像是一根狂风中的羽毛被刮进了黑洞里似的。后来我鼓足勇气，把一只手扶在一堵砖墙上，迈步跨了过去。我提心吊胆地涉过那死气沉沉的铅灰色的大泥坑，十分费力地回到房间里。这就是当时我注定要过的那种生活。

"因此我特别记得夏天那个学期。生活就像掀起它那阴沉沉的浪头从大海里冒出来似的，不断出现令人震动的意外，乘人不防，好像猛虎的一跃。我们没法脱离这种境遇，我们被它困住，就像身子被困住在受惊的马上一样。不过我们想出了各种手法来弥补这种裂缝，掩盖这些裂缝。哦，验票员来了。这儿有两个男的，三个女的；篮里还有一只猫；还有正把胳膊靠在窗槛上的我，——这就是眼前在这儿的事情。我们渐渐靠近了一个地方，又离开了它，穿过窸窣有声的金黄色麦地。田里的妇女们惊奇地被我们抛在后面，继续锄着草。现在火车仿佛笨重地蹬着足，呼噜噜地喘着气，不停地向上爬坡。最后我们到达了荒原的最高处。这儿只生活着极少几只野山羊，几头乱毛蓬松的小马；可是我们却设备一应俱全，有小桌可以放报，有套环可以放稳我们的杯子。我们随车带着这一切设备来到荒原的最高处。现在我们已经来到了顶峰。一片静穆将要笼罩在我们身后。我只消越过那个秃脑袋回头瞧瞧,就能望见静穆已经笼罩在那儿,云彩的阴影正在荒地上互相追逐;静穆笼罩了我们走过的一段短暂的旅程。我现在所说的就是目前;今天是暑假的第一天。这就是我们无法摆脱的那个正在冒出来的怪物的一部分。"

"现在我们已经出发了。"路易说,"现在我正悬在半空,无所归属。我们不知自己身在哪儿。我们正坐在一列火车上穿过英国。英国在车窗外不断变换景色,飞逝而过,从山坡变换成树林,又从小河、垂柳变换成城市。而我却没有可靠的立足之地可去。伯纳德和奈维尔,波西弗、阿契、拉本特和贝克要去牛津或者剑桥,去爱丁堡、罗马、巴黎、柏林,或者去美国的某一所大学。我却去向不定,谋生之道不明。因此仿佛到处有一种难受的阴影,一种辛酸的色调,笼罩着这些金黄色的芒穗,这些深红的田野,这片犹如波涛起伏,但却只到田边而永不会溢出田塍的麦子。今儿是新的生活的第一天,是正在转动的车轮的又一根车辐。但是我的身子却像一只飞鸟的掠影似的徘徊不定。我一定很像一片草地上的日影那么飘忽难凭,很快消退,一会儿就暗淡下去,隐没在草地跟树林毗连的地方,要不是我竭力使我的头脑清醒的话。我强迫自己哪怕只用一行未写出来的诗句也好,一定要把眼前这一刻记述下来;要把那从埃及、从妇女们带着红色的水罐到尼罗河边去打水的法老时代就开始的漫长历史中的眼前这一小段标志出来。我仿佛已经生活了好几千年。但要是我现在闭目无视,理解不到我现在所乘这节坐满了回家度假的孩子们的三等车厢,就是过去和现在交汇的地方,那么人类历史中就漏掉了一小段景象。它那能看透我的眼睛就会阖上,——要是我现在由于懒散或者胆怯,一味让自己沉浸在过去、沉浸在黑暗中而逃入梦乡;或者像伯纳德那么说说故事,随波逐流;或者像波西弗、阿契、约翰、华尔特、拉松、拉本特、罗泊、史密斯那么一味说大话的话,——他们的名字永不会变了,永远只好叫说大话的小伙子。他们全爱说大话,老是话挺多,只有奈维尔除外,他会不时悄悄地去看一两本法国小说,因此老是溜进那些炉中有火、椅上有靠垫的房间,与许多书籍和一两个知己作伴,而我这时却正在一个柜台后面,俯身坐在一张小职员的椅子上。因此我会变得满腹牢骚,对他们冷嘲热讽。我会嫉妒他们能在那些古老的水松树阴下继续走他们安闲自在的老路,而我却要去跟那些伦敦佬和伙计职员们相处,在那个城市的街头劳碌奔波。

"不过这会儿我正满心空虚、无所着落地奔驶在茫茫田野上,——(这里有一条河;一个男人正在钓鱼;这里有一座尖塔,有一条乡村小街,街上有个装着弓形窗的小客栈,)一切在我看来都显得朦朦胧胧,有如梦幻。这些难受的念头,这种嫉妒,这种满腹牢骚,对我是格格不入的。我只不过是路易的一个幻影,一位短暂的过客,一心向往的只是种种梦境,以及清晨鸟儿啁啾,花瓣儿仿佛在无底的深渊上飘浮时,花园里可以听到的各种声息。我拚命用清澈的童年之水来溅湿我自己。它朦胧的水面起了波澜。可是那拴着铁链的野兽还是在海岸边不住地蹬脚,蹬脚。"

"路易跟奈维尔两人,"纳伯德说,"都不声不响地坐在那里。两人都陷入了沉思。他们俩都觉得有旁人在场仿佛是一堵使他们彼此疏远的墙。可是我一旦跟旁人在一起,话就立刻像烟圈似的袅袅升起,——瞧瞧各种妙语是如何从我嘴里脱口而出。简直就像划了一根火柴似的;什么东西马上就点着了。现在一位上年纪的,显然是事业颇为兴旺的男人上了车。我立刻想要去跟他结交;我出于本能地讨厌那种他一人冷冰冰、落落寡合地置身在我们中间的感觉。我不喜欢彼此疏远。我们都不是独处世上。同时我也希望给自己对人生真谛的宝贵观察增添材料。我的著作肯定会篇幅繁多,把所知的各种男男女女不同类型都收罗在内。我把在一个房间或者一节车厢里偶然碰见的各式人物都灌进我的头脑,就像在墨水瓶里灌满一枝自来水笔似的。我随时都有一种永不餍足的渴望。这会儿我凭种种眼前尚难解释、但以后一定能解释清楚的细微迹象,觉察到他就要开始挑衅了。他的沉默寡言正是快要猛烈爆发的前兆。他对一所农舍发了句议论。我嘴里马上就吐出了一丝烟圈(议论庄稼收获),在他的身边袅绕,跟他发生了接触。人的话音有一种打消隔阂的力量,——(我们都不是独处世上,而是人间的一个。)一当我们就农舍问题彼此交换了几句尽管简短但却亲切的议论之后,我就使得他比较开朗和踏实起来了。他是个和气但却并不见得忠实的丈夫;是位有不多几个雇工的小建筑商。在当地社会上他是个重要人物;已经当了市参议员,说不定有朝一日还会当上市长。他身上戴着一件挺大的饰物,样子像连根拔起的一对牙齿,是珊瑚做的,挂在表链上。华尔特·约·屈伦勃这类名字倒是挺适合于他的。他到过美国,带着太太一起去办生意上的事情,在一家小小的旅馆里开了个双间套房就花了他一个月工资。他的门齿上镶着一颗金牙。

"说实话我不大爱多想。我要求一切都踏实具体。全靠这样我才能把握这个世界。不过我觉得一句漂亮辞藻还是有它独立的价值的。但我想最好的辞藻大概只在孤身独处的时候才能想得出。它们仿佛需要有一种最后的冷冻过程,这我可做不到,因为我总喜欢在一滩言辞的热水里蹚着玩。但我这一套比起他们的来也自有它的好处。奈维尔受不了这位屈伦勃先生的粗里粗气。路易呢,像一只高傲的仙鹤那样小心翼翼地抬高了脚步走路,像用糖夹子夹糖似的仔细挑选着词句。的确,他那种放肆,嘲笑,但却有点故意壮胆的神气的目光,显露出了某种我们不曾估量到的东西。奈维尔也好,路易也好,身上都有一种精细而一丝不苟的特色,这是我所羡慕但却学不到手的。现在我开始想到该采取某种行动了。我们正开近一个交轨处,我必须在这儿换车的交轨处。我得搭另一列开到爱丁堡的车。我不大弄得清这件事,——它就像一粒钮扣或者一枚硬币似的胡乱夹杂在我脑子里的一大堆事情里。哦,那位乐呵呵的查票的老兄来了。我有票,——我当然有。但这没关系。只不过是我找得着找不着的问题。我仔细翻我的皮夹子。我翻遍了我的口袋。正是这类事情,老是阻碍我不能按我一直竭力想做的那样,找出一句十分切合目前这种场合的辞藻来。"

"伯纳德走了,"奈维尔说,"连张票都没有。他一边说着漂亮辞藻,一边挥了挥手,就撇下我们走了。他跟那个养马的或者修铅管的人说起话来,就像跟我们说话一样毫不费力。那个铅管匠对他中意极了。他准在想'要是我有这么个儿子,我一定要尽力想法让他进牛津'。可实际上伯纳德哪关心那个铅管匠?难道他不是只想把他老在跟自己讲的那个故事继续讲下去么?他小时候还在把面包搓成一个个小球吃的那会儿,就已经在开始讲这个故事了。这一个小球是男人,那一个是女人。我们都是这些小球。我们全都是伯纳德故事中的一句句辞藻,是他分别记进他的笔记本里去的一件件事件,有的记在'A'栏里,有的记在'B'栏里。他讲起关于我们的故事来,什么都了解,就只不了解我们最关心的事是什么。因为他根本不需要我们。他永远不受我们摆布。他正在那儿,站在月台上挥着手。他没上去,火车就开了。他转车没转成。他把车票给丢了。但那没关系。他会去跟一个酒吧间侍女谈谈人类命运的真谛问题。我们就要开走了;他已经忘掉了我们;我们已经从他的视野中消失了;我们要继续赶路,心头满是萦回不去的感慨之情,半是甜蜜,半是辛酸,因为瞧着他丢掉了车票,只好去凭他那半吊子的漂亮辞藻去闯荡世界,总有点叫人怜悯:他也是该受人爱惜的呀。

"现在我又假装看起书来。我高高地举着书,几乎遮住了眼睛。但我没法在那些马贩子、铅管匠面前看书。我没有哄骗自己的本事。我不赞赏那个人;那个人也不赞赏我。至少让我做个诚实人吧。让我公开指责这个琐屑无聊、扬扬自得的世界,这些塞满马鬃的坐椅,这些码头和广场的彩色照片吧。我简直想大声疾呼地痛斥这种沾沾自喜的自满心情,这个平庸无聊的世界,它专会繁殖出那些表链上挂着珊瑚坠的马贩子。我身上有这么股火气,简直能把他们统统烧为灰烬。我的大笑会叫他们坐卧不宁,会逼得他们在我面前哀哀嗥叫。哦不,他们是不朽的。他们是胜利者。他们永远会让我没法在一节三等车厢里读喀特勒斯的著作。他们到了十月里就会逼使我逃进一所大学,将来当一名导师;然后跟一班教师们一起去希腊;还要在巴特农神殿的遗址上给学生讲课。倒不如去住在那样一所红色的村舍里,养养马,还胜过老像一条蛆虫似的钻在索福克勒斯和欧里庇得斯的骸骨里,娶上个品格高尚的太太——那种所谓的'大学夫人'。不过我的前途却准是如此。我准得吃这种苦头。才十八岁的我就会这样愤世嫉俗,弄得那班马贩子恨透了我。这是我的胜利;我决不妥协。我并不胆小;我也没有口音。我不像路易那样吹毛求疵,老怕别人想到'他父亲在布里斯班一家银行里工作'。

"现在我们渐渐开近文明世界的中心了。那儿就是那些熟悉的煤气罐。那儿是有一条条沥青小路穿过的公园。那儿是不害臊地嘴贴嘴躺在枯草地上的情人们。波西弗这会儿差不多已快到苏格兰了;他的火车正开过红土荒原;他看到了连绵不断的边界小山和罗马式城墙。他在看一本侦探小说,可是什么都猜得到。

"当我们愈来愈近伦敦这个中心时,列车渐渐开慢和拉长了,我这颗惊喜交加的心也仿佛膨胀起来。我将要碰到的究竟会是什么呢?在那些邮车、搬运夫和成群召唤出租汽车的人当中,究竟会有什么特别的奇遇在等着我?我自觉微不足道,茫然失措,但同时又欣喜若狂。在轻轻地震动了一下之后,我们的车停了。我要让别人先下车。我要先静静地坐一会儿,再投身到那一片纷乱中去。我还无法料想下一步将会碰到什么。一阵巨大的嗡嗡声传到了我耳鼓里。它就像海里的浪涛那样在玻璃的屋顶下不断回响。我们带着随身行李被卸在站台上。我们被挤散了。我的自尊心连同我的轻蔑感差不多被冲得无影无踪。我被卷进了人流,一下子被压到地下,一下子被抬到半空。我终于下到月台上,手里紧紧抓住自己惟一的东西——一只手提包。"

太阳升起了。一条条黄绿色的光影投在海边上,把饱经风霜的小船船舷镀成金色,并且使海冬青和它那像披着铠甲似的叶片反射出钢铁般的闪闪蓝光。阳光几乎映透了成扇形地迅速散开在沙滩上的那层薄薄的浪花。那个刚才摆动脑袋,使她戴着的各种珍宝——黄玉,蓝宝石,射出火花般闪闪反光的水晶宝石——都颤动个不停的女郎,现在已齐眉地显出她的身影来,睁大着双眼,用她的目光在浪头上开辟出一条笔直的通道。海浪原来那种鱼鳞似的闪闪亮光暗淡下去了;它们变得稠密起来;它们那绿阴阴的波谷颜色发黑变深,像是被成群游动的鱼填满了似的。当浪潮飞溅一阵,退落下去后,它们在海岸上留下了黑黑的一行树枝和树皮、碎草和木棍,仿佛有一艘小舟沉没碎裂了,驾船的人已游上岸去,跳上岩石,遗下他四散的货物听凭它们被冲上岸边。

花园里,黎明时原来那棵树、那丛灌木上紧一阵慢一阵零乱啁啾的鸟儿,现在鸣成了一片,又尖又响;一会儿齐声而鸣,仿佛庆幸自己有了伴,一会儿又单声鸣叫,仿佛在向青白色的天空倾诉。当那只黑猫在灌木丛中悄悄爬来,或者厨娘把煤灰倒在煤碴堆上惊动了它们,它们就轰然飞起,连忙逃开。它们的鸣声中有恐惧,有生怕遭到苦难的不安,也有宁愿此时此刻就被人捉住的喜悦之感。它们在清晨的晴空中争鸣着,高高地飞上榆树梢头,互相追逐着齐声而鸣,一会儿追,一会儿逃,你啄我我啄你一齐飞上云霄。然后它们厌倦了互相追逐,就快乐地重新飞下来,轻巧地向下降落,回到地面,安安静静地停在树枝上,或者落在墙头上,尖利的眼睛顾盼四周,它们的头一会儿转向这边,一会儿转向那边;清清醒醒,小心提防;全神贯注地发现了某项东西,某个特殊的目标。

那或许是个蜗牛壳,矗立在草地上仿佛一座教堂,一所高高耸起的建筑物,上面带着一圈圈焦痕,被草色映得微微发绿。或许它们是瞧见了那在花坛上放出一片连绵不断的紫色光芒的美丽花朵,下面还有紫色荫影形成的一道道暗沉沉的通道在花茎间纵横穿过。或许它们是在定睛注视着苹果树上那些小小的浅色叶子正在摇摇晃晃、欲坠又止,倔强地仍旧闪烁在瓣尖粉红的苹果花之间。或许它们是瞧见了树篱上的一颗悬在那儿却老不掉下来的雨珠,其中映出了整个屋子,以及那些高耸的榆树的影子;也或许它们是在直接盯着太阳,小眼睛都显得像是闪着金光的珠子。

现在它们东瞧瞧西望望以后,又瞧着更深的地方,瞧着花儿底下,透过黑洞洞的通道窥察那积满败叶落花的、光照不到的世界。于是它们中有一只就优美灵巧地往下一冲,准确地落下地来,一下就啄穿了那条无法自卫的毛毛虫又大又软的身体,反复地啄了又啄,然后就丢下它让它去逐渐烂掉。在那些花儿渐渐凋谢的近根的地方,浮动着阵阵死亡的气息;各种潮湿霉烂的东西发软膨胀的表面上冒出点点的水珠来。烂果子的皮裂开了,上面渗出来的东西稠腻腻地粘牢在那儿。黄色的分泌物一团团地渗出来,不时有条肉头都有脑袋的说不出形状的东西在缓缓蠕动。两眼金光闪闪的鸟儿钻进树叶丛里,好奇地细瞧着那些水珠和浓液。时不时地,它们会用它们的嘴尖恶狠狠地戳进这种黏糊糊的东西里去。

同时,刚升的太阳照进窗户,照亮了镶着红边的窗帘,显示出一个个圆圈和一条条花纹来。接着,在逐渐强烈的光线中,帘子的白色映在盘子上;刀子上的闪光更加耀眼了。椅子和食柜朦胧地留在后面的暗影里,以致尽管各自独立,却仿佛连成了一片。镜子投射在墙上的一圈反光显得更加洁白了。窗台上的真花都伴着它们的幻影。然而这幻影也是花的一部分,因为每当一朵花蕾开放时,镜子里色彩较淡的那朵花也同样绽开了一个蓓蕾。

风起了。波浪像敲鼓似的拍打着海岸,仿佛一些扎着头巾的战士,一些头上包着布、手里拿着毒矛的人高高地舞着他们的武器,正在向着吃草的畜群,向一头白色的羔羊冲上来。

"事情的错综复杂显得更加逼人了,"伯纳德说,"在这儿,在大学里,生活忙乱操心到了极点,单单日常生活中的骚乱就一天天愈来愈叫人应接不暇。这个粗糠做的大馅饼里每时每刻都会露出一些新东西来。我究竟算是个什么?我问自己。是这个么?不,好像是那个。特别是这会儿,当我刚离开一个房间时,别人在谈天,而我孤单单的脚步声在石子路上回响,我瞧见月亮正在升起,高贵,冷漠,照耀着古老的小教堂,——这时我才渐渐明白我并不是单纯的一个人,而是复杂的好几个人。伯纳德在大庭广众前有点轻狂,但私下一个人时却沉默寡言。这一点正是他们所不了解的,因为毫无疑问,这会儿他们正在谈论我,说我老回避他们,说我有点遮遮掩掩。他们不了解,我必须作种种的转换;我必须尽量给轮流扮演伯纳德这个角色的好几个人的上场下场打掩护。我十分注意所处的环境。我不先问一问:他是个建筑商么?她是否有点不愉快?就根本没法在一个火车车厢里看书。我今天特别注意到可怜的西密斯长着他那一脸粉刺,万分痛苦地自知他很难有机会使比利·杰克逊对他产生好印象。我为这一点感到难受,因此有意热情地请他一起吃饭。尽管实际上并不是,他却会错以为这是说明我对他挺有好感。这倒是真话。不过'虽然多情善感近于妇女'（我这是在引用替我写传记的人的话），'伯纳德却具有男子汉那种逻辑分明的冷静头脑'。说起来，凡能给人以头脑单纯的印象的（而这大体上讲是件好事，因为头脑单纯看来自有它的美德），总是那些能在激流中安然不为所动的人（我仿佛立刻瞧见了一条把头朝着与激流相反方向的鱼儿）。坎农、赖西特、彼得、郝金斯、拉本特、奈维尔——全是那种激流中的鱼。不过你总该懂得，你，我那一召即来的本人（光召唤而没人来应可真是件叫人苦恼的事，这会使深夜显得空虚，老呆在俱乐部里的那些老人们脸上流露的表情，其原因也正在这儿——他们已不再指望去召唤那永不再来的本人），你总该懂得我今晚所说的这些只能勉强表明我的真意。心底里，当我迥然不同的时刻，我也会心口如一的。我会热情洋溢地流露同情；我也会像一只呆在洞里的癞虾蟆那样，不管发生什么事都无动于衷。你们那些正在议论我的人当中，没有几个能够像我这样既有感情又有理智。你瞧，赖西特热中于猎兔子；郝金斯老在图书馆里整整一下午发愤用功。彼得在流通图书馆里有个年轻的女朋友。你们全都忙忙碌碌，陷了进去，脱不开身，打起精神来对付，简直使出了全身的劲，——只有奈维尔除外，他的头脑要复杂得多，不会单单被某一项活动所激动。我也同样是太过复杂了。在我身上，总有某种东西独立不羁，无所牵挂。

"现在正好说明我对环境十分敏感的一件事是：这会儿我走进自己的房间，亮了灯，看见桌子和桌上的一张纸，看见我那随手搭在椅背上的睡衣，我深感到自己正是那种既勇敢又有心计的人，那种大胆而危险的角色，他轻轻地脱下自己的斗篷，抓起笔来就给他正热恋着的那个姑娘写了下面所说的这样一封信。

"是的，一切都很顺利。我这会儿心情正好。我能够直截了当地写出我已经多少次动笔而没有写成的这封信。我刚进屋子；我扔下了帽子和手杖；我连纸都顾不得摊摊平，就把脑子里正好想到的事写了下来。这准会是一篇出色的随笔，她一定会觉得它是文不加点、毫无删改地写出来的。瞧瞧这封信多么潦草，——这儿还有块粗心大意弄上的污迹哩。应该不顾其它而只求做到才思敏捷和不拘小节。我要用一种敏捷、潦草而细小的字迹来写，有意把'y'的下面一笔拖得挺长，把't'的上面一笔像这样写成短短的一横。日期要只写上十七日、星期二，后面打上个问号。但同时又必须使她产生这样一个印象，就是尽管他——因为这并不是真正的我自己——写得那么潦草随便，其中却隐含着一种亲密和敬重的意味。我必须隐约提到我俩之间曾经谈到过的一些话，——回忆起某个难忘的情景。但一定得让她觉得（这非常重要）我是以世上最最轻松自如的口气随便提到这件事和那件事。我要顺便谈起那次我为救那个溺水的人（我有很好的措词来谈这件事)如何帮了莫法特太太的忙以及她当时说的话(我有记录),还要同样用显然是随便的但却又是十分深刻的笔调(深刻的评论总是随便写下来的)谈到我对某一本读过的书、一本生僻的书的看法。我要让她在梳头发或者吹灭蜡烛的时候忽然会说:'我是在哪儿读到这些话的?哦,是在伯纳德的信里。'我需要的是那种才思敏捷、热烈动人的效果,那种一句句话如流水奔泻似的风格。我心目中想到的是谁呢?当然是拜伦。在某些方面,我确实有点像拜伦。也许稍稍借助一下拜伦会有助于我的文思。我来读它一两页吧。不,那会挺乏味;会弄得七拼八凑。那会显得有点太一本正经了。现在我是把握了其中的诀窍。我是在心里捉摸到了他的节奏(写作中最主要的东西就是韵律)。好了,我要毫不拖延,趁着灵机一动,动笔就开始写……

"可是彻底落空。完全失败。我鼓不起足够的劲头去完成这一次转换。真正的我与扮演的我仿佛脱了节。要是我重新来写,她就会觉得'伯纳德是在装模作样自命为文学家;伯纳德是在预先想到他的传记作者'(这倒是真的)。不,我要到明早吃过早饭后再马上来写这封信。

"这会儿让我来用一些幻想中的情景散散心吧。让我来设想一下自己被邀到离兰利车站二英里,拉夫顿皇家御庄的雷斯托弗家做客。我在暮色朦胧中来到那里。

那幢虽然破旧但却不凡的房子的庭院里有两三条悄悄跑来的长腿狗。厅上有褪色的旧地毯;一位军人气派的先生一边抽着烟斗一边在阳台上踱来踱去。总的气氛是那种高贵不凡的清贫和与军界有联系。书桌上放着一只猎马的蹄子——一只原先宠爱的马。'你骑马么?''是的,先生,我很爱骑马。''我的女儿正在客厅里等着我们哩。'我的心在胸口扑通扑通地跳了起来。她正站在一张矮桌旁边;她刚去打过猎;她就像个带男孩子气的女孩那样大口地嚼着夹肉面包。我给上校留下了相当好的印象。我不算太聪明,他觉得;但也并不太蠢。我还会打弹子。一会儿已经在这一家呆了三十年的一位漂亮的女佣人走了进来。餐具上的图案是那种东方的尾巴长长的鸟儿。壁炉上方挂着她母亲身穿细棉布衣的肖像。我在某种限度之内,能够十分轻易地描绘周围环境的细节。可是我究竟能不能使它最终产生预期的效果呢?我能不能听见她的声音——当我俩单独在一起,她叫我'伯纳德'的时候应有的那种神态语气呢?

"说实话,我是需要靠旁人的光来给我启发的。一个人,在我自己那暗淡的火光的照耀下,我常常会发现自己故事中的薄弱之点。真正的小说家,十足头脑单纯的人,倒能毫无限制地一直幻想下去。他不会像我那样心口如一。他不会有这种像熄灭的炉子中的冷灰似的令人灰心丧气的感觉。我的眼前浮动着一层障翳。一切都变得模糊不明。我不想再去凭空编造了。

"让我定一定心吧。整个说来今儿是挺好的一天。夜间在心灵的屋檐上凝成的露珠是圆润而绚丽多彩的。早上过得挺好;下午散步消遣。我喜欢瞧灰色田野上一座座尖塔的景象。我喜欢瞥一眼别人两肩之间的地方。种种事情不断在我头脑里出现。我想象丰富,思路敏锐。午饭以后,我又对戏剧性产生了兴趣,我把平常在几个我们都认识的朋友身上隐约觉察到的许多事情拼凑成一个具体的形象。我毫不费力地就能实现自己的转换。不过现在还是让我静静坐下来,靠着那没有完全烧着、露出明显的黑黑棱角的煤块所发的暗淡火光,向自己提出那个决定性的问题吧。究竟那些人中间哪一个是真正的我?这在很大程度上要看房里有什么人而定。当我对自己唤一声'伯纳德'的时候,来的是谁呢?是个诚实而又有点嘲弄意味的人,尽管理想破灭,却还没有满腹牢骚。是个没有明确的年龄和使命的人。是我自己,仅此而已。就是他,这会儿正拿起火棍,捅捅煤灰,让它们从炉算上纷纷落了下来。'老天,'他望着它们落下来,自言自语地说,'多大的灰啊!'接着郁郁不乐而又有点自慰地说,'莫法特太太反正会把它们统统打扫干净的。……'我想将来我在一生中东捅捅西捅捅,一会儿撞在马车的这面壁上,一会儿又撞在那面壁上的时候,一定会常常自言自语地重复着这句话的:'哦,是啊,莫法特太太反正会来把它们统统打扫干净的。'然后就上床睡觉去了。"

"在一个只是过一时算一时的世界上,"奈维尔说,"干吗要去分辨、区别？何必要给一件事取上个名字,除非我们这样做就能使它有所改变。让它去存在吧,管它这条河岸也好,这片美景也好,反正我在这短暂的一刻里是浑身欢畅。阳光灼人。我看到小河。我看到树木在秋天的阳光下斑驳枯黄。船儿在一片红色和一片绿色中悠悠驶过。远处敲起了钟声,但并不是为死亡而敲的丧钟。钟声也有为生命而敲的。一片叶子落了下来,是因为喜悦。哦,我真爱生活！瞧那柳树是怎样长出美丽的小枝刺向天空！瞧瞧那只小船是如何从柳树丛中穿过,上面坐满着懒懒散散、无思无虑、身强力壮的青年。他们正在听留声机；他们吃着装在纸袋里的水果。他们把香蕉皮扔出去,一条条像黄鳝似的沉到了河里。他们的一举一动都挺美。他们背后放着做饭的作料和各种装饰物；他们房间里塞满了船桨和油画复制品,但是他们使一切都显得挺美。那只船儿从桥下划了过去。划来了另一只。接着又来了一只。那儿是波西弗,他正懒洋洋躺在椅垫上,安如磐石,泰然自若。不,这只不过是他的一个追随者,在那儿模仿他那安如磐石、泰然自若的气派。只有他不知道他们玩的把戏,即使当场抓住了,他也只高高兴兴地举手揍他一拳。他们也穿过桥洞,从闪着黄一道紫一道美丽光影的'垂柳的喷泉'下划了过去。微风拂动；窗帘飘荡;我望见树叶背后那幢庄严然而永远令人愉快的建筑物,似乎显得有点松散,但却并不臃肿;尽管建在泥炭地上已不知有多少年,却仍旧亭亭屹立。现在我心中开始涌起了熟悉的韵律;沉睡的字句又动弹了,又扬起了头来,反复地一会儿高昂、一会儿低沉。是的,我是一位诗人。我的确是一位伟大的诗人。船儿和青年们都消逝了,还有那远方的树,那'垂柳的喷泉'。我看见这一切。我感到这一切。我充满了灵感。我眼中涌起了泪水。但即使我已有了这样的感觉,我还是拚命使劲地鞭策我的狂热。它汗水淋漓了。它变得有点虚假做作。字句,字句,一连串的字句,它们奔驰得多欢,——它们那长长的鬃毛和尾巴竖得多直,但是由于我自己的某种过错,我却怎么也无法投身到它们的背上;我无法把那些女人和网兜统统赶开,跟它们一起远走高飞。我身上有某种缺点——某种要命的犹豫不决,只要我一放纵了它,它就会变得装腔作势,肆无忌惮。不过要说我不能成个大诗人,那是难以置信的。我昨夜里写的不是诗又是什么?我是不是有点太敏捷,太灵巧了?这我不知道。有时候我自己也不知道自己,或者说不知道如何去估量、辨认和清点那些使我之成其为我的种种习性。

"有某种东西离开了我;有某种东西撇下了我去跟那正在前来的人汇合,而且竭力要我相信我不看也明知道那是谁。当一个人增添了一个朋友,即使那人还在远处,也会使得你发生多么古怪的变化。当那些朋友们记起我们来的时候,他们就会对你产生多大的好处。可是当你被人记起,被人冲淡,使你的自我被搀了假,被搅混了,因而变成了别人的一部分的时候,又是多么地痛苦。随着他的来到,我就变成不再是我自己,而是奈维尔跟别的某个人的混合了。——跟什么人呢?跟伯纳德么?对,是伯纳德,因此我也正该向伯纳德去问这个问题:我究竟是谁?"

"多奇怪,"伯纳德说,"这柳树仿佛是曾跟谁在一起看见过的。我曾经是拜伦,这棵树曾经是拜伦的树,它眼泪汪汪,洒落如雨,悲悲切切。这会儿咱们在一起瞧着这棵树,它却是一副刚梳洗过的样子,根根树枝都整齐分明,在你那清澈头脑的迫使下,我要把我的感觉告诉你。

"我感到你的非难,我感到你的力量。我在你身边,成了一个邋遢而急性子的人,手帕上老沾着松饼的油腻。是的,我一只手拿着格雷写的《挽歌》,另一只手去摸索那浸饱黄油、粘牢在盘子底上的最后一块松饼。你讨厌这个;我明显地感到你的厌恶。为这事所促使,我急忙想重新赢得你的好感,就开口跟你讲起我怎样硬拉波西弗起床的事来;我讲起他的拖鞋,他的桌子,他那枝淌满烛油的蜡烛;当我掀掉他脚上的毯子时他发火抱怨的口气;原来他一直蒙头裹在毯子里,就像个其大无比的蚕茧似的。我把所有这些事形容得那么生动,尽管你满心地不痛快(因为我们的相遇老被一种难以捉摸的暗影笼罩着),最后终于还是忍不住,你大笑了,开始喜欢起我来。我的风趣和口若悬河、自然而然、出人意外的话,使我自己也感到高兴。当我用自己也远远想象不到会有的那么丰富的言辞来揭开事物的秘密时,我自己也感到惊奇。我曾经细心观察。当我一边讲的时候,各种想象就滚滚不断地在我的脑子里出现。我心想,这正是我所需要的;我自问,干吗我不能写完我正要写的那封信呢?我房间里老是摊满着我没有写完的信。每当我跟你在一块时,就会猜想到我或许真是最有天分的人中间的一个吧。我浑身充满青年人的愉快和活力,充满对即将来到的事的预感。我仿佛看见自己正莽莽撞撞,但却劲头十足地绕着花儿营营乱转,嗡嗡飞着钻进鲜红的花萼,使蓝色的烟囱里震耳地回响出我那嗡嗡嘤嘤的声音。我会多么津津有味地享受我的青春(全靠你才使我能有这样的感受)。享受伦敦的乐趣。还有自由自在的乐趣。不过别说了。你并不在听我。你用那种无法形容的熟悉手势摸着膝盖,表示出某种异议。我们能从这类迹象中猜出我们这些朋友们心里的不舒服。'当你那么丰富充实的时候,'你似乎在说,'可别扔下我不管。''别说了,'你说,'还是问问我有什么痛苦吧。'

"那就让我来扶植扶植你吧(你也帮了我不少的忙呀)。你在这样一个美好的,尽管正在渐渐萧索但却仍旧明朗的十月天里,躺在这温暖的河岸上,望着船儿一只接一只地划过这株枝叶已有点光秃的柳树。你一心想当个诗人;你还想当一位恋人。可是你那无比清醒的头脑,你决不自欺的明智(这些拉丁语句我是从你那儿学来的;而你这些好品德却使我有点不好意思,更看清我自己素养的残缺不全),却使你感到迟疑。你从不醉心于故弄玄虚。你决不让迷雾蒙住你的眼睛,不管是玫瑰色的也好,黄色的也好。

"我没弄错么?我没有误解你左手那隐约可辨的手势么?那就把你的诗拿给我看吧;给我看看你昨夜写下的那几张纸吧,当时你那么灵感勃发,以致现在想起来都有点不好意思。因为你根本不信任何灵感,不管是你的也好我的也好。我们还是一起走过桥上、穿过榆树阴,回到我的房间里去吧,在那儿,四面围着墙壁,窗上垂着红色的斜纹布窗帘,我们可以躲开这些叫人分心的嘈杂声,菩提树的香味和各种气息,和种种其他的生命活动:这些神气活现走来走去的轻佻的女店员,这些心事重重、步履艰难的老太婆;这种由一个隐约出现、马上又瞧不见了的人偷偷瞥来的眼光,——那可能是珍妮,也可能是苏珊,或者,那会是罗达从林阴道上走了过去么?哦,从你脑袋的微微一扭,我又猜到了你的感觉;我从你身边逃开了;我像一群老是飘忽不定的蜜蜂嗡嗡地飞走了,我没有你那种耐性,能牢牢不放地专心于某个单一的对象。不过我还会回来的。"

"当周围有这样的建筑物时,"奈维尔说,"我无法忍受这儿有女店员。她们那小声窃笑,嘀嘀咕咕,叫我难受,扰乱我的宁静,正当我沉浸于最最纯洁的愉快心情时,让我猛然想到了我们的堕落。

"不过在跟那些脚踏车、菩提树香味和嘈杂街道上闪过的人影小小地交过了一场锋以后,我们又夺回了自己的阵地。我们又是平静和秩序的主人;又是骄傲的传统的继承者了。灯火开始在广场上投下一条条细长的黄色光影。河上升起的雾气渐渐布满这古老的地方。它慢慢附着在灰白的石头上。这会儿村道上的树叶变得沉甸甸的,羊儿在潮湿的田野上发出咳嗽声;不过这儿在你的房间里我们是干燥的。我们悄悄说着私房话。火光时明时暗,照得某个门把闪闪发亮。

"你在读拜伦的诗。你划出了那些似乎跟你的性格合拍的段落。我在所有看来是流露着一种嘲弄然而激烈的心情的诗句旁边都发现了记号;那是一种飞蛾式的急躁心情,硬往坚硬的玻璃上碰。当你用铅笔在那些地方划着的时候,你在想:'我也正是这样猛地扔掉斗篷。我也同样面对着命运啪地弹一下手指。'可是拜伦却决不会像你煮茶煮得那么糟,把茶壶灌得满满的,以致一盖上盖茶就漫得到处都是。那儿桌上有一滩褐色的水,——它正流到你的书上和纸上去。现在你赶紧笨手笨脚地用你的手帕擦干它。接着你就把那手帕往口袋里一塞,——这绝不是拜伦,这是你;这一点是那么能说明你的本性,因此要是再过二十年,当我俩都已出了名,得了风湿,痛得难受的时候,只要一想起你,我就会想到这个场面;而且要是你死了,我会为你流泪。你一度曾是托尔斯泰的年轻信徒;现在你又是拜伦的年轻信徒;说不定你也会是麦瑞狄斯的信徒;而且将来你还会在复活节假期去游历巴黎,回来时打着个谁也没听说过的法国人所打的那种黑色领结。那时候我就会不理你了。

"我只是一个人——我自己。我绝不去扮演喀特勒斯,尽管我崇拜他。我是个最拘泥死板的学生,这儿摆着本字典,那儿放着个笔记本,把过去分词的罕见用法都一一记了进去。可是一个人总不能永远拿着把刀子老是去精雕细琢这些古老的碑文。我会做得到老拉上红色斜纹布窗帘只顾读我的书,像块石头似的老呆着不动,在灯光下脸色发白么?那倒的确是光辉的一生呀:一心去追求学识渊博;沿着曲折的词句一直探索下去,不管它会把你引向哪儿,走进沙漠也好,陷入流沙也好,对一切勾引和诱惑都视若无睹;甘心永远贫困,蓬首垢面;甘心在皮卡迪里大街上被人看做笑柄。

"不过我太心绪不宁了,没法好好说完我的话。我一边来回踱着掩饰我的激动,一边很快地说着话。我讨厌你那油腻的手绢,——你甚至会弄脏了你那本《唐璜》

的。你没有听我说。你在发挥些关于拜伦的漂亮议论。当你在用你那斗篷和手杖摆出种种姿势来的时候,我正想要对你讲到一个从来没对别人讲过的秘密;我是想请你(一边说一边背朝你站着)把我的生命放在你手里,告诉我我究竟是不是注定总是会遭到我所爱的人的厌恶?

"我背朝你站着,局促不安。不,我的手现在倒挺坚定。我很有把握地在书柜里匀出一个位置来,把《唐璜》插了进去;好了。我是宁愿被人喜爱的。比起通过沙漠追求完美来,我倒宁愿成个名人。不过,我究竟是不是注定要遭人讨厌呢?我究竟是不是一个诗人?快接着吧。那涌向我嘴边一吐为快的欲望,就像铅那么冰冷,像子弹那么一触即发,那种我从女店员、妇人们身上一心想要得到的东西,那种野心勃勃,那种生活中的粗俗趣味(因为我恰恰就喜爱这个)现在随着我的诗向你扔了过去,——你接着吧。"

"他像一枝箭似的冲出了房间。"伯纳德说,"他把他的诗交给了我。唉,友情啊!我也同样想把鲜花压在莎士比亚十四行诗集的书页里呀!唉,友情啊!你的矛枪是如何一下就刺中人的要害,——这儿,这儿,还有这儿。他刚才转过身来,直接看着我;他把他写的诗交给了我。我生活中的一切迷雾全都消失无踪了。这样的信赖我一定要保留着直到我死的一天。他像长长的浪头,像滚滚的波涛,完全淹没了我,他那势不可挡的气派——使我变得仿佛赤裸裸的,把我心灵之岸上的那些小石子全都暴露在光天化日之下。这真叫人羞惭;我仿佛变成了一些小石子。一切假象都消失了。'你并不是什么拜伦;你只是你自己。'会被旁人感染得跟他合成了一个人,——那真是件古怪事哩。

"感觉到有一条从彼此身上伸出来的线,用它那美好的细丝穿过横亘其间的那个世界的广漠空间把我们互相连结起来,倒真是件古怪的事哩。他已经走了;我站在这儿,手上拿着他的诗。我们之间连着那条线。不过现在感觉到那疏远的神态不见了,那探究的目光暗淡隐没了,这多么叫人愉快,叫人安心!拉下窗帘,不让旁人在场;感到自己已从那些可怜巴巴的精灵伙伴们曾经栖身,但却被他用强大威力赶得躲了开去的那个阴暗角落里脱身回来,是多么值得庆幸的事。现在,那些即使在受到伤害的危急关头也仍在替我警惕操心的又机灵又爱嘲弄的精灵们,又都成群地回来了。还带着它们的称号:我是伯纳德呀,我是拜伦呀,我是这、我是那呀等等。它们黑压压聚成一片,照旧用它们的玩笑和议论来充实我,使我在一时的激动下那种美好的单纯心理黯然失色。因为我远比奈维尔所想象的要顾自己得多。我们并不像我们那些朋友们为了他们自己的需要所希望的那么单纯。而爱却是单纯的。

"现在我的那些精灵伙伴们又回来了。现在我那防御壁垒上曾被奈维尔用他惊人巧妙的一击所刺伤的裂口又修复了。我现在差不多又变得完整无缺了,而且觉察到自己为能把被奈维尔所忽略的全部能耐施展出来而感到多么得意扬扬。我一边拉开帘子望着窗外,一边心里想:'这不会使他高兴,但却会使我自己高兴。'(我们总是通过和自己朋友们的对照来衡量自己的能耐的。)我的视野远比奈维尔所能达到的要广阔得多。他们正在大声唱着打猎时的歌向路那边拥去。他们是在兴高采烈地带着猎犬去打野兔。那些老在马车驶过拐角时同时掉过头来的戴制服帽的小伙子们,正在互相拍着肩膀大吹其牛。可是奈维尔却小心避免干扰,正在像个搞阴谋诡计的家伙那么偷偷摸摸急忙溜回自己的房间去。我望见他在矮矮的椅子上坐了下来,两眼盯着那此刻被设想成是一座坚实稳定的建筑物的炉火。他在想,但愿生活能有这样的持久、这样的秩序就好了,——因为他最渴望的就是秩序,而最讨厌我那种拜伦式的懒散杂乱;这样想着,他就拉好了窗帘,闩上了门。他的两眼(因为他正坠入了情网;爱情的不祥阴影笼罩了我们刚才的那次会见)充满着思慕,饱含着泪水。他抓起火棍,猛一下捅毁了炽烈的炉火中所包含的那种暂时的稳定坚实之感。什么都在改变。连同青春和爱情在内。小船已驶过垂柳的拱门,现在正在桥洞下面。波西弗、汤尼、阿契也好,别的人也好,将来都会到印度去。我们不会再见面了。想到这儿,他伸手去拿他那册练习本——用带斑纹的纸订得整整齐齐的一本,——用他此刻最钦佩的一位诗人的风格,开始狂热地写起长长的一行行诗句来。

"可是我还想继续呆下去;靠在窗台上,侧耳静听。远处又传来了那嬉笑的合唱声。他们这会儿又摔起瓷器来,——这是他们的新玩意儿。一个步履不稳的老太婆背着个口袋,蹒跚地经过被火光映红的窗子走回家去。她生怕它们会倒下来压在她身上,把她撞进路旁的沟里去。但是她停下来,似乎想在那烈焰四射、烧焦的纸片满处飞腾的篝火上烤一烤她那双害着风湿病的、肿胀多瘤的手。这个老太婆留连在火光映照的窗户底下。真是个鲜明对照。这情景我看见了,奈维尔却没看见;我感受到了而奈维尔却没感受到。正因为这样所以他将会达到完美,而我一事无成,死后没留下任何东西,只除了一些泥沙混杂、毫不完美的辞藻。

"现在我又想起了路易。他会用些什么幸灾乐祸但却一针见血的话来形容这个萧索的秋夜,这种乱摔瓷器和大唱行猎歌曲,形容奈维尔、拜伦和我们在这儿的生活呢?他薄薄的嘴唇似乎噘了起来;他脸色苍白;他坐在一间办公室里用心看着一份复杂难懂的商业文件。'我那在布里斯班一家银行里工作的父亲'——他因为引以为耻,所以老在谈起他——已经破产了。因此路易,全校最优秀的高材生,只好坐在一间办公室里。但我在寻求对比时,却常常感到他的目光仿佛正盯着我们,他那嘲弄的目光,他那无礼的眼睛,把我们就当作他老在办公室里审核的某笔总账中无足轻重的细目那样,一股脑儿加在一起。将来某一天,他会在红墨水里蘸一蘸他的细笔尖,结算完成了;我们的总额将会一清二楚;但这还不算完。

"嘭!他们现在又把一张椅子摔在墙壁上。那么说我们是毫无希望了。我的情况也同样很难说。我不是正沉湎在突如其来的感慨中么?一点不错,当我把身子俯出窗外,将我吸着的香烟向外一扔,让它打着转轻轻落在地面上的时候,我感到路易甚至在注视着我的香烟。随后他说道:'这倒有点意思在里面。但到底是什么呢?'"

"人们继续来来往往。"路易说,"他们不断在这家饮食店的窗前经过。汽车,货车,公共汽车;接着又是公共汽车,货车,汽车,——它们全在窗前驶过。远处,我望得见一幢幢房屋,一家家店铺;还有一座市教堂的尖塔。近处,是那些玻璃货架,摆着一盘盘甜面包和火腿三明治。从一只大茶壶里喷出来的水汽把什么都蒙上了。一股牛肉和羊肉、灌肠和土豆泥发出来的油腻腻、潮滋滋的气味,它们就像一片潮湿的网似的挂在店堂中央。我把我的书竖着靠在 瓶威斯特调味汁上,竭力想显得跟周围旁的人一样。

"但是我做不到。(他们继续不停地来往,继续乱糟糟地走来走去。)我没法看书,也没法满有把握地点我所要的牛肉。我反复说着:'我是个平常的英国人;我是个平常的小职员,'但我同时却在不断望着邻座上那些小个子男人,以便确信我的举动能跟他们一样。他们这会儿满脸堆笑,面皮打皱,老是随着多变的心情挤眉弄眼,像猴子似的紧缠不放,为对付眼前的特殊场合而特别圆滑,正在使出浑身解数讨价还价,拍卖一架钢琴。它正挡着店堂的门,所以他宁愿只收十镑钱把它卖掉。人们继续来来往往;他们继续在教堂的尖塔下,在火腿三明治的盘子前来来去去。我头脑中的意识之流飘荡不定,不断被他们的嘈杂纷乱所困扰和打断,弄得我没法专心去吃我的饭。'我宁愿只收十镑钱把它卖掉。琴架子还挺不错;但是它挡着门。'他们就像浑身羽毛油光水滑的海鸥似的,一会儿潜下水去,一会儿又钻出来。任何超过这个的比拟都会是缺乏自知之明。这就叫低贱,这就叫平常。这当儿一顶顶帽子在不断晃动,门在不停地打开关上。我痛感这种变化无常,这种纷纭杂乱;这份幻灭和绝望。要是这就是一切,那它就是毫无价值的。不过同时我也感觉到饭店里的某种节奏。它仿佛一首圆舞曲的曲调,声音时高时低,反复旋转不息。侍女们灵巧地擎着托盘,一阵风地进进出出,转个不停,递上一盘盘蔬菜,一碟碟杏子和果冻,准确及时地送到顾客们的桌上。这些平常人把她们的节奏跟自己的节奏配合起来('我宁愿只收十镑钱;因为它挡着门'),享用着他们的蔬菜,他们的杏子和果冻。这么说,在这一串连锁行动中哪儿有什么毛病?哪儿有什么裂缝会叫你看出其中有不对的地方?这套循环是流畅不断的;这种和谐是完美无缺的。这就是中心旋律;这就是支配一切的大发条。我注视着它展开、缩拢;然后又再一次展开。但是我却始终没有被容纳进去。每当我开口讲话,竭力模仿他们的口音,他们就竖起耳朵,等着我再讲,以便猜出我的家乡,——看看我到底是来自加拿大还是澳大利亚,我,这个一心最渴望能投入别人爱的怀抱的人,却始终是个不相干的外人。我,尽管渴望能淹没在平常人的温暖浪涛里,却仍旧会凭眼角的一瞥,看到远处的某一种景象;会注意到那一顶顶帽子在不断的纷扰中不住晃动。那彷徨、烦恼的心灵的怨诉(有个牙齿残缺的女人正在柜台前畏畏缩缩地说着)就仿佛是冲着我来的:'求主把我们这些来来往往,心灰意懒地在眼前摆满火腿三明治的橱窗前徘徊的人,重新收回你的羊栏吧。'是的,我会让你们重新恢复秩序的。

"我要读一读这本靠在威斯特调味汁瓶子上的书。它里面有种钢铁似的韵律,有些完美的说法,字数并不多,但却是用诗写的。所有你们这些人都忽略了它。这位已故的诗人所说的话你们全忘了。可是我却没法把它翻译出来,好让它那摄人的力量吸引住你们,使你们明白自己是毫无目的的;那种节奏是庸俗而不值钱的;这样就会消除那种堕落,否则要是你们对自己的毫无目的蒙然不觉,这种堕落就会浸透你们,使得你们未老先衰。翻译这些诗句使它容易读懂,这将是我未来的使命。我,这位柏拉图和维吉尔的知心朋友,将要去敲那扇橡木门。我反对这种流行的熟铁捅火棍。我绝不会容忍这些无聊的流行大毡帽和洪堡式毡帽,以及形形色色插羽毛的或者五彩斑斓的女人帽子。(苏珊我是敬重的,她夏天就只戴顶朴素的草帽。)还有那种死啃书本和凝成大大小小的水珠从窗户上流下来的水汽;那些公共汽车猛然刹车和开动的声音;那副在柜台前犹犹豫豫的神气;以及那些令人厌烦地拖长声调所说的无聊废话;我一定要让你们都恢复秩序。

"我的根深深穿过地下的铅矿和银矿,穿过发出气味的潮湿泥沼地,伸到一个当中紧紧纠结成一团的橡树根瘤里去。尽管伸手不见五指,泥土塞住了我的两耳,我却仍旧听见了战争的传闻;听见了夜莺的鸣声;感觉到了一批批人流在成群结队地东奔西走寻求文明,就像一群群候鸟在结队迁徙去追寻夏天;我还看见了女人们带着红色的水罐到尼罗河边去打水。我在一个花园里醒来,觉得颈子背后被人一碰,是个热烈的吻,珍妮的吻;我记得这一切,就像一个人会牢记一次半夜火灾中惶急的尖叫,摇摇欲坠的屋柱,和红一道黑一道的光影。我老是在醒醒睡睡。一会儿睡,一会儿醒。我看见亮闪闪的茶炊;满满装着浅黄色三明治的玻璃格子;高踞在柜台边高凳子上的穿着宽大外衣的男人;而在他们的背后,我看到了永恒。这是一个包头巾的人用一把烧红的烙铁烫在我哆嗦的皮肉上的烙印。我看见这家饭店耸立着,在它的背后是羽毛蓬松但却已被包扎起来、仍在拍动但却已经合了起来的往事的翅膀。正因为这样,我才会噘起嘴巴,面容苍白,才会心怀憎恨、满腹牢骚地露出一副厌恶和难看的脸色,转过身去瞧着正在水松树下悠游闲荡的伯纳德和奈维尔;他们有从祖上继承下来的安乐椅;他们可以拉下窗帘,让灯光正好照亮他们面前的书本。

"对苏珊,我是敬重的;因为她要坐在那儿做针线活。她坐在一盏静静的灯光下缝缝补补,屋外的庄稼就在窗户底下发出轻微的簌簌声,使我有一种安全的感觉。因为我是她们中间最小最弱的一个。我这个孩子老瞧着自己脚底下,瞧着泉水在鹅卵石子上淌成的小溪。我说,这是只蜗牛,那是片叶子。我很喜欢蜗牛;我很喜欢叶子。我老是最小的、最天真的、最诚实的一个。你们这些人都有依靠。我却是赤手空拳的。当那个头发盘成辫子的侍女扭着腰走过来时,她马上就把你要的杏子和果冻递给了你,像个好姊妹似的。你就像是她的兄弟。而当我掸掸背心上沾的面包屑站起来时,却把一笔太大的小费,一个先令,悄悄塞在盘子底下,使她在我离开之前不会发现它,这样等我走出弹簧门以后,她一边笑着一边把它捡起来时所流露出来的那种轻视,才不至于戳痛我。"

"现在一阵风卷起了窗帘。"苏珊说,"朦胧难辨的瓶瓶罐罐,跟那张有洞的破安乐椅一下显得清晰了。平时见惯的那些已经褪色的暗淡条纹又布满在糊墙纸上。鸟儿的齐声欢鸣已经结束了,只有一只鸟儿现在还在靠床的窗边叫着。我要穿好长袜子,悄悄走出卧房门,下楼经过厨房走出去,穿过花园,走过花房旁边到田野里去。现在还是大清早。沼地上还蒙着一层雾。天气凛冽僵硬得就像一件裹死人的麻布尸衣。不过它会变得柔和、变得温暖起来的。在这个时刻,这个大清早里,我感到自己就是这片田野,这个谷库,就是这些树木;这一群群的鸟儿是我的,还有直到我几乎就要踩到它身上时才跳开的这只小野兔。那只懒洋洋地伸伸两只大翅膀的苍鹭是我的;还有那头一边一步步往前挨着、一边喀嚓喀嚓大声咀嚼着的牛;那只猛然向地上掠下来的燕子;那天上隐约的一抹红晕和接着当红晕消退时又隐约出现的一抹蓝晕;那四周的宁静和钟声;那正在从田野里召唤马匹去套车的男人发出的叫喊声,——这一切全都是属于我的。

"我是无法分割或者一分为二的。我曾经被送进学校;曾经被送到瑞士去完成我的学业。我讨厌油布地毯;我讨厌枞树和山。让我现在仆倒在这片平地上,躺在有一片片云儿缓缓飘荡的鱼肚色天空下。大车沿着大路渐渐驶近,显得越来越大。羊群聚集在田野当中。鸟儿聚集在大路当中,——它们还不需要飞开。柴火烧出的烟升了起来。它使清晨的寒气消失。现在白天开始了。色彩又重新显现。白昼通过他的种种农作物翻腾起阵阵金黄色的波涛。大地沉甸甸地坠在我的脚下。

"但是我这个凭靠在这扇大门上,用我那猎狗似的鼻子警惕四周的人,到底是谁呢?我有时候(我现在还不到二十岁哩)觉得自己根本不是一个女人,而是映射在这扇大门上、这块地上的一道光。我有时想,我就是四季,正月,五月,十一月;泥泞,雾,清晨。我不能让人拨过来拨过去,或者放在水里轻轻地漂来漂去,或者跟大家混在一起融合无间。可是现在,当我靠在这儿一直到门框在我的手臂上压出了印子的时候,我感到了自己身上增添的体重。在学校里、在瑞士这段时间,我已经增添了一点什么,增添了某种实实在在的东西。并不是叹息和嬉笑;也不是兜圈子或者随口乱说;不是当罗达两眼越过我们的肩头故意不看我们时的那副奇怪神情;也不是珍妮那种身子和四肢连在一起的趾尖旋转。我的一举一动总是凶猛的。我不能跟别人混在一起,轻轻地漂来漂去。我最喜欢路上碰到的牧羊人的那种盯视;正在山沟里的一辆大车旁边给孩子喂奶的吉卜赛女人的那种盯视。我也会那样喂奶的。因为要不了多久,在蜜蜂围着牦牛儿嗡嗡打转的正午时分,我的情人就要来到了。他会立在杉树底下。他对我说一句话,我就会回答他一句话。我要把自己身上新增添的东西统统交给他。我会生孩子；我会有扎着围裙的女仆；有手拿干草耙的雇工；有一间厨房，那儿他们会把害病的羊羔抱进来放在烘篮里暖和暖和，那儿一只只火腿挂着，一个个葱头闪闪发亮。我要像我母亲那样，扎着蓝色的围裙不声不响地把食柜锁上。

"现在我肚子饿了。我要把我的长毛狗喊来。我一心想着摆在一间明亮的房间里的干面包片和新鲜面包、黄油和一个个洁白的菜盘子。我要穿过田野回家去。我要跨着坚定有力的步子沿着这条草径走去，一会儿避开一个泥坑，一会儿跳上一个个土堆。我的粗布衬衫上沾上了一点点水迹；我的鞋变得潮润发黑。白昼驱散了凛冽寒气；变幻不定地现出灰黄、碧绿和赭褐的颜色。鸟儿已不再群集在路当中了。

"我走了回来，像只猫儿或者像一只回窝的狐狸，毛上盖了一层白白的霜，脚爪上沾满粗硬的泥土而觉得僵硬。我穿过白菜地走回来，脚碰着菜叶子使得它们吱轧发响，露珠四溅。我坐下来等待父亲的脚步声，他就要沿着石板路慢腾腾走来，手里掐着几根摘来的药草。我一杯接一杯地倒着咖啡，桌子中央笔直地竖着还没有开放的花，夹在果酱罐、面包和黄油中间。我们都默默地不说话。

"接着我走到食柜跟前，拿出几袋滋润可口的无核葡萄干来；我提起挺重的面粉袋放在刮洗得干干净净的厨房桌子上。我又揉,又押,又拉,把两手按进暖乎乎的面团里。我伸出手让冷水成扇形地从指缝间冲过。火呼呼地旺起来了;苍蝇嗡嗡地飞着打转。我所有那些葡萄干、大米、银色的和蓝色的口袋,又锁进了食柜。肉块在烤炉里竖着;用干净毛巾盖好的面包像个柔软的圆屋顶似的鼓了起来。午后我走到河边去。整个世界仿佛都在进食。苍蝇从这片草地飞到那片草地上。花儿里饱含着花粉。大鹅排成一行在小溪里逆流而进。这会儿已显得暖洋洋的云彩透出斑斑日影,正在小山上飘过,把水面和天鹅的颈项照得一片金黄。那些牛悠闲地嚼着草儿,一步步在田野上踱着。我分开草丛寻找白色的蘑菇,摘下它们的茎盖,同时采下长在它们附近的兰草,连着根上的土放在蘑菇的旁边。随后就回到家里,把水壶烧开放在茶桌上刚刚绽露出红色的玫瑰花中间。

"可是夜色已经降临,灯点亮了。而一当夜色降临,点起灯来,它就在常春藤上投下一片明亮的黄光。我坐在桌旁做着针线。我想起了珍妮;想起了罗达;这时听到石板路上响起辚辚的车轮声,几匹干农活的马吃力地拉着车回来了;我听到晚风中传来车辆行人的嘈杂声。我望着黑洞洞的园子里颤动的树叶子,心里想:'他们正在伦敦跳舞。珍妮正吻着路易。'"

"多奇怪,"珍妮说,"人一定得睡觉,一定得灭了灯走上楼去。他们脱掉衣服,穿上白色的睡衣。这些屋子里都灯火全无。一排烟囱顶耸现在天空中;还有一两盏路灯在那儿亮着,就像屋里点着没人需要的灯似的。街上仅有的人迹是一些匆忙来去的穷人。这条街上没有一个人来往;一天已经结束了。只有几个警察站在街角上。可是黑夜终于来临了。我觉得自己在黑暗中闪闪发光。绸缎裹着我的双膝。我的两腿互相挨擦着,光滑得跟丝绸一样。项链上的宝石冰冷地贴在我的脖子上。鞋子有点挤脚。我身子笔直地坐着,以免头发碰到了椅背。我全身盛装,准备停当。这是暂时的沉静;是短暂的黑暗时刻。小提琴手们已经举起了他们的弓弦。

"现在汽车滑行着停了下来。车道上照亮了狭狭的一道线。门打开又关上了。人们在纷纷来到;他们没有做声,只是忙着进来。前厅里一片脱下斗篷的窸窣声。这是前奏曲,是开头。我望望四周,悄悄偷看,扑上点粉。一切都按部就班,准备停当了。我的头发卷成一个个大波浪。我的嘴唇抹得鲜红。我已准备好马上上楼,加入到那些跟我身分相当的男男女女们中间去。我走过他们身边,任凭他们注视,正像他们也任凭我注视一样。我们目光像闪电似的彼此迅速一瞥,但却不动声色,或者显出互相熟识的神情。我们只用身体互相传达心意。这才是我的天职,我的世界。一切都是安排停当、准备有素的;这儿那儿都有仆役们恭立着,听我报了自己的名姓,我那还是新的、不大为人所知的名姓,马上在我前面扬声地通报着。我就走了进去。

"这儿在这些空旷无人静候来客的房间里,摆着金漆的椅子,靠壁摆满盛开的雪白、碧绿的花朵,比长在地里的花更为恬静、端丽。小桌上放着一本精装的名册。这正是我日夜向往并且早就知道的。我是天生属于这儿的人。我泰然自若地踏上厚厚的地毯,我神态自如地飘然走过溜光发亮的地板。我现在在这香风四溢、富丽堂皇的环境中欢畅地舒展开来了,就像一株正在伸开叶子的羊齿草似的。我停下步来,审视这个世界。我向这一群不熟悉的人望去。望着这些像男人似的身子笔挺,浑身闪耀着碧绿、粉红、珠灰色彩的女人们。她们全是千篇一律的;她们在自己那服装的掩盖底下全像是一些长年流淌在固定沟槽里的深深的小溪。我又回想起了那条地道反映在窗玻璃上的影子;它在熠熠闪动。当我向前倾身注视时,那些千篇一律的陌生男人也在望着我;我转身去瞧着一张画时他们也转过身去。他们心绪不宁地伸手去摸摸自己的领带。他们摸摸自己的背心和手绢。他们年纪很轻。他们都急于想给人好印象。我觉得自己身上涌出了千百种潜力。我一会儿狡诈,一会儿欢乐,一会儿阴沉忧郁。我既端庄又灵活。我神采飞扬、伶俐活泼地向这一个说:'来吧。'又阴沉别扭地向那一个说:'不行。'有一个断然离开了他已在玻璃橱前站了好一会儿的那个位置。他走近了。他正在向我走来。这是我从没经历过的最激动的时刻。我局促。我不安。我仿佛一棵小河上躺着的小草,一会儿漂向这儿,一会儿漂向那儿,但却竭力端然不动,使他好继续向我走来。'来吧,'我说,'来吧。'那个正在走近的面色苍白、头发漆黑的人是神态忧郁、罗曼蒂克的。而我却相反地既狡狯、淘气,又应付自如;因为他是忧郁而罗曼蒂克的。他来了;他已站在我的身边。

"现在我身子微微一拧,离开了原地,像一只蠛虫挣脱岩壁那样;我跟他一起陷了进去;我被卷走了。我们汇合进这股缓缓的潮流。我们在这缠绵的乐声里一会儿卷进去,一会儿又卷出来。这股舞蹈的潮流仿佛时时被一些暗礁所阻断,变得不协调,变得支离破碎。进进出出了一会儿,我们现在终于被卷进了这个宏大的舞阵里;它使我们俩紧靠在一起;我们无法从它那蜿蜒、缠绵、陡峭、严实的四壁中脱出来。我们俩的身躯,他的坚实,我的灵活,在它的整体中被紧紧地挤在一处;它使我们紧贴在一起,接着它又延伸出去,在平稳流畅和蜿蜒起伏中,使我们在它的里面转动个不停。突然间音乐中断了。我的血还在沸腾,但我的身子却猛然站住。整个房间在我的眼前摇晃。它终于停止不动了。

"那么好吧,让我们头晕眼花地走到金漆椅子那儿去。我原先没想到这种舞阵有那么厉害。我头晕得超出意料。我不在乎世上的一切。我不在乎别的任何人,只除了这个我还不知道叫什么名字的男人。月亮啊,我们这一对不是挺可意的么?我们这一对,我穿着绸缎,他穿着千篇一律的那一套,我们不是挺愉快地坐在一起么?跟我身分相当的那班人现在尽管望着我吧。我也毫不躲闪地回望着你们,你们这些男男女女们。我也是你们当中的一个。这也是我的世界。现在我端起这只高脚杯呷了一口。酒有股辛辣的药味儿。我一边喝一边禁不住做鬼脸。这是把香味和鲜花、辉煌和闷热,全都提炼在这种强烈的黄色液体里了。原先藏在我两肩后面的某一个刻板乏味、全神警惕的家伙,现在慢慢地阖上眼睛,逐渐沉入睡乡了。这真是喜出望外的事,真叫人如释重负。我喉咙里的那个闸门打开了。话源源不断成堆涌出,一句接一句。究竟是些什么话毫无关系。它们推推搡搡,争先恐后往外挤。一个字眼跟另一个结成了伙,滚翻在一起,就化出了许多来。我究竟在说些什么无关紧要。在成堆的话里,有句话像一只展翅飞腾的鸟儿,飞越过我俩当中的那个空间,停在了他的嘴边。我又倒满了我的杯子。我喝了下去。我们中间的那道帷幔消失了。我被接纳进了另一个心灵的温暖和隐秘之处。我们俩仿佛正一起站在高高的阿尔卑斯山的一个山口上。他忧郁地立在山路的最高处。我弯下身去,摘下一朵蓝色的鲜花,踮起脚来把它插在他的外衣上。好了!这是我兴高采烈的时刻。现在它已经过去了。

"现在冷淡乏味的感觉来到了我们中间。别的人在一旁匆匆走过。我们已失掉了那种两人身体如醉如痴紧贴在一起的感觉。我同样也喜欢那些浅头发蓝眼睛的男人。门开了。门老是不断地开闭。现在我在想,下次门再打开时,我的整个生活就一定会发生变化。谁来了?哦,只不过是送酒来的仆人。那儿来了个老头子,——我跟他在一起只会成了个小孩子。那儿又来了个贵妇人,——我在她面前就得装模作样。那儿也有一些年龄跟我相仿的姑娘,对她们我只有剑拔弩张毫不掩饰的敌意。因为她们是跟我同样身分的人。我是天生属于这个世界的。这是我打的一次赌,是我冒的一次险。门开了。哦,来吧,我对这一个说,从头到脚都洋溢着喜气。'来吧,'他果然向我走来了。"

"我要悄悄落在他们后面,"罗达说,"仿佛看见了一个熟人。但我其实谁也不认识。我要拉开窗帘望望月亮。片刻的遗忘会平息我的激动。门开了;一只老虎跳了进来。门开了;恐怖冲了进来;一阵阵恐怖紧随着我不放。让我去偷偷瞧一瞧我独自的宝藏吧。在世界的那一头有几个深潭,里面映出大理石圆柱的倒影。一只燕子用翅膀沾了一下那深黑的潭水。可是这时门开了,人们走了进来;他们向我走来。他们装出隐约的微笑以便掩饰他们的残酷和他们的漠不关心,一边一把抓住了我。燕子用翅膀在掠水;月亮孤独地越过蔚蓝的大海。我必须接受他的手；我必须答复。可是我该怎么答复他呢？我被硬逼着站在这儿，为自己这粗蠢而不匀称的身躯羞得浑身发烧，被硬逼着去承受他那冷漠和轻视的神情。我，这个一心向往着在世界那一头的大理石圆柱，和燕子在那儿用翅膀掠水的深潭的人。

"黑夜已经越过烟囱顶上稍稍去远了一些。我从他的肩头上望出去，瞧见了窗外一只泰然自若的猫，它并没有被淹没在灯光里，也没有被束缚在绸缎里，要逗留就逗留一会儿，爱伸懒腰就伸伸懒腰，要走就走。我厌恶一切私生活的琐碎细节。可是我却被牢牢钉住在这儿，不得不听。我受到一种巨大的压力。我想要移动一步，就先得去掉那多少个世纪以来的重压。千百支利箭会刺穿我。轻视和嘲笑会刺伤我。我这个敢于挺胸面对暴风雨、甘愿被冰雹所埋葬的人，却被牢牢钉死在这儿，无处躲藏。猛虎扑来了。像鞭子似的利舌落在我身上。它们灵活而不断地把我浑身舔了个遍。我只好支吾搪塞，用谎言来挡开它们。有什么护符能抵挡住这种灾难呢？我又怎么好意思在这种热辣劲头面前装得若无其事呢？我想起了那些箱子上的姓名；那些裙子从撑开的两膝间垂下来的母亲，那些与嶙峋陡峭的山坡相接的林中空地。把我藏起来吧，我哭喊着，救救我吧，因为我是你们当中最小、最柔弱无告的人。珍妮能像只海鸥掠过滚滚波涛，机灵地东瞧西望，说这说那，想说什么就说什么。可我却在说谎;在支吾搪塞。

"独自一人时,我摇晃着我的水盆;我是我那支舰队的女主人。但在这儿,手里拧着我那女主人窗前锦缎窗帘的穗子,我却是支离破碎,不再是个完整的人了。那么珍妮在跳舞时究竟有什么成竹在胸;苏珊在灯下安静地俯身用白棉线穿针时到底为什么有这样的自信?她们会说,好吧;她们会说,不行;她们甚至会用拳头砰砰敲桌子。而我却迟疑不决,哆哆嗦嗦;我仿佛老看见那吓人的荆棘树影在荒野中摇曳。

"现在我要假装有什么事似的,走过房间,到外面有凉篷的阳台上去。我望见天空中映射着突然大放光明的月亮的一缕缕清辉。我还望见广场上的栏杆,和两个看不清面容的人正背映着天空斜倚在那儿。那么说,也有一个千古不移的世界。我穿过客厅,它伸出许多条利舌像刀子似的割痛我,使我口吃,逼得我撒谎,当我走出那儿时,我看到了一些轮廓不清、丧失美感的面孔。一对对情人们正躲在法国梧桐下面。警察立在路口放哨。一个男人走了过去。那么说,是有千古不移的世界。但是我此刻提心吊胆地置身于火焰旁边,仍旧被那股烫人的热气所灼伤,惟恐门一开,那只猛虎又跳了出来,心里还是乱得简直说不出一句话来。凡是我说的话,都遭到人家的反驳。每次门一开,我的话就被人打断了。我现在还不到二十岁。我会被毁了。我会被人愚弄一生。我会在这些男男女女中像波涛起伏的大海中一只软木塞似的被簸弄来簸弄去,这些人都有一张抽搐的脸,善说谎的舌头。每次门一开,我就会像一棵小草似的被抛向一边。我就像是一些水沫,漂浮附着在礁石的边缘上,把它们染上一层白色;这儿,在这个房间里,我也只不过是一个姑娘。"

已经升起的太阳光芒不再流连在绿色的床垫上,它们断续地映透那些晶莹的珠宝。照亮它们的表面,又笔直地投射在海浪上。它们射到什么上面时都简直像砰然有声似的。它们投射下来时,就像马蹄踏在草地上似的发出震动的声音。它们溅起的千百条水花,就像射向骑者头上的长矛和标枪。它们掠过沙滩,就像一层有着钢铁般的蓝光和钻石般的闪闪棱角的水浪。它们强有力地不断伸缩着,仿佛一台发动机在反复地吞吐着它的力量。阳光照在麦田和树林上。小河显得发蓝而且互相编织在一起似的,向水边倾斜下去的草坪变得像微微竖起的鸟羽那么翠绿。小山仿佛被皮带捆紧似的曲折皱缩,就像是一条条肌肉鼓起的肢体那样;而四周边缘骄傲地笔直耸立着的树林子,就仿佛是马颈子上被修剪过的粗鬃毛似的。

在花坛、池塘和花房上遮着浓密树阴的花园里,一只只鸟儿各自在灼人的阳光下啁啾而鸣。有一只在卧室的窗下鸣叫;另一只则在紫丁香树的最高枝上;而另外又有一只却高踞在墙头上。它们每一只都尖声而鸣,热情奔放,仿佛只顾让它们的歌声冲口而出,却不管它是否以刺耳的不和谐声音搅乱了别人的歌唱。它们圆圆的眼睛鼓起、发亮;它们的脚爪牢牢地抓住树枝或者栏杆。它们毫不隐蔽地在空气和阳光下鸣叫着,漂亮地披着它们的一身新羽毛,有的带贝壳似的纹理,有的像闪亮的盔甲,这儿一条条浅蓝,那儿一点点金黄,有的是一色浅亮的条纹。它们鸣叫得就仿佛这鸣声是它们受着清晨的驱使而不由自主地发出来的。它们鸣叫得就仿佛生命的锋铓受到了淬砺,可以像利刃似的刺破和粉碎那淡青色光芒的朦胧迷雾,那湿土的一片潮气,那厨房油烟的弥漫蒸腾,那牛羊肉的腥膻气味,那水果糕点的扑鼻甜香,那泔水桶里潮滋滋的菜帮果皮,倒在垃圾堆上还散发出一阵阵水汽。这些鸟儿伸出它们那干脆利落、残忍无情的尖喙,飞落在种种潮湿、发霉、打皱的东西上。它们突然从丁香树枝或者栏杆上猛扑下来。它们攫住一只蜗牛在石头上磕着。它们有条不紊地使劲磕着,直到把蜗牛壳磕碎,一条黏糊糊的东西从破壳里流了出来。它们敏捷地飞掠、滑翔,冲上云霄,发出喊喊喳喳的短促尖鸣,然后高踞在树梢上,俯视着下面的树叶和尖塔,芳草如茵、白花遍地的田野,涛声隆隆仿佛在击鼓催动一整队插着羽毛、扎着头巾的士兵前进的大海。不时地,它们的鸣声合成一片急促的曲调,仿佛一条山涧中水流汇合交织,汹涌激荡,然后混合成一道激流,愈来愈快地擦过周围连绵不断的树叶顺流而下。但是接着碰上了一座礁石,又分道扬镳了。

阳光射进房间时化成锋利的楔形。什么东西被光一照,都带上了一层疯狂的色彩。一只盘子变得像一汪白色的湖水。一把餐刀看来像一柄冰冷的匕首。大玻璃杯突然显得好像被一条条光线举了起来似的。桌椅仿佛原来是沉在水底下,现在忽然浮了出来,上面蒙着一层深红、橘黄、淡紫的颜色,就像熟透的水果皮上的红晕。瓷器上的熠熠闪光,木头上的纹理,垫席上的一丝一缕,都显得越来越精致清晰。所有的东西上都没有丝毫阴影。一只水瓶显得那么碧绿纯净,使得你的目光仿佛被它的强烈光彩像漏斗似的吸了进去,不由自主地被紧紧粘在上面。物体的形状既厚实又有棱角。这儿是一张清晰突起的椅子;那儿是一个笨重庞大的食柜。随后当光线逐渐变得强烈时,它们面前就浮过一块块阴影,并且渐渐聚成一团,笼罩在它们背后,变成重重叠叠的阴影。

"多么美丽而古怪啊,"伯纳德说,"这个到处是圆顶和尖塔的伦敦就在迷雾中闪闪发光地出现在我的眼前。当我们来到时,它正在煤气塔和工厂烟囱的守卫下沉睡在那儿。它把这庞大的蚁群拥抱在自己的怀里。一切喊声和喧哗都被一片宁静悄悄地裹了起来。就连古罗马也不会比它显得更庄严了。不过我们本来就是存心要上它这儿来的。它那慈母般的沉沉睡意已经有点惊醒了。连绵不断的密密麻麻的房屋在雾中出现了。工厂，教堂，玻璃的圆屋顶，机关学校和一座座剧场耸立在眼前。北方开来的早班车像一颗炮弹似的向它射来。列车开过时我们拉开了一扇窗帘。当我们隆隆地驶过一个个车站的时候，那些带着呆呆的期待神色的脸凝视着我们。当我们带着死亡的威胁一阵风地掠过时，那些人稍稍把手上的报纸捏得更紧一点。可是我们继续轰隆隆地前进。我们仿佛就要在这个城市的腰窝上爆炸似的，就好像一颗炮弹快要击中一只带着母性的庄严的臃肿庞大的畜生。她正喃喃地哄着孩子；她在等待着我们。

"这时我一面站着眺望车窗外面，一面确凿而又有点古怪地感到，正由于自己碰上的这种极大的好运（已经定下了婚约），我现在才成了这种飞快的速度、这颗射向那个城市的炮弹的一部分。我已经麻木不仁到了宽大和容忍一切的地步。我会说，亲爱的先生，你干吗要这么心神不定地忙着拿下箱子来，把你已经戴了一整夜的小帽子拚命塞进去？我们不管干什么都毫无用处。我们所有的人都笼罩在一种壮丽的和谐一致之中。我们仿佛被一只硕大无朋的鹅的灰色翅膀一扇似的（今儿是个晴朗但却单调乏味的早晨），都变得高大、庄严而整齐划一了，因为我们大家心里都只抱着一个共同的愿望——开向目的地。我不愿意火车轰隆一声停下。我不愿意我们面对面坐了一整宿所形成的这种联系一下就断绝。我不愿意感到仇恨和敌意又重新出现；还有那分歧的欲望。我们在疾驶的火车里坐在一起，只抱着一个共同的希望就是开到尤斯顿，这种同舟共济是难能可贵的。可是你瞧，这已经过去了！我们的希望已经实现。我们正开近月台。性急，忙乱，以及希望首先走出大门挤上电梯的心情已经表现了出来。不过我并不希望首先走出大门，去重新挑起个人生活的重担。我从星期一她同意跟我结婚那天起，就仿佛全身每一根神经都激动地充满了自尊感，弄得非先嚷一句'我的牙刷呢？'然后才会在镜子里瞧见了自己的牙刷，可是现在我却但愿一松手把我的行李都扔下，只顾站在这儿的街道旁，与己无关地冷眼望着这些公共汽车，心里既无所向往，也无所艳羡，只有一种对人生命运所抱的无限好奇心，——如果说这对我还多少有点吸引力的话。不过连这个也没有。我已经到了，被接纳了。别的我一无所求。

"仿佛婴儿吃饱以后吐掉奶头昏昏欲睡那样，我现在可以随意地深深沉浸到这种被人们认为无所不在的日常生活中去了。（附带说一句，譬如裤子的作用可多了不起呀；一个聪明的头脑常常会因为一条蹩脚的裤子而弄得到处碰壁的。）你常常会看到人们在电梯门前的那种有趣的犹豫。究竟该乘这一座电梯呢，还是那一座，还是另外的一座？接着自尊心出现了。他们就胡乱乘了上去。他们全都是因为某种必要才被迫去干的。诸如必须去践个约会或者买顶帽子之类的糟糕事儿,使得这些一度曾经那么一致的可爱的人类各自分道扬镳。就我自己来说,我是毫无目标。我也毫无野心。我将听凭自己随波逐流。我的脑子就像一条有什么就反映出什么来的灰暗泉水那样什么也留不住。我记不住自己的往事,自己的鼻子,自己眼睛的颜色,或者我自己对自己究竟有什么总的看法。只在紧急关头,在十字路口,在街道边沿,一种保全身躯的愿望才会跳了出来紧紧抓住了我,使我就在此刻,在这辆公共汽车面前,止住了步。看来,我们都是一心想要活着的。随后,漠不关心又再度出现了。车辆行人的喧闹,许多无法分辨的人脸有的往这儿,有的往那儿,纷纷在眼前经过,又使得我昏昏欲睡;眼前那些人脸渐渐变得眉眼模糊。行人简直会踏到我的身上来似的。而且,现在到底是什么时刻,我觉得自己被捆住了的今儿这个日子到底是哪一天?车辆行人的嗡嗡声也完全可能是别的什么在喧哗,——森林里树木在呼啸,或者野兽在怒吼。时间已经倒退着呼地缩回去了一两寸;我们向前所走的小小几步已经白费了。我还想到我们的身躯实际上是裸露着的。只有薄薄的一身扣上扣子的衣服遮盖着我们的身体;正像这些人行道路面遮盖着下面的贝壳、骸骨和寂静。

"不过的确,我这种想象,我这种仿佛被不由自主地卷进一条溪水下面去似的盲目摸索,老是被一些像在乱梦中那么任性所至,毫不相干的好奇、贪婪和欲望的冲动所干扰破坏,弄得破碎零乱(比如我竟然垂涎起那只手提包来)。不行,我还是希望钻下去;去探索隐秘的深处;去偶尔利用一下我的不必老是行动而只需考察探究的特权;去倾听朦胧、古老的树枝坼裂和猛犸吼叫的声音;去想入非非地渴望做那些一味行动的人所无法做到的事——包罗万象地理解整个世界。难道我不是正一边走着,一边被一种奇怪地震颤不宁的同情心激动得浑身打战么?这种从我这样一个普通人身上涌起的同情心,正促使我去理解这些满怀热望的人群;这些睁大眼睛到处走动的人;这些供差遣的童仆和这些蒙然不知自己注定的前途,还在一味窥视着商店橱窗的鬼鬼祟祟、心神不定的姑娘们。而我却是明知道我们这些人朝生暮死的短暂一生的。

"不过的确,我无法否认自己感觉到生命对我来说是神秘莫测地拖长了。这是不是指我可能会生儿育女,会广传后苗,比这一代人,这些尽管劫运难逃,却仍在为没完没了的竞争而一路你推我搡的老百姓心胸更广阔一些呢?我的女儿们将要在某一个暑期上这里来,而我的儿子们则要开辟新的领地。因此我们并不是在风中转眼就吹干的雨滴;我们会叫花园繁茂,树林喧闹;我们会有另外一种不同的发展,而且永世不绝。那么说,这就是我所以满怀自信而胸有成竹的原因所在，否则当我面对这条拥挤街道上的人流时，何以总是能在挨肩擦臂的行人中为自己开出一条路来，能把握住安全的时刻穿过马路，就会成了不可思议的怪事了。这样说倒不是夸耀；因为我毫无自负之心；我并不曾想到自己的特殊天赋，特异气质，或者我身体上的那些特征：眼睛上、鼻子上、嘴上的等等。在眼前这会儿，我并不是我自己。

"可是你瞧，它又回来了。一个人是没法消除他那固有的气质的。它通过某个口子，不知不觉地潜入到一个人的特有结构——他的人格——之中。我绝不是这条街道的一个组成部分，——不，我只是在观察这条街道。因此，你就跟它分开了。比如说，那边后街上有个姑娘正站在那儿等着；等谁呢？真是个罗曼蒂克的故事。那家铺子墙上装了个起重机，我就问，这起重机为什么装在那儿呢？接着说设想六十年代某一天，有一位高贵的太太衣着时髦，装腔作势，正被她那满头大汗的丈夫从一辆四轮大马车里拽出来。真是个挺滑稽可笑的故事。这就是说，我是个天生的瞎编专家，抓住什么事情都能瞎吹一气的家伙。而且，就在自然而然地随手作出这些观察的过程中，我就精心磨炼了自己，使自己变得与众不同，并且每当我正信步走着时，总仿佛听见有个声音在叫我'注意，快把那个记下来'，因为我明白别人是会要我在某个冬天的夜晚说明一下所有我这些观察的意义的，——它将成为人们辗转相传的一段名言,一份画龙点睛的最后总结。不过一味在后街上自言自语不久就变得乏味了。我需要有听众。这是我的致命伤。正是这个原因,使那份最后总结卷边折角,老是写不出来。我不能一天接一天地老坐在某一家邋遢的小饭店里,要一杯同样的酒来,把自己整个儿泡在这同一种液体——这同一种生活——里面。我想好了我的漂亮辞藻以后,就要带着它跑到一间陈设齐全的房间里去,在那儿它会被照耀在几十枝烛光之下。我需要有无数只眼睛注视着我把这些漂亮花哨的东西展现出来。要使我感到对自己有把握(我注意到了这一点),就必须要有别人眼光的印证,所以我常常没法完全弄清楚自己到底是什么样的人。像路易、罗达他们就恰恰能在孤身独处中完全认清他们自己。他们讨厌印证和旁人对他们的描绘。他们把有一次别人给他们画的像全都脸朝下地扔在野地里。路易的话就像上面紧紧地压着冰块。他的话好像是使劲挤出来的,那么凝炼,那么牢实。

"所以说,在一度沉沉昏睡之后,我希望能够在我那些朋友们脸上光辉的照耀下神采焕发,光彩夺目。我曾经跋涉在一片默默无闻、暗淡无光的领域里。那是个古怪的境界。我在短暂的宽慰时刻,在暂时忘掉一切的满意心情下,曾听见过偶尔从这个光明灿烂、一片喧哗的圈子里漏出来的一点时隐时现的浪涛起伏声。我虽有过一个无限平静的短暂时刻。也许那就是幸福。现在我却被一种刺痛的感觉,被好奇、贪婪(我正感到如饥似渴)和一种克制不住地想要充分自信的心情弄得沮丧不堪。我想起了我还能跟他们谈些事情的人:路易、奈维尔、苏珊、珍妮和罗达。在他们面前我显得是多才多艺的。他们使我摆脱阴暗的心情。谢天谢地,我们今晚就要见面了。我不必再孤孤单单一个人呆着了。我们要在一起吃晚饭。我们要跟快到印度去的波西弗告别。时间还早,但我仿佛已看见了那些不在眼前的朋友们的先驱者、伴随者——他们的身影。我看到路易就像石头的雕像那么棱角分明;奈维尔就像用剪刀剪出来的那么一丝不苟;苏珊的眼睛像两颗明亮的水晶;珍妮像一团火那么狂热地在干燥的地上跳着舞;而罗达那个山泉女神却仿佛老是身上湿淋淋的。这都是些幻想的图画,——这都是些虚构,这些不在眼前的朋友们的幻影都显得膨胀、怪诞,只要给真人的靴尖一碰就会消失得无影无踪。但它们把我鼓动得心情活跃起来。它们把那些迷雾一扫而光。我开始厌恶孤单,——厌恶感觉到它那层层的帷幕闷热而不舒服地笼罩在我的四周。唉,快扯掉它们,活动活动吧!不管什么人都行。我并不挑剔。打扫街口的人也行;邮差也行;这家饭店里的侍者也行;和气的老板更好,他那和气态度就像是专门准备来对待你的。他亲手在为一位特殊的贵客拌制生菜。这位贵客到底是谁,我问,为什么特别?他对那位戴耳环的太太又究竟在说些什么;她是个熟朋友,还是一位顾客?我在一张桌旁坐下以后,立刻就感到那蜂拥而来的纷乱和不宁,以及种种的可能性和种种的指望。许多幻想马上大量繁殖起来。我对自己这样的想象丰富都有点不好意思起来。我可以毫不费力地详细描绘这儿的每一把椅子、每一张桌子和每一个来吃饭的人。我的头脑一会儿转到这件事情上,一会儿转到那件事情上,给每一件事物都披上一层言辞的薄纱。就是对侍者讲上一句有关酒的话,也会引起一次点火爆炸。一枚火箭立刻就腾空而起。它那金黄色的微粒洒落在我想象力的肥沃土壤上,繁荣孳生。这种爆炸的完全意想不到的特色,——也就是人们彼此交往的乐趣。我,这个跟一位陌生的意大利侍者混在一起的人,究竟是谁呢?这个世界是变幻无常的。谁能断定每一件事情究竟有什么含义呢?谁能料想一句话最后会落向何方呢?它就像是一个飞过无数树梢的氢气球。谈论知识是毫无用处的。一切都只是实验和冒险。我们永远在跟一些未知数打交道。未来将发生什么?我不知道。不过当我放下酒杯时我忽然想了起来:我已经约定了婚期。我今晚要跟我的朋友们一起晚餐。我就是伯纳德本人。"

"现在是八点差五分。"奈维尔说,"我来得很早。我提前十分钟就坐在我的位置上,好充分体味一下每一分钟期待的滋味;好瞧着门打开,说:'来的是波西弗么?

不,不是波西弗。'当我说'不,不是波西弗'时,心里有一种病态的高兴劲儿。我已经瞧着门打开关上有二十次了;每一次都使悬念的心情更加强烈。他就要坐在这张桌子上。看来仿佛不可置信似的,他本人的身子就要出现在这儿。这张桌子,这些椅子,这个里面开着三朵红花的金属花瓶,马上就要发生极大的变化。这会儿这个房间,连同它的弹簧门,它的那些桌子和上面堆满的水果与大块的冷肉,就已经带有一种虚假和悬而未决的样子,就像一个你正在一边等待一边预料马上就会发生什么事情的地方那样。各种东西都在摇摆晃动,仿佛还没有确实存在似的。白桌布上空空荡荡的样子十分触目。其他正在这儿吃饭的人冷漠和敌视的神气叫人难受。我们对望一下,明白彼此并不认识,白白眼,接着就转身走开了。这种对望仿佛是鞭打似的。它使我从中感到了世上全部的冷漠和无情。要不是他要来,我简直会受不了这个。我一定会走。但这会儿一定有人已经瞧见他了。他准是正坐在一辆马车里;他准是正在经过某一家商店。他仿佛每一分钟都在向这个房间倾注这种刺眼的光、这种强烈的实体感,以致各种东西仿佛都失去了它们正常的用途,——这把刀刃仿佛只是一道闪光,而不是切东西的用具。正常的标准似乎都失效了。

"门开了,但他并没有来。来的是正在门口迟疑不决的路易。这正是他那种自信和胆怯的奇怪的混合。他进来时在镜子里照了照自己;他捋了捋头发;他对自己的外观不大满意。他老说:'我是一位公爵,——一个古老家族的末代子孙。'他性情尖刻、多疑,态度高傲,爱闹别扭(我是在拿他跟波西弗对比)。同时他又叫人害怕,因为他眼光里正带着嘲笑神气。他瞧见了我。他走过来了。"

"苏珊已经来了。"路易说,"她还没瞧见我们。她没有打扮,因为她瞧不起伦敦的浮华。她在弹簧门边站住了一会儿,望望四周,就像一只被灯光眩住了眼睛的动物似的。现在她又走动了。她的行动有一种像野兽那样既悄不做声又满有把握的神气(即使在穿过桌椅当中的时候)。她好像凭着本能就能找到路似的,在这些小小的桌子中间穿来穿去,一点也碰不着人,也不睬那些侍者,但却直接就能向角落上我们的这张桌子走来。她一瞧见我们(奈维尔和我),脸上就露出一副深信不疑的神气,叫人提心吊胆,就仿佛她已找到了正是她想要找的东西。被苏珊爱上简直会像是被一只鸟儿用尖利的嘴给一下刺穿,钉牢在谷仓的大门上似的。不过有时候我倒也愿意被一只鸟喙所刺穿,毫不含糊地牢牢钉住在一扇谷仓的大门上,就此一劳永逸。

"现在罗达也到了,不知是打哪儿来的,正当我们没有望着的时候偷偷地溜了进去。她准是绕了好大的圈子,一会儿掩在一个侍者的身背后,一会儿躲在一根装饰性的柱子后面,以便尽量推迟见面时的激动,以便多抓住一分钟的时间去摇晃她盆里的花瓣。我们会惊动了她。我们会使她受到折磨。她害怕我们,她瞧不起我们,但还是畏畏缩缩地朝我们走过来,因为不管我们多么残酷无情,总还是有那么几个名字,那么几张会用喜色相迎的面孔,这就会使她的道路显得光明一些,使她能重续自己那美好的幻梦。"

"门又开了,门老在开,"奈维尔说,"可是他还没有来。"

"珍妮来了。"苏珊说,"她在站在门口。一切都仿佛呆住了。那个侍者也站住不动了。在靠门的桌上用餐的那些人在望着她。她好像成了一切的中心;桌子,一连串的门、窗和天花板都在她四周放出闪闪光芒,就像一颗映在打碎的玻璃窗上的星星四周放出的光芒那样。她使各种事物汇合于一点,变得井井有序。现在她看到了我们,向我们走来,所有的光芒都随着在我们头上震颤飘摇、起伏波动,带来一阵新的情绪高潮。我们都起了变化。路易伸手去摸他的领带。奈维尔紧张不安地坐在那儿等待着,心神不定地把他前面放着的刀叉摆摆直。罗达吃惊地望着她,就像远处的天边忽然冒出了一团火似的。而我呢,尽管竭力让自己的头脑里装满了潮湿的草地呀,湿润的田野呀,房顶的雨声呀,冬天撼屋的大风呀等等,以便使我的心灵能抵挡她,但却仍旧感到她的揶揄偷偷地包围了我,感到她的嘲笑的火舌卷到了我的身上,毫不容情地映出了我寒酸的服装,我粗蠢的指甲,我连忙把手藏到了桌毯底下。"

"他没有来。"奈维尔说,"门开了,可他还是不来,来的是伯纳德。他脱下大衣时,不出所料,果然在腋窝缝里露出了里面的蓝衬衫。同时,不像我们大家,他不用手推门就直撞了进来,根本不想到他是正在走进一间坐满陌生人的屋子里。他也不照镜子。他的头发很乱,可是他并不觉得。他毫没觉出我们跟他有什么不同,也没想到这张桌子就是他要来的地方。他上这儿来的时候一路犹豫不定。那是谁呀?——他问自己。因为他有点认得一位穿着演歌剧的斗篷的女人。他好像对所有的人都有点认得,但其实一个人也不认识(我是在拿他和波西弗比较)。不过现在他一瞧见我们时,就和蔼可亲地打了个招呼;他那副宏容大量、热爱人类的神气(同时又带着对所谓'热爱人类'这种无聊事姑且容忍的态度)是那么势不可挡,以致要不是为了波西弗的缘故使这一切都显得虚夸不实的话,你简直会觉得(而且有些人已经这样觉得):这真是我们的喜庆节日;这会儿我们是全体团聚在一起了。可是没有波西弗在场总缺少点实在感。我们就好像只是一些在半空中朦胧移动的影子,空洞的幻象。"

"弹簧门仍旧在不断地开。"罗达说,"不断在进来一些不相识的人,我们以后永不会再碰见的人,他们令人不快地在我们身旁擦过,带着一副满不在乎的冷淡神气,使人产生一种即使没有了我们世界还将继续存在的感觉。我们绝不会销声匿迹,我们绝不会忘掉了自己的面目。就连我这样一个人也在内,尽管我并没有自己的面目,我走进来时对旁人毫不产生影响(苏珊和珍妮一进来就曾使别人从头到脚都起了变化),只一味彷徨不定,无所归属,跟什么都合不到一块,没法使自己成为一片空白、一种自然的延续或者一堵无声的墙,作为这些人体移动的背景。这全是因为奈维尔和他那种忧伤的缘故。他强烈的忧伤劲头弄得我心乱如麻。什么都安定不下来,什么都平静不下来。每当门一开他就呆呆地盯着桌子,——他不敢抬起眼睛来看,——然后就探索地望望邻座说:'他还没有来。'但是他终于来了。"

"现在,"奈维尔说,"我的树开花了。我的心情振作起来了。一切的烦闷都消失了。一切障碍都扫除了。笼罩着的纷乱气氛结束了。他恢复了正常秩序。餐刀又能切东西了。"

"波西弗来了。"珍妮说,"他没有特意打扮。"

"波西弗来了,"伯纳德说,"他整了整头发,并不是为了虚荣(他并没有照镜子),而是为了跟礼貌之神和解。他是随和的;他真是个英雄人物。那些小伙子曾跟着他列队穿过运动场。他擤擤鼻子他们也跟着擤擤鼻子,但却学不像,因为他是波西弗。现在当他就要离开我们上印度去的时候,所有这些小事都涌上了心头。他真是个英雄。哦,的确是这样,这是无法否认的,而且当他在他所喜欢的苏珊身旁落座时,事情就达到圆满的地步了。我们这些原来像一帮恶狗似的彼此猙猙乱咬的人,现在都显出了一副像士兵在长官面前那样规矩沉着的神气。我们这些人曾经因年轻而各行其是(最大的还不到二十五岁),像急性的鸟儿那样各唱各的调,并且以青春年少时那种残酷无情和不顾一切的自私心理猛磕着我们各自的蜗牛壳,直到把它磕破(我也参与了其事),或者独自高踞在卧室窗外,欢唱着对一只毛羽未丰、嘴黄未退的鸟儿来说特别宝贵的爱情、光荣以及其它种种个人体验,现在,我们都变得彼此比较亲近了;而且当我们坐在这家饭店里时,我们彼此挨得更紧一些,因为在这饭店里人人都各异其趣,车辆行人的络绎不绝老搅得我们分心,同时镶着玻璃的大门不断打开,把千百种诱惑强加给我们,伤害和破坏我们的自信,——在这儿,我们团坐在一起使我们更觉得彼此相亲相爱,而且相信我们能受得住这些诱惑。"

"现在,让我们摆脱掉阴沉孤独的感觉吧。"路易说。

"现在,让我们直截了当毫不掩饰地说说我们心里正在想的事情吧。"奈维尔说,"我们各自独处、埋头学业的时候已经过去了。那种互相掩饰、鬼鬼祟祟的日子,在楼梯上的泄露秘密,一会儿满心害怕一会儿欣喜若狂的时刻,现在都过去了。"

"老康斯泰伯太太举起了她那块海绵,一股暖流就流遍了我们全身。"伯纳德说,"我们仿佛披上了一身焕然一新、感觉敏锐的皮肉做的衣服。"

"着皮靴的小伙子在后园里跟洗碗的女仆调情,"苏珊说,"就在被风刮着的晾洗衣服下面。"

"风一阵阵地刮得就像一只老虎在喘气似的。"罗达说。

"那个人满身发青地躺在沟里,被割断了喉咙。"奈维尔说,"上楼的时候,我都没有力气提起脚来,去踢那株僵硬地竖起它那银白色叶子的讨厌之极的苹果树。"

"灌木树篱上有片树叶,并没有人吹它,却在那儿抖动。"珍妮说。

"在那个太阳晒得火烫的角落上,"路易说,"花瓣儿在一片浓绿中摆动。"

"在埃尔弗顿,花匠们用他们的大扫帚在一个劲地扫呀扫呀,而那个女人正坐在桌前写字。"伯纳德说。

"现在我们在会面时回忆过去,"路易说,"就像在从一个缠紧的线团里把一根根线抽出来。"

"当时,"伯纳德说,"马车开到了门口,我们把自己的新帽子按按紧挡住我们的眼睛,好遮起那有失男子汉气概的眼泪,接着就坐车驶过街道,在街上就连碰到的女仆们也在盯着我们,而我们的名字就用白颜料写在箱子上,向全世界宣告着我们是在上学校去,箱里装着按规定要带的几套衬裤、袜子,上面都有我们母亲预先花了好几个晚上替我们缝上的姓名缩写。这等于是我们从母亲身上的第二次分娩。"

"然后兰伯特小姐,柯廷小姐和巴德小姐支配了一切,"珍妮说,"这几位伟大的小姐戴着雪白的皱领,面色像石头,一副谜样的神气,手上的紫晶石戒指像洁白的小蜡烛和朦胧的萤火虫似的在法文、地理和算术课本上闪闪晃动;还有地图,铺着绿呢的长桌,架上摆着的一长排鞋子。"

"准时响起了铃声,"苏珊说,"姑娘们格格笑着,互相打闹。椅子在漆布地毯上拖出拖进。不过有一间阁楼上可以望见蓝色的景致,望见远处一片田野,毫没沾上各种不自然的军营式生活的臭味。"

"蒙在我们头上的迷雾终于消散了。"罗达说,"我们紧紧抓住了那些衬着绿叶在花环上瑟瑟摇曳晃动的花朵。"

"我们变了,变得认不出来了。"路易说,"我们暴露在各种不同的光线之下,各自身上所有的东西(因为我们都是那么地互不相同)就像中间夹着空白的强烈斑点那样散乱地显示了出来,仿佛一滴酸不平均地滴在一块印版上似的。我成了这样,奈维尔成了那样,罗达又显得不同,伯纳德也一样。"

"然后一只只独木小舟穿过了苍白的柳枝,"奈维尔说,"伯纳德漫不经心地迎着一片浓绿,迎着一幢幢坚实古老的房子走去,就在我身边的一个土堆上绊倒了。在一阵感情冲动下,——风从来不曾那么狂暴过,闪电从来不曾那么猛烈过,——我拿起了我的诗猛地扔掉,砰地一声关上了门。"

"可是我,"路易说,"当你们不见了以后,就在我的办公室里坐了下来,撕下一张日历,向一班船舶经纪人、粮食零售商和保险公司统计员们宣布,十号、星期五,或者十八号、星期二的黎明已经在伦敦降临了。"

"同时,"珍妮说,"罗达和我在鲜艳的盛装中出现,脖子上冷冷发光的项链上镶着几颗无价的宝石,跟人一一地点点头,握握手,含笑地从盘子里取了一块夹肉面包。"

"老虎跳了出来,燕子在世界那一头的水潭中用翅膀点一点水。"罗达说。

"不过此时此刻我们正团聚一堂。"伯纳德说,"我们会合到了一起,在一个特定的时刻,到这个特定的地方。我们是被一种共同的深刻感情吸引来参加这次圣餐的。我们是不是可以像俗话所说的称它为'爱'呢?我们可不可以叫它作'对波西弗的爱'呢,因为波西弗马上就要到印度去了。"

"不,这个名称太特定、太狭窄了。我们不能把自己深广的感情局限在这样小的一个目标上。我们来到一起（从北方，从南方，从苏珊的农庄，从路易的公司）是为了做一件要由许多双眼睛乐意地、而不是勉强地——干吗要勉强？——同时看着它发生的事。那只花瓶里有一朵红色的康乃馨花。刚才我们坐在这儿等待时还是一朵单纯的花，而现在却已成了一朵七边形的、花瓣重重、红中带褐发紫的花，挺立在银白色的叶丛间，——这是一整朵每一只眼睛都曾作了它各自的贡献的花。"

"经过青春时代的任性激动和无限烦恼之后，"奈维尔说，"现在光明已经投射在真正的目标上了。这儿是刀子和叉子。世界已经呈现出它的真正面貌，我们也是这样，因此我们可以在一起谈谈了。"

"我们是各不相同的，这要解释起来是太深奥了。"路易说，"不过让我们来试试看。我进来时把我的头发抹抹平，希望看起来显得跟你们一样。但我却做不到，因为我不像你们那样单纯和完整。我已经度过了几千个一生。我每天都在重新发掘。我在沙堆中找到了自己的遗骸，那是几千年前的妇女们堆起来的。那时我正在尼罗河边听着歌声和拴着铁链的野兽的蹬脚声。你在自己身旁看到的这个人，这个路易，只不过是某种曾经辉煌一时的东西的残渣和灰烬。我曾是一位阿拉伯王子；瞧瞧我那豪放的举止吧。我曾是伊丽莎白时代的一位伟大诗人。我曾是路易十四宫廷里的一位公爵。我十分虚荣，十分自信；我有无限的欲望，要使妇女们爱怜和叹息。我今天没有吃饭，为的是好让苏珊会觉得我面色苍白，珍妮会赠给我她那怜惜的珍贵香膏。但我在爱慕苏珊和波西弗的同时，却憎恨其他的人，因为我是为了他们才做出抹平头发、掩饰口音这些蠢事的。我是一只捧着颗硬果吱吱乱叫的小猴子，而你们是些提着装满陈面包的花哨口袋的邋遢女人；我也仿佛是只关在笼里的老虎，而你们是手执烧红铁条的看守。这就是说，我比你们凶猛有力，但在多少年默默无闻之后才显露的出头指望，却会被弄得逐渐磨尽了锐气，而一味只在害怕被你们所讥笑，在探索风向以躲开迷眼的风暴，在力求写出钢铁般铿锵有声的诗句以便用海鸥去对比缺牙少齿的妇人，对比教堂的尖塔，对比我在吃饭时看到的那些时隐时现的毡帽，——当时我正把我的一本诗集（大概是卢克里修斯吧？）竖在调料瓶和沾上了肉汁的账单旁边。"

"可是你决不会恨我。"珍妮说，"即使远远地在一间满是描金椅子和外交使节们的屋子的那一头，你只要一瞧见我，也决不会不穿过整个屋子向我走来，为了想得到我的怜惜。刚才我一进来，所有的东西就都一下变得呆若木鸡。侍者站住不动了，正在吃饭的人举起叉子停在那儿。我露出一副早就预料会发生什么情况的神气。我坐下来时，你伸出手去摸摸你的领带，接着又把手藏在桌子底下。而我却什么也不隐藏，我早就有所预料。每次门一开,我就喊道:'又来了!'不过我的想象力只限于躯体。我不能想象超出我躯体所及范围以外的东西。我的躯体是我的前导,就像一盏灯笼在前面照着我走进一条黑巷子,使一样一样的东西离开黑暗进入光圈。我照花了你的眼睛,使你相信这就是一切。"

"可是当你站在门口时,"奈维尔说,"你引人发呆,招人赞叹,而这对自由自在的交往是个极大的妨碍。你一站在门口就引得我们都注意你。但你们却谁也没有瞧见我的来到。我来得很早;我很快就直接来到这儿,以便坐在我所珍爱的人旁边。我的生活有一种急促的步调,这是你们所没有的。我像一条追踪的猎犬。我从清早直到黄昏整天都在追猎。无论是跋涉荒漠追求完美,无论是名誉或者金钱,我都觉得毫无意义。我会有钱,我会有名。但我却永不会得到我所渴望的东西,因为我缺少躯体的美和随之而来的勇气。我头脑的敏捷是过分超乎我的躯体之上了。还没等走到目的地我就会跌倒,而且跌倒在一个潮湿的、也许是令人作呕的土堆上。我在生命的悲号中赢得别人的怜悯,却不是爱。因此我痛苦难受之极。不过我并不像路易那么难受得使自己成为笑柄。我非常实事求是,决不会去干那些装腔作势、耍弄花招的事。我对任何事情——只除了一件——都看得一清二楚。这是我可取的地方。它使得我的痛苦总是带有一点令人兴奋之处。它使得我即使在默默无言的时候也能对旁人起一种摆布的作用。而正因为我在某一方面有点沾沾自喜,正因为尽管欲望不变,一个人总还是在不断改变,早上就无法料到晚上将会跟谁在一起,所以我决不止步不前;我从最倒霉的处境中重新爬起,掉过头来,改变方向。石子从我一身铠甲似的皮肉,从我的身体上反弹回去。我就要这样终生追求,直到老死。"

"要是我能相信,"罗达说,"我会在追求和改变中终老一生,我就会不再害怕了,因为什么都不会永久存在。这一分钟并不一定会导向下一分钟。门开了,老虎跳了出来。我来时你们并没看见。我是有意绕过椅子走来,好避免那一跳带来的恐怖。我害怕你们所有的人。我害怕感情激动的震撼会跳到我身上来,因为我不会像你们那样去应付它,——我不善于让这一分钟自然而然消失在下一分钟里。对我来说它们都是恶狠狠的,都是彼此分开的;要是我在这一分钟那一跳的震撼下吓倒了,你们就会扑上来,把我撕得粉碎。我没有目标。我不知道怎样从这一分钟走向下一分钟,从这个钟头走向下个钟头,凭某种自然的力量去对付它们,直到把它们化成了不可分割的整个一团,那就是你们所说的生活。因为你们都有个追求的目标,——一个乐意要他坐在自己身边的人,对么?一个想法,对么?你的美丽,对么?我弄不清楚,——你们过着每天、每一个钟头,就像一只追踪的猎犬跑过森林中的一根根树干和林中大路上的一片片绿茵似的。可是对我来说却连一个可以追踪的目标或者躯体都没有。而且我没有面目。我就好像是涌上海滩的潮头,或者就像是月光那样,笔直地一会儿照在一只铁罐头上,一会儿照在像披着铠甲的海冬青的尖利叶瓣上,或者照在一块骨头或者一只快烂光了的小船上。我好像被风卷进大山洞里,我好像一片纸头扑打在长得没有尽头的走廊上,必须用手支着墙才能挣脱开来。

"但是正因为我想要一切东西都有个立足之地,因此每当我慢吞吞跟在珍妮或者苏珊后面走上楼去时,总假装自己也有个目标。看见她们在穿上长袜,我就也穿上长袜。我等着你先说话,好随后跟你说得一样。我穿过整个伦敦被吸引到一个特定的场所、一个特定的地点来,并不是为了来看一看你,你,或者是你,而是想在你们这些无忧无虑、过着完整而不可分割的生活的人的共同的火焰上点燃我自己的火焰。"

"今晚我走进这间屋里来时,"苏珊说,"我站定了一下,像只眼睛紧贴地面的野兽那样向四面窥视。地毯、家具的气味和屋里的一股味道使我讨厌。我喜欢独自穿过潮湿的田地,或者站定在一扇大门边,用我那猎狗似的鼻子警惕着四周,心想,野兔在哪儿呢?我喜欢跟那样一些人在一起:他们手里拈着几株药草,往火里吐痰,穿着拖鞋在长长的小道上慢吞吞地走,就像我的父亲那样。我能懂得的话只是爱恋、憎恨、气愤或者痛苦的大喊大叫。

这些话就仿佛是从一个老太婆身上脱下那已成为她身体一部分的衣服,露出她的本来面目。而这会儿当我们谈话的时候,她就仿佛是在衣服里面满身臊得通红,一副大腿皮干皱,乳房松垂的样子。一当你们沉默不语的时候,你们就又显得美丽了。我除了自然的乐趣外,再没有其他的东西。这差不多就使我心满意足了。我疲倦了就去睡觉。我躺在那儿,就像一片交替地长着各种庄稼的田地;夏天,热浪在我身上起伏;冬天,我会冻得干裂。可是冷热会自然交替,不管我愿意不愿意。我的孩子会继承我;他们长牙,他们啼哭,他们上学、回家,就像大海的波浪在我身下起伏。没有哪一天会没有它们的波动。我会比你们所有的人都更高地登上一年四季的高峰。到我死时,我所拥有的东西会比珍妮、比罗达更丰富。但另一方面,你们会对旁人的想法和嬉笑千百次地作出嫣然多姿的反应,而我却会时常闷闷不乐,满肚子火气,恼得满脸通红。我会被残酷而美好的母性的热情弄得皮包骨头,不像样子。我会不择手段地为自己的孩子们的前途打算。我会恨透那些看到我孩子的缺点的人。我会不要脸地撒谎来庇护我的孩子。我要依靠他们做屏障来远远地躲开你,你,还有你。但同时我又嫉妒难忍。我恨珍妮,因为她让我知道我的两手发红,我的指甲被牙齿咬得参差不齐。我爱得那么狂热,因此当别人对我所爱的人用一句他不该听到的话来加以形容时,我会痛苦得要命。

他幸而避免了,而我却留在那儿,拚命想要抓住一根在树梢的叶丛中一会儿缩进一会儿伸出的细线。我弄不懂那些辞藻。"

"要是我生来就不懂得一个词后面自然而然会跟着出现另一个词的话,"伯纳德说,"谁知道呢,也许我就会成了个不知什么样的人。但事实是,正因为想在什么事情上都找到自然的次序,因此我受不了孤身独处的重压。一当我看不到言辞像烟圈似的在我四周袅绕,我就觉得眼前漆黑,——我就变得什么也不是了。只要我一个人呆着,我就会陷入无精打采,就会一边捅着炉灰,一边懊丧地自言自语说,反正莫法特太太要来的。她会来把这些统统打扫干净。当路易一个人呆着时,他会想得特别深,而且会写出一些比我们大家都还要存在得长久的话来。罗达喜欢一个人。她害怕我们,因为我们会动摇了她只有在一个人时才会有的存在感,——瞧瞧她把叉子抓得多么紧,这是她对付我们的武器。可是我却只有当那个铅管匠或者马贩子或者不管什么人说上句什么,引起了我的兴头来,才会变得实际存在。这时我的话所形成的烟圈就会那么可爱地升降起伏、回旋缭绕在鲜红的龙虾、黄嫩的水果上,把它们织成了一个美丽的花环。不过要知道,言辞是多么轻浮,——它全是由形形色色巧妙的借口和陈旧的谎言构成的。由此可见,跟你们不同,我的性格一部分是由旁人提供的刺激所形成,而不完全是我自己的。仿佛银子上有某种瑕疵,某种不规则而难以捉摸的纹理,使得它降低了成色。在学校时常常使奈维尔那么光火的那件事——我扔下了他,其原因就在这里。我曾跟那些戴着小制帽、佩着徽章的爱吹牛的小伙子们在一起,一块儿坐着一辆四轮大马车驶走,——他们当中有几个今晚也在这里,穿得整整齐齐地在一起吃饭,然后又和和气气地一块儿上音乐厅去了;我喜欢他们。因为正跟你们一样,他们也总是会使我变得实际存在。同时也正因为这样,所以当我离开你们,火车继续开走以后,你们觉得不是火车走了,而是我伯纳德走了,他满不在乎,他无动于衷,他拿不出车票,而且说不定把钱包也丢掉了。苏珊两眼盯着在山毛榉树叶中一会儿缩进一会儿伸出的那根细线,喊了起来:'他走了!他从我身边逃开了!'因为什么也捉摸不着。我老在不断地制造和重新改造。不同的人会从我口里引出不同的话来。

"所以我今晚乐意坐在一起的不是某一个人,而是五十个人。可是你们当中却只有我能十分自在地坐在这里却又并不放肆。我并不粗俗;我不是个势利小人。尽管我无力抵挡社会的压力,但我凭我舌头的灵活,却能使一些奥妙费解的话广为流传。瞧我那些小玩意儿,一转眼就能无中生有地编造出来,它们是多么有趣啊!我绝不是吝啬鬼,——我死的时候会只留下一柜子的旧衣裳,——我也几乎毫不在乎那些给路易招来那么多苦恼的小小的虚名。可是我曾作了更大的牺牲。像我这样夹杂着钢铁、银子甚至普通泥土的驳杂纹理的人,那些不靠别人刺激的人是没法把我紧紧捏成一团把握在手里的。像路易和罗达那样自我克制和英雄主义我做不到。就是在滔滔空谈中我也永远说不出一句完美的辞藻来。但是对于临时的某一瞬间,我却会比你们任何人都作出更多的贡献来;我会比你们任何人都走进更多的房间,更多不同的房间。不过因为我身上有某种东西不是内在的而是外来的东西,所以我将会被人忘掉;我的声音一消失,你们就不会再记得我,就是偶然记起,也只会把我当作是一个曾经将水果化成漂亮辞藻的声音的回声罢了。"

"注意,"罗达说,"听我说。你们瞧光正在每秒钟都越来越变得更强烈,开花和成熟到处可见;而当我们的目光环视这间满是桌子的屋子时,它仿佛能穿透那些鲜红、橙黄、深褐和其他古怪的中间色调的帷幕,使它们像纱幕似的分开然后又合拢,一样东西跟另一样东西全融合在一起了。"

"是的,"珍妮说,"我们的感官似乎扩大了。原来苍白脆弱的各种神经网膜膨胀和延伸起来,像细丝似的布满我们全身,使空气变得仿佛可以触摸,并且把以前听不到的种种遥远的声音都捕捉了进去。"

"伦敦的喧嚣,"路易说,"正围绕着我们。汽车、货车、公共汽车在不停地来来往往。一切全融合在一个像转动的车轮似的单一的声音之中了。各种单独的声音——车轮声、钟声、醉汉和寻欢作乐者的叫嚷声,全都打成一片,成为一个像发出钢铁般蓝光的、循环不息的混合声音。随后汽笛一声长鸣。接着,海岸逐渐远去,烟囱逐渐隐没,轮船出海了。"

"波西弗走了。"奈维尔说,"我们四周被密密围绕着,坐在这儿,被灯光映照得五色斑驳;所有的东西——手,窗幔,刀叉,正在用餐的其他人,——都混成一片。我们被四壁围绕,困坐在这儿。而印度却在外面的天地里。"

"我看见了印度。"伯纳德说,"我看见那长长的平坦海岸;我看见一些被践踏得满街泥泞的弯曲小巷,在许多东倒西歪的宝塔之间穿来穿去;我看见一些有雉堞的金光闪闪的房屋,看起来像在一个东方博览会上匆匆搭起来的临时建筑物那样,有一种脆弱而摇摇欲倒的样子。我看见一对阉牛拉着一辆低矮的牛车走在烈日烤晒的大路上。车子笨拙不灵地摇来晃去。一会儿一只轮子陷进了车辙,马上就有无数个只围着缠腰布的土人团团围住了它,起劲地叽叽喳喳着,但却什么也不干。时光仿佛永无尽头,雄心只是一场空幻。那种一切人类努力都是徒劳无功的心情笼罩着一切。弥漫着一股古怪的酸臭味儿。一个老头呆在一条土沟里,不停地一边嚼着槟榔,一边意守丹田。可是瞧,波西弗来了;波西弗骑着匹满身跳蚤的母马,戴着顶遮阳帽。靠贯彻西方的行为准则,运用了他惯用的粗暴言语,不到五分钟牛车就被扶了起来。东方的难题终于被解决了。他继续骑马上路;人群紧围着他,把他看成是——他实际也是——一位神。"

"他不可捉摸,"罗达说,"不管身上有没有什么神妙莫测之处,他总像是一块石头投入池塘,被成群的小鱼所蜂拥围绕。就像这些小鱼那样,我们东游西窜,最后当他来到时,总是窜过去团团围绕着他。就像小鱼那样,感到眼前有了一块大石头,就心满意足地起伏回旋着。一种安宁感悄悄地涌上了我的心头。一道金光射进了我们的血液。一下,两下;一下,两下;心儿在安详、信赖地跳动,沉浸在一种幸福的忘我境界,一种慈祥宽厚的喜悦心情中;而且瞧呀,——所有的外部世界,远方天际的朦胧影像,例如印度,都出现在我们的眼底。原来萎缩的世界又自动伸展开来;遥远的外省从黑暗中重新涌现;我们看见了泥泞的道路,枝蔓纠结的丛莽,成群的人,仿佛就在我们眼前啄食着腐烂尸骸的秃鹫,看到了我们美丽骄傲的外省的一角,这一切都是因为波西弗独自骑着一匹满身跳蚤的马沿着一条僻静的小路前进,在荒凉的树下安下营帐,然后独自坐下来眺望着巍峨的群山的缘故。"

"那就是波西弗,"路易说,"在微风下分而复合的云块下,他在刺人的草丛间坐了下来,静悄悄地坐在那儿,使我们自己感觉到,当我们像一个肉体、一个灵魂原来彼此孤立的部分又互相会合在一起时,还竭力想说'我是这个,我是那个',是十分荒唐的。我们出于害怕,丢掉了某些东西;出于虚荣,背弃了某些东西。我们曾竭力强调差别。为了渴望孤立,我们故意突出自己的缺点和自己特别的地方。然而我们脚下却正有一根链子在不停环绕、环绕,绕成一个铁青色的圈子。"

"那是既爱又恨的心情。"苏珊说,"它就是那条使我们往下一望就觉得头晕目眩的黑不见底的汹涌激流。我们这会儿正站在一块巉崖上,但只要往下一望,就立刻会觉得头晕眼花。"

"那是爱,"珍妮说,"又是恨,就像有一次我在花园里跟路易亲了亲嘴时苏珊对我感到的心情那样;因为我浑身打扮一新,一走进来时就使得她心里想到'我的手是通红的',因此赶紧把它们藏了起来。可是我们彼此间的恨却是跟我们的爱分不开的。"

"但是,"奈维尔说,"那在我们各自架起来的荒唐的立足平台下面汹涌怒吼的激流,比我们站起身来想要说话时那种声嘶力竭、无理取闹的大叫大嚷,还要显得平稳一些;当我们拼命争论,嚷着'我是这个,我是那个!'时,说的话都是荒唐的。

"不过我在吃。我一边吃,一边就渐渐想不起来自己究竟特别在什么地方了。我愈来愈被食物所压倒。这一大口一大口美味的烧鸭,配着各种合适的蔬菜,妙不可言地使你依次感到既暖乎又扎实、既甘甜又辛辣的滋味，经过我的嘴，咽下我的喉咙，装进我的肚皮，使我浑身安逸。我感到平静，庄重，自制。现在一切都显得踏实了。这会儿我的嘴本能地渴望而且预先体味到了某种甜甜的、清淡爽口的东西，某种带糖分的、柔和的东西；还有那带着葡萄叶的碧绿，麝香般的香味和葡萄般的紫色的冰凉的酒，当我饮着它的时候，它熨帖地抚慰着我上腭上敏感的神经，使得我的口张大得活像个有圆顶覆盖的大洞。现在我能镇定地望着脚下那奔腾湍急的水流了。我们该用一个什么特别的名字来称它呢？让罗达来说吧，她的脸我正从对面的镜子里朦胧地望见。这位罗达，那次当她在一个褐色的水盆里摇着她那些花瓣时，我曾打断了她，问她伯纳德偷走小刀的事。在她眼里，爱并不是一个旋涡。她朝下望去时也并不觉得晕眩。她的目光远远地越过我们的头上，越过印度的上空。"

"是的，"罗达说，"我穿过你们的肩头与肩头之间，越过你们的头顶，望着一处景色，一块山谷，那儿皱襞重重的陡峭山坡四面聚合拢来，就像鸟儿叠起的翅膀。那儿铺满短短的草儿的草地上长着叶片深暗的灌木，而在这深暗的背景上，我看见一个人形，颜色发白，但并不是石像，它在移动，仿佛是个活人。不过这既不是你，也不是你，也不是你；既不是波西弗，苏珊，珍妮，奈维尔，也不是路易。当一只白色的手臂支在膝盖上时，它弯成一个三角形；随后它伸直了，就像一根石柱；一会儿又像往下倾注的泉水。它不打手势，也不招呼，根本没有瞧见我们。大海就在他身后咆哮。他是我们无法企及的。但我却大胆地去到那儿。我是上那儿去充实我的空虚，延长我的黑夜，使它尽量充满着许多梦境。而且从此时此地我就能一转眼去到我的对象身边，对他说：'别再游荡了。别的一切都是考验和假象。这儿才是最后的目的地。'可是这种远行，这种出发的时刻，总是正当你们在场的时候开始，就在此时此地，从这张桌子，从这些灯光，从波西弗和苏珊身边开始出发。我老是越过你们头上，从你们的肩头之间，再不就是当我在舞会上穿过房间，站在窗口往下望着街道的时候，看见那个树丛。"

"可是他的鞋声呢？"奈维尔说，"他在楼下大厅里的说话声呢？还有看见那个对谁也不瞧一眼的他呢？有人老等着，可他一直不来。时间越来越晚了。他已经忘记了。他正跟另一个人在一起。他是个负心汉，他的爱是毫无价值的。唉，然而那份伤心……那份无法忍受的失望！可是接着门开了。他来啦。"

"我用十分甜美的声音向他说：'快过来吧！'"珍妮说，"他果然过来了，他穿过房间向我走来，我正坐在那儿，衣服像轻纱似的飘垂在金漆的椅子周围。我俩的手相触了，我俩的全身像燃起了一团烈火。椅子，杯子，桌子，——没有一样东西不光辉四射。所有的东西都在颤动,所有的东西都像点着了火,所有的东西都发出闪闪光芒。"

("瞧吧,罗达,"路易说,"他们变得像一首夜曲那样心荡神怡了。他们的眼睛闪闪眨动,快得好像飞蛾的翅膀那样,看起来就仿佛毫没有眨动似的。"

"号角和鼓声响了起来。"罗达说,"树叶分开了;牡鹿在丛林深处吼叫。传来跳舞和擂鼓的声音,就好像一些手持标枪、全身赤裸的土人在跳舞擂鼓似的。"

"就好像有一些野人,"路易说,"正围着篝火在跳舞。他们是野性难驯、残酷无情的。他们围成一圈,一边跳着一边拍着肚皮。火焰腾起照亮他们涂得五颜六色的面孔,照亮豹子皮,还有他们从活的生物身上割下来的血淋淋的肢体。"

"狂欢的节日越来越热火朝天。"罗达说,"盛大的游行队伍经过了,向四面抛掷着青青的树桠和带花的枝条。他们的号角吹出一股蓝烟;他们的皮肤在火把照映下现出红色和黄色的斑点。他们抛掷着紫罗兰。他们给情人戴上花环和桂冠,就在陡峭的山坡汇合的那片草地上。游行队伍经过了。当他们经过时,路易,我们感觉到了气氛的冷落,我们不愿忍受衰颓。月影渐渐横斜。我们心照不宣地一起躲避开去,靠在一个冰冷的坟头上,望见那红红的火焰逐渐低落下去。"

"死亡是跟紫罗兰交织在一起的。"路易说,"死,永远是死。")

"我们多么自豪地坐在这儿,"珍妮说,"我们这些还没满二十五岁的人!外面树木在开花;外面一些女人在徘徊;外面马车急促拐弯,匆匆驰过。经过种种摸索,经过青年时代的种种彷徨和迷惑,我们正视着未来,不怕将要到来的是什么(门开了,门老是在不断地开)。一切都是真实的;一切都明确无疑,毫无幻影和空想。美正显示在我们的眉梢眼角。我有我的美,苏珊有苏珊的美。我们的肌肤坚实而平静。我们相互间的差别就像骄阳下岩石的影子那么轮廓分明。我们的身边摆着黄松松、结结实实的新鲜面包;桌毯是洁白的;我们的手心微屈着,随时准备握紧。无数的日子将要来临;无数的冬日和夏日;我们几乎还不曾去触动自己的宝藏哩。现在果实已经在叶子下面圆熟了。满屋金光辉映,我马上要向他说道:'快来吧!'"

"他长着一双红耳朵,"路易说,"当那班城里的店员在饭馆柜台上吃快餐时,肉味儿就像一片黏湿的网笼罩在四周。"

"既然我们面前还有数不清的时间,"奈维尔说,"我们就要问问我们应当做些什么?我们会在证券街上闲逛,东瞧瞧西看看,没准买上枝钢笔,就因为它颜色是绿的,或者是打听一下一个镶着块蓝宝石的戒指要卖多少钱么?或者我们会坐在屋里,望着炉火变红?我们会随手取本书来,翻到这页读一读,翻到那页读一读么?我们会无缘无故又笑又嚷么?我们会踏进鲜花盛开的草地,采些雏菊来编成一串么?我们会查一查什么时候有开到赫布里底群岛去的最近一班火车,并且定一间车厢么?这一切都是可能的。"

"对你来说是这样,"伯纳德说,"可是我昨天却径直朝一只邮筒上撞了过去。我从昨天起已经订了婚了。"

"我们盘子旁边这一小堆方糖看起来多古怪呀。"苏珊说,"还有这些杂乱的梨子皮,这些镜子边上的丝绒镶边。我过去从来没有注意过它们。现在一切都稳稳当当,一切都确定不移的了。伯纳德订了婚。有一些不可挽回的事已经发生了。一个圈圈已经套到了浪花上;一条链子已经加上了。我们再不能自由自在地奔流了。"

"这只是暂时的。"路易说,"直到链子断了,混乱重新恢复以前,人们会看到我们被束缚住了,呈露在大众面前,被夹在老虎钳中间。

"可是这会儿圈子打破了。这会儿水流又欢畅了。现在我们奔流得比过去更汹涌了。原来在心底里阴暗的杂草丛生处伺机等待着的种种欲念,现在又冒了出来,把我们淹没在它们汹涌的波涛里。痛苦和妒忌,羡慕和欲望,还有某种比它们更深沉,比爱更强烈也更隐蔽的东西。要求行动的声音响起来了。你听,罗达(因为我俩是心照不宣的,我们的手都靠在冰冷的坟头上),听那要求行动的凌乱、急促、亢奋的声音,那猎犬追逐猎物似的声音。他们这会儿急不择言,连把一句话说完整都顾不及了。他们用情侣间那种喁喁情话似的语调说着。一种不可抗拒的兽性控制了他们。他们腿股间的神经亢奋。他们的心在他们的肋下跳动、翻腾。苏珊拧着她的手帕。珍妮两眼闪闪放光。"

"她们毫不在乎,"罗达说,"不管别人用手指指点点也好,目光挑剔找碴也好。她们转脸一望,显得多么从容;她们那副神气,多么能干、自豪!珍妮的眼睛里现出多么旺盛的生命力;苏珊的目光是多么清澈,草根里的虫子都逃不过它!她们的头发油光水亮。她们的两眼闪闪发光,就像野兽穿过叶丛在追寻猎物。圈子打破了。我们一下子变得各自东西。"

"可是这种扬扬自得的喜悦很快就会消失,"伯纳德说,"简直是太快了。贪婪地自我肯定的时刻很快就会过去,一心渴求幸福、幸福、更多的幸福的欲望已经餍足了。石子已沉了下去;这种时刻已经过去。在我周围展开了一片广阔无垠、混沌难辨的境界。现在我的两眼中仿佛睁开了千百双无限好奇的眼睛。现在谁都可以来杀掉我这个已经订了婚的伯纳德,就因为他们自己还不曾去接触这片未知的境界,这座陌生世界的丛莽。为什么,我小心地悄声问,那儿那些女人要自己单独聚在一块吃饭呀?她们是什么人?究竟是什么原因会使她们在这特定的夜晚聚会到这个特定的地方来？角落上那个年轻人，看他时时用手摸摸后脑勺的那副局促不安的神气，准是刚从乡下来的。他是来求人的，所以那么急于想十分得体地应酬他的东道主，他父亲的老友的这一番款待，以致这会儿他对明早十一点半光景将要享到的那种乐趣都几乎感受不到一点乐趣了。我还看到那位太太在一场全神贯注的谈话中间，曾三次用粉扑扑她的鼻子，——谈的也许是爱情，也或许是谈她们一位最亲密的朋友的不幸。'噢，不过我的鼻子不知弄成一副什么样子了！'她这样想着，就马上掏出她的粉扑来，在扑着粉的那段时间，就把方才对于人心不古的种种万分激烈的感慨忘了个一干二净。可是还有一个始终无法解释的疑团：那个戴着单眼镜的孤身男人是谁；那位独自喝着香槟酒的上了年纪的太太是谁。这些不认识的人究竟是什么路数？我心想。我可以编出成打的故事来讲他说了些什么，她说了些什么，——我眼前仿佛有成打的有趣场面。然而故事算得了什么？不过是我簸弄的玩具，吹起的泡泡，是一个圈圈穿过另一个圈圈。而且我有时候甚至怀疑起究竟有没有所谓故事来。我的故事是什么？罗达的故事又是什么？奈维尔的又是什么？世上只有种种事实，比如说：'那位穿灰色衣服的年轻人，神气一本正经，在别人那种喧闹对比之下，显得十分古怪，这会儿他掸掉背心上的面包屑，用一种既威严又和气的手势跟侍者打了个招呼，对方马上走上前去,过了一会儿就用盘子托着一张小心折起来的账单回来了。'这确是真情,这确是事实,但除此之外的一切,就都是无从知晓,全凭猜测了。"

"现在,"路易说,"当我们付过了账正要分别时,我们血液里那因为彼此十分不同,因而常常会猛然破裂的圈圈,又再一次弥合在一起了。我们完成了某种东西。是的,正当我们起身离座,有点局促不宁、犹豫不定的时候,我们双手紧抱住这种共通的感觉衷心祈求着:'千万别挪步,别让那弹簧门粉碎了我们所完成的东西,粉碎了就在这儿,在这些灯光、果皮、凌乱的面包屑和来往的人们当中所形成的这片小天地。千万别挪步,别走。把它永远保持下来。'"

"让我们再保持它一会儿吧,"珍妮说,"不管我们把它叫做爱也好,恨也好,保持住这片由波西弗、由青春和美形成四壁的小天地,还有那深入我们内心的某种东西,今后也许我们再也无法从哪 个人身上再找回这样的时刻了。"

"世界另一头的树林和辽远的国土,"罗达说,"正是在这里面;那大海和丛莽;那豺狼的嗥叫,还有那照耀在兀鹰翱翔的高山之巅上的月光。"

"幸福就在这里,"奈维尔说,"种种安静平凡的事物也在这里。一张桌子,一把椅子,一本裁纸刀插在书页里的书。从玫瑰花上掉落下来的一片花瓣,还有当我们静静坐着时,或者想起某一件小事来,突然开口说话时那光影的颤动。"

"一个星期中的那几天也在这里。"苏珊说,"星期一,星期二,星期三;奔向田野的马和驶回家来的马;还有那白嘴鸦一会儿高翔、一会儿低飞,落到它们在榆树上的巢里,不管在四月天,还是在十一月天。"

"将要来临的事都在这里。"伯纳德说,"这是我们向靠着波西弗创造出来这个美妙得意的时刻所投下的最后也是最明亮的一滴,就仿佛是从天而降的一滴水银。将要来临的究竟是什么呢?我一边想,一边掸掉我背心上沾的面包屑;外面等着的究竟是什么呢?我们坐着吃饭、谈话的时候,已经证明了我们有能力给时间的宝库增添财富。我们并不是一些奴隶,生来就该弯腰屈背不断忍受无数卑鄙的打击。我们也不是尾随着主人的绵羊。我们是造物者。我们也曾创造了某种东西,可以汇合到古往今来的亿万会众中去。当我们戴上帽子推开了门的时候,我们也并不是跨入一片混沌,而是踏进这样一个世界,在那儿我们自己的力量也能克敌制胜,帮助创造出一条光明而永恒的道路来。

"趁他们去叫出租汽车的这会儿,波西弗,看看这你很快就要见不着的景色吧。马路的路面被数不清的车轮子碾得又硬又光滑。由我们巨大的能量所形成的一层黄色的光幕,就像一大块着了火的布似的笼罩在我们的头上。是戏院、音乐厅和家家屋里的灯火汇合成这一片光海的。"

"一团团尖尖地直竖着的云块,"罗达说,"飘浮在像涂了油的鲸须那么漆黑的天空上。"

"现在痛苦降临了;恐惧的利齿咬啮着我。"奈维尔说,"现在车子开来了,波西弗要走啦。我们有什么办法能留住他?怎样才能沟通我们之间遥远的距离?应当怎样去扇旺这堆火焰,才能使它永远炽烈?怎样向长久的未来作出表示,表明现在正站在街上路灯下的我们将永远爱着波西弗?现在,波西弗终于走了。"

太阳已经高高升到天顶。它已经不再是若隐若现,只能从它的隐约闪光猜到它的所在,仿佛一位女郎正半躺在蔚蓝大海的床垫上,把水晶球状的珠宝戴在她的额头上,射出枪刺般乳白色的光芒在朦胧的大气中闪烁,就像一条跃起的海豚露出它的肚腹,或者是一把劈下来的刀刃发出闪光。现在太阳已毫不踌躇、毫不容情地炽烈照耀着。它照射在坚实的沙滩上,使块块岩石成了一个个炽热的熔炉;它搜索着每一个水潭,捉住躲藏在隙缝里的小鲦鱼,暴露沙滩上朽烂的车轮和白骨残骸,或者是一只颜色黑得像铁的没有了鞋带的靴子。它使每一样东西现出它本来的色调;使一座座沙丘显示出它无数晶亮的颗粒,使一丛丛野草显得碧绿;它还照射在沙漠荒原的不毛之地上,时而曲折透过车辙,时而扫过孤零零的路标石堆,时而洒落在矮小而幽绿的野树丛上。它照亮金光闪闪的伊斯兰寺院,南部乡村里单薄的红白色纸板小屋子,跪在干河底里在石头上捶打着皱成一团的衣服的乳房松垂、头发灰白的妇人们。正在缓慢地隆隆驶过海面的轮船也被直射的阳光攫住,它透过黄色的布篷照着那些在甲板上打盹或散步的乘客,他们正日复一日地被紧紧挤在油腻而隆隆震动的船舱里,由轮船载着他们单调乏味地驶在海浪上,不时用手搭在眼睛上眺望着陆地的出现。

阳光照在密密耸立的南方群山上,射进深深的满是石子的干河床,那儿在高高的吊桥下河水已经干枯得使那些跪在石头上的洗衣妇人几乎已没法浸湿她们要洗的衣裳;精瘦的骡子狭狭的肩背上驮着篓子,在轧轧发响的灰色碎石上小心地择路而行。到了正午,灼热的阳光把那些小山晒成灰色,仿佛在一次爆炸中被削平和烧焦了似的,而在更靠北面比较多云和多雨的地方,那些像被一把铁铲的背削成光溜溜平板的小山坡上,反射出一种光来,仿佛那里面有一个守夜的人手提着一盏绿色的灯,正在依次巡视各个房间。阳光透过灰蓝色的空气微粒照射在英国的田野上,照亮了沼泽和池塘,停在柱子上的一只雪白的海鸥,徐徐掠过梢头半整的树林、还没长大的庄稼和波浪起伏的牧草地上空的云影。它照在果园的墙上,使墙砖的每一个坑洼、每一条纹理都闪出刺目的银色和紫色,火红滚烫得仿佛摸上去都快要融化了,仿佛只要碰它,就马上会化成烧焦了的灰土似的。串串葡萄干挂在墙边,像红艳艳的浪花和瀑布;李子圆熟长大,从叶面下露了出来。无数青草的叶子汇合成青翠欲滴的一大片。树影缩小成为仿佛只是围着树根的一个深黑的水潭。像洪水泛滥似的阳光使所有原来层次分明的东西都融成了一片绿色。

鸟儿热情地争着齐声鸣唱,然后全都停止了。它们一边低声叽叽喳喳,一边衔着一小段草茎或者树枝钻进树上高处黑色的树节里。它们身上闪着金色和紫色,飞落在花园里,那儿金色和淡紫色的金链花和珍珠菜的球果纷纷坠落下来,因为在这正午时分,园里正百花盛开,花团锦簇,就连花丛底下的阴暗通道都变得一会儿发绿,一会儿发紫,一会儿发褐,就看阳光是透过红色的花瓣呢,还是透过宽阔的黄色花瓣,或者是一时被毛茸茸的花茎挡住了。

阳光直射在屋子上,使发暗的窗户之间的白色墙壁显得耀眼。被绿色树枝密密缠绕的窗框,把当中望不透的黑沉沉一块圈在里面。一道轮廓锐利的楔形光线照在窗台上,映亮了屋子里有蓝色花纹的盘子,带弯把的茶杯,一只大碗的中腰,有十字格的地毯,以及那些玻璃橱和书柜的威风凛凛的轮廓和线条。在它们这些庞然大物背后形成一块阴影,其中大概还有某个隐约可辨的东西,它不曾被阴影所淹没,也没有使它更加浓重。

波浪碎裂后,海水就迅速漫上岸边。浪头一个接一个地高高涌起又猛然落下;乘着落下时的势头,浪花往回飞溅。海浪通体深蓝,只是浪尖上有像钻石般四射的光芒,它起伏颤动,就像壮健的马在奔驰时马背上筋肉的起伏颠动那样。海浪猛然落下；退了回去，然后又猛然落下，仿佛一只强大的野兽在沉重地蹬脚。

"他死了。"奈维尔说，"他落了马。他的马绊倒了。他被摔了下来。世界的船帆突然倾倒，正砸在我的头上。什么都完了。世界的光熄灭了。前面耸立着那株我无法绕越过去的大树。

"唉，把我手里的这份电报团掉吧，——让世界的光重新照耀，就算根本没这件事吧！可是干吗一个人要把脑袋转来转去竭力回避呢？这是真情。这是事实。他的马颠踬了，他摔了下来。闪闪越过的树木和白色的栏杆一下子全飞上了半空。他一阵天旋地转；耳朵里嗡的一声。接着是重重的一击；世界好像四分五裂了；他沉重地吸了一口气。他就在摔下来的地方当场死去了。

"乡间的谷仓和夏天的假日，我们曾经在里面呆过的房间，——这一切现在都已成为那已经逝去的虚幻世界里的东西。我的过去已跟我毫不相干了。人们飞跑着赶来。穿着马靴的人、戴着遮阳帽的人，他们一起把他抬到一个凉亭里；他就在那些陌生人中间死去了。他老是生活在孤独和沉默中间。他时常离我而去。然后，当回来时，我就说：'瞧他，显得多了不起！'

"那些女人慢吞吞从窗前走过，仿佛街上压根儿并没裂开了一条深渊；也没有一株我们绕不过去的长着硬挺挺叶子的树似的。那么说,我们准是该被鼹鼠丘绊倒的了。我们闭着眼慢吞吞走着,沮丧到了极点。可是干吗我要这样心灰意懒呢?干吗我要勉强抬起脚来,爬上楼去呢?这会儿我正站在这儿;手里拿着电报,站在这儿。以往的夏天假日,我们曾在里面闲坐过的屋子,都已经像还带着块块红斑的纸灰似的飘走了。还值得再跟人们聚会,重新开始么?干吗还要再跟别的人在一起谈天、吃饭,建立新的交往?从现在起我是孤身一人。再没有人了解我了。我接到过三封信,'我马上要去跟一位上校玩掷铁圈,所以不再多写了,'他就这样结束了我们间的友谊,挥挥手挤进人丛不见了。这样的滑稽戏演出是用不着一本正经的开幕式的。不过要是当时有个人说一声'等一等',把马肚带再收紧三个孔,他是会对得起他再活着的那十五年的,他会出入宫廷,会一马当先统率一支部队,去推翻某个万恶的暴君,然后再凯旋归来的。

"哦,这会儿有窃笑的声音,有人在捣鬼。准有人在背后嘲笑我们。那个小伙子在跳上公共汽车去的时候差点儿立脚不稳了。波西弗摔了下来;死了;埋葬了;我留心瞧着来往的行人;紧紧抓住公共汽车扶手;决计要救他们的命。

"我不想抬腿爬上楼梯去了。当楼下那个厨子在反复开大和关小炉门的当儿,我要在那株该死的树底下站一会,独自跟那个被割断喉咙的人呆在一起。我不准备爬上楼去了。我们都是在劫难逃的,我们所有的人。女人们提着买东西的袋子慢吞吞地走过。人们不断来来往往。可是你们奈何不了我。因为这会儿,就在这一刻,我俩正在一块儿。我把你紧紧抱在胸前。来吧,痛苦,尽管来摆布我吧。用你的利齿深深咬进我的肉里。把我撕得粉碎吧。我不停地哭着,哭着。"

"这真是不可思议的巧合,"伯纳德说,"真是错综复杂的事,弄得我走下楼梯来时简直弄不清究竟哪是喜哪是忧了。我生了儿子;波西弗却死了。我仿佛是悬在半空里,被两种都是十分强烈的激动心情左右紧紧地围住;但究竟哪是忧,哪是喜呢?我问着自己,但却回答不上来,只明白我需要安静,需要独自一人,上外面去,赢得一个钟头的时间来考虑一下我这个小天地究竟碰到了什么事,死亡对我的世界到底发生了什么影响。

"那么说,这就是波西弗所永远不能再看见的那个世界了。让我来好好瞧一瞧吧。卖肉的正在把肉送到隔壁那一家;两个老头顺着人行道蹒跚走来;麻雀一哄而起。接着机器开动起来了;我觉察到了那种节奏,那种颤动,但却只把它看做一件与己无关的事,因为他已经再也看不见它了(他正面色惨白满身绷带地躺在一间屋子里)。所以现在正是我的一个好机会,弄清楚到底什么事是最重要的,但我必须小心,而且毫不说谎。对于他,我过去的心情总是:他俨然居于中心地位。从此以后我再也不会上那儿去了。那地方已经空了。

"哦,不错,戴毡帽的男人和提着口袋的女人啊,我可以老实告诉你们,你们已经丧失了一种本来会对你们是十分宝贵的东西。你们失掉了一位你们本来可以追随的领袖;你们当中的某一个失掉了幸福和孩子。本来会把这些给予你们的那个人已经死去了。他正躺在一张行军床上,满身绷带,在印度的一所炎热的医院里,一些蹲在地板上的苦力正轻轻地挥着那种扇子——我忘了他们当地叫什么。不过这一点很重要:'你一定有点不知怎么才好,'我对他说,仿佛这是件无可置疑的事似的,同时一边看着鸽子停在屋顶上,想着我的儿子刚生下来。我从小就记得他那副超然物外的古怪神气。然后我又继续说下去(先是眼里充满泪水,随后渐渐干了):'不过这样倒比任何人敢于设想的都还更好一些。'我向着大街尽头半空中某个正在面对着我,但却视而不见的抽象的东西说:'这确实是所能做到的最好的事情么?要是这样,那我们就心安理得了。我徒劳无益地向着那张粗蠢发呆的脸这样说(因为他才二十五岁,而他本来应该可以活到八十岁)。我不准备躺下来,把操心的一生白白花在啼哭上。(这话真该记在笔记本上;这是对那些毫无意义地送了性命的人的一种鄙视。)还有,这一点也很重要:我一定要能做到把他置于一种无聊可笑的境地,这样才使他不至于骑在一匹高头大马上,自己也觉得有点滑稽。我一定要能这样对他说:'波西弗,真是个可笑的名字。'不过同时我要对你们这些忙着去乘地下铁道的男女们说,你们本来是应当十分敬重他的。你们本来是应当列队跟随着他的。这样一群用饥饿而急切的眼光望着生活的人,要在他们中间夺路挤过去,倒真是件古怪的事。

"但信号灯已经在亮了,它不断招呼着,竭力想诱使我回去。这只是把好奇心暂时赶走了一会儿。你简直没法脱离开这架机器,自由地生活半个钟头。我注意到,人体已经开始变得样子都差不多了,但它们内里却各有不同,——这是透视法。在那块报纸张贴牌背后的是一个医院;一间大屋子,里面有许多穿黑衣服的人正拉着一根绳子;然后他们就把他落了葬。可是既然大家说有一位著名的女演员离了婚,我就马上要问是哪一位?不过我又不能掏出一文钱来;我不能去买份报纸;我还受不了旁人打搅。

"我问,既然我永远不能再看见你,把目光注视在那个实体上,那么我们用什么方式来联系呢?你已经穿过院子,越走越远,把连在我们之间的那根线越拉越细,可是你总还存在于什么地方吧。你身上总还有什么东西仍旧留了下来吧。比如裁判员身分。这就是说,假如我在我自己身上发现了一种新的气质。我会悄悄地请你来评断。我会问,你的结论是什么?你将仍旧是仲裁人。但到什么时候为止呢？事情将会变得不容易解释清楚：会出现各种新的事情；现在已经出现了我的儿子。我现在正处在某种经历的顶峰。它将会逐渐走下坡路。我已经不会再深信不疑地大声嚷着：'多好的运气！'兴高采烈，鸽子的成群降落，已经过去。混乱、细节，又重新回来了。我对橱窗上写的各种名目已不再感到惊奇。我不再想到：干吗匆匆忙忙？干吗要赶火车？事物的常规又恢复了；一件跟着一件，按照通常的次序。

"是的，不过我仍旧憎恶通常的次序。我还不准备让自己变得甘愿接受事物的常规。我要继续走着；我不会停下来、四面瞧瞧，打乱了我头脑里的节奏；我要继续走下去。我要踏上这些台阶，走进美术陈列馆，让自己受那些像我一样不受常规约束的头脑的影响。已经没有多少时间去回答问题了；我的神祇在招手；我变得如醉如痴了。这儿就是那些挂在廊柱之间的神色冷漠的圣母像。但愿她们能使那烦躁不宁的心眼儿、那扎满绷带的脑袋和那些拉着绳子的人都安静下来，好让我能在事物深处找到某种隐约不可捉摸的东西。这儿是花园；还有花丛中的维纳斯；这儿是圣徒和忧郁的圣母。幸好这些画都无所容心；它们既不推推搡搡，也不指指点点。这样它们倒扩大了我对他的想法的范围，使他在我心目中显得样子不同了一些。我回想起了他的漂亮。'瞧他，显得多了不起！'我常说。

"这些线条和色彩差不多使我相信我自己也能显得一副英雄气概的,我这个能那么毫不费力说出漂亮话来的人,却那么轻易任人摆布,随遇而安,不能紧握拳头,却犹豫不定地随时说一些漂亮辞藻来适应周围的环境。现在,透过自己的软弱,我重新发现了他对我来说究竟意味着什么:他正好是我的反面。由于生性诚实不欺,他毫不懂得这套夸张其辞的把戏。而是全凭天生的分寸感做人,不愧是一位深通生活艺术的大师,因而他显得十分老于世道,随处给人以一种平静甚至可以说是冷漠的感觉,无疑并不关心自己的出人头地,不过同时却又有一种极大的同情心。一个小孩正在游戏……一个夏天的傍晚……门会一会儿开开一会儿关上,老是开关个不停,透过它我瞧见了一些情景,使我不禁流泪。因为它们是无法描述的。我们的寂寞,我们的孤独,原因正在这里。我转向我头脑中的这个领域,发现它是空空洞洞的。我自身的软弱使我心情沉重。从今以后再没有他来跟它形成对比了。

"现在瞧吧,那个忧郁的圣母泪水纵横了。这是我的葬礼。我们没有什么仪式,只有些个人的悼词,而且没有一致结论,只有些各不相关的强烈感慨,说的都和我们的实际情况毫不相干。我们坐在国家美术馆的意大利陈列室里,胡乱欣赏着零星的片断。我怀疑替善是否感觉到了这种老鼠似的啃咬。画家总是生活在有条不紊专心致志的气氛中,一笔一笔地画着。他们不像诗人那样是替上帝受难的替罪羊;他们并不是被铁链拴在山岩上。所以才有那种静穆和崇高。可是那种深红色一定使替善感到很不是滋味。无疑他曾用强有力的双臂抱着丰饶角成了功,但后来却在这样的堕落中丢了脸。不过那种静穆——那种不断地要求人全神贯注——使我感到重压。这种压力是模模糊糊的,不连贯的。我分辨力太差,一知半解。虽触着了铃键,我却并没有按响铃铛,或者吵吵嚷嚷地瞎咋呼一气。我只是异常地陶醉于那种华丽,那种在绿的底色上衬托出来的耀眼的鲜红,那一长排圆柱的行列,那像一只只竖起的耳朵似的黑色的橄榄树背后透出来的橘黄色调。我背脊上发出阵阵尖利的激动感觉,但却是杂乱无章的。

"但在我的理解中还夹杂进了一点什么。有某种东西深深潜藏在那儿。我一时曾想去攫住它。但结果仍让它潜藏起来,潜藏起来;还是让它在我的头脑深处悄悄地哺育着,等到开花结果吧。在经历过松松垮垮的一生,到了一旦得到启示的时刻,我也许才会去触动它,而现在这念头却在我的手上粉碎了。各种念头无数次在我的手上粉碎,难得有完整成形的时候。它们总是弄得粉碎,倾泻在我的头上。'它们会比色彩和线条存在得长久,因此……'

"我打起哈欠来。我兴奋激动得够了。我已经被那份紧张劲儿和长长的时间——二十五分钟,半个钟头——弄得精疲力尽,所以只好脱身离开那架机器,一个人孤身独处。我变得沉默寡言,冷漠僵硬起来。我要怎么才能打破这种沉默呢,它对于富于同情的心灵来说是很不光彩的。还有别人也在满心痛苦,——许许多多人在满心痛苦。奈维尔满心痛苦。他深爱着波西弗。可我对于走极端实在再无法忍受了;我但愿能跟一个什么人在一起笑笑,一起打打哈欠,一起回忆他是怎么搔头皮的;一个他曾经喜欢而且愿意相处的人(不是他曾爱过的苏珊,倒还不如是珍妮更好些)。在她房里我还可以进行忏悔。我可以问一问,他有没有告诉你我那天曾拒绝过跟他一起上汉普顿宫去玩?一想到这些事就会半夜让我满心悔恨地惊醒过来,这都是会让人愿意到世上任何热闹集市上去公开脱帽忏悔的罪愆——一个人竟会不肯在那天上汉普顿去玩。

"可是这会儿我渴望置身于生活之中,置身于各种书籍、小饰物以及商人们日常来访的喧嚣之中,让我在经历了这一阵精疲力竭之后好凭借它们休息一下我的脑袋,在这一番启示之后闭上一会儿我的眼睛。然后我会直接走下楼去,喊住第一辆遇上的出租汽车,开到珍妮那儿去。"

"这儿有个水坑,"罗达说,"我跨不过去。我听到那个大砂轮就在离我脑袋不到一英寸的地方轧轧地飞转。

它卷起来的风扑在我的脸上。一切可以捉摸的生活形式都已遗弃了我。除非我能伸手摸到一点坚实的东西,我就准会顺着永恒的通道被永远地刮走了。可是我又能摸到什么呢?什么砖头,什么石头?好帮我跨过这条鸿沟安然回到我自己的躯体里?

"现在影子消失了,一道红光斜照下来。原来满身华丽的身影现在已变得一身褴褛。当他们说他们爱他从楼道上传来的声音、他那双旧鞋以及他身上的种种禀性时,我告诉他们说,那个站立在陡峭山坡汇合处坟头上的身影已彻底破灭了。

"现在我要沿着牛津街走去,瞧着一个被闪电划破的世界;我要看着裂开的橡树,正开着花的枝桠折断下来,颜色还是红艳艳的。我要上牛津街去买舞会上穿的袜子。我要在电闪雷鸣下照样干平常所干的事情。我要从光秃秃的地面上采集紫罗兰,扎在一起献给波西弗,算是我给他的一点东西。现在瞧瞧波西弗给我的东西吧,现在当波西弗已经死去时,瞧瞧这条街吧,房子都造得根基不实,一口气就能吹倒。汽车横冲直撞轰隆开过,像恶犬似的赶得我们几乎无处逃命。人类的面孔是丑恶可怕的。但正合我的心意。我渴望置身于大庭广众之前,面对横暴,被人像一块小石子似的砸碎在岩石上。我喜欢工厂的烟囱、吊车和大卡车。我喜欢来来往往的那些面孔、面孔、面孔,冷漠无情,千丑百怪。我厌恶美,厌恶亲密。我漂浮在激流狂涛上,会葬身其中,没有人会来救我。

"波西弗死后赠给了我这样的遗物,让我看到了这样可怕的东西,留下我去忍受这样的屈辱——一张一张的面孔,就像厨子端上来的一只一只汤盘;粗蠢,贪婪,轻浮;手拎着大包小包望着商店橱窗;使着媚眼,泛着红晕,把什么都给糟蹋了,连我们的爱经她们的脏手一触,也显得不纯洁了。

"这儿有家卖袜子的商店。我简直可以相信美又重新涌现了。它的声息来自这些货架间的通道,透过这些花边,在这些装满五彩缤纷的缎带的货筐间隐约可闻。这么说在这喧嚣的深处还潜藏着温暖的洞穴;还有一些清静的斗室,让我们可以藏身其中,在美的翅膀的蔽荫下躲开我所向往的真实。当一位姑娘轻轻拉开一只抽屉时,苦恼被暂时搁在一边了。可是接着她说话了;她的声音惊醒了我。我拨开这堆乱草寻根究底,发现了艳羡、妒忌、仇视和怨恨,在她一开口说话时就纷纷爬满了沙滩。这就是我们的同伴。我要付清货款,拿起包来走开。

"这就是牛津街。这儿满是仇恨、嫉妒、匆忙和冷漠,纷纷扰扰显出一副粗野的模样米冒允生活。这些就是我们的伙伴。想想我们坐在一起吃饭的那些朋友吧。我想起了路易,他在一份晚报上读着体育栏,一心只怕出丑;一个势利小人。他一边瞧着来往的行人一边说,只要我们愿意追随,他就愿意作我们的牧人。只要我们顺从,他就能把我们管束起来引上正道。这样他就可以心满意足地把波西弗的死一笔抹杀,目光专注地越过那些调料瓶,扫视着天上的宫室。同时伯纳德两眼通红地一屁股倒在一张安乐椅上。他会掏出自己的笔记本来;他会在'D'栏下写下'友人去世时适用的辞藻'。珍妮会跳着足尖舞穿过房间,坐在她的椅子靠手上问道:'他爱过我么?''比起苏珊来更加爱我么?'苏珊忙着料理她那乡间的农场,她会手里拿着一只盘子,在那封电报面前站住一秒钟;然后,她会用鞋跟把它一脚踢到炉门跟前去。奈维尔泪眼模糊地盯着窗子望了一会儿之后,会透过泪水看到了什么,问道'窗前走过的是谁呀?'——'多可爱的小伙子?'这是我对波西弗的献礼:枯萎的紫罗兰,发黑的紫罗兰。

"现在我上哪儿去呢?上某个玻璃柜里保存着耳环、陈列柜里摆着皇后们穿过的服饰的博物馆么?或者到汉普顿宫去,看看红墙和庭院,还有那大批黑色尖塔形的水松树一棵棵整齐地排列在花间草地上的悦目景象么?在那儿,我会重新找到美,平定我那被搜剔、弄凌乱的心灵么?可是独自孤孤单单地能做些什么呢?独自一人,我准会站在空荡荡的草地上说:老鸦在飞;有个人提着口袋走过;一个园丁正推着一辆小车。我会排着队闻到汗酸味,还有跟汗酸味同样可怕的气味;同时跟别的人一起,像许多块肉中间的一块肉那样地被挂在那儿。

"这里有个购票入场的大厅,这儿你可以夹在许多在炎热的下午吃过午饭、正在昏昏欲睡的人们中间听听音乐。我们刚饱餐了牛肉和布丁,足可以活上一个礼拜不吃一点东西。因此我们就像一堆蛆似的躲在一个什么东西后面任它把我们带到什么地方去。彬彬有礼,仪表堂堂,——我们都在帽子下面飘着斑斑白发;窄窄的鞋子;精巧的提包;刮得光光的两颊;这儿那儿可以看到军人式的胡髭;不让一点点尘土沾在我们的厚呢衣服上。抖一抖节目单,把它扪开,向友人们梢梢问候几句后,然后就安顿了下来,仿佛一些海象搁浅在岩石上,仿佛笨重的身体无力蹚进海水中,只指望靠海浪把我们漂起来,可是我们太笨重了,而阻隔在我们和海水之间的干硬砂石又太多了。我们被食物撑饱了肚皮,躺在那儿,热得发昏。这时,那个浑身鼓胀,但却裹着闪光绸缎的海青色女人前来解救了我们。她紧抿着嘴唇,显出一副全神贯注的神色,正巧及时地膨胀了起来,不停打旋,仿佛瞧见了面前的一个苹果,她的声音仿佛一枝利箭,尖利地发出了一个'啊!'字。

"一把斧头已经砍进一棵树里,一直砍到了树心;树心是暖呼呼的;树皮里发出颤动的声音。'啊!'一个女人在威尼斯探出窗口,向她的情人高喊,'啊,啊!'她喊着,接着又喊了一声:'啊!'她把喊声传进了我们的耳朵。但只不过是喊声而已。可喊声算得了什么呢?接着一些蠢虫似的男人带着他们的小提琴跑来了;他们等待;他们算着时间;他们点头哈腰;他们一躬到地。而在那许多陡峭山坡四面汇合的地方,当一个水手嘴里衔着一根树枝跳上岸来时,响起了阵阵笑语的声音,仿佛橄榄树和它们那无数舌头形的灰色叶子正在迎风舞蹈。

"'仿佛','仿佛','仿佛'……可是在冒充某种事物的表面外形下,究竟潜藏着什么东西呢?现在闪电已劈进树里,开着花的枝条已经坠落,波西弗死后,赠给了我这样的遗物,使我能看清事物了。那儿有个正方形;那儿有个长方形。运动员们拿起正方形来放在长方形上面。他们放得十分准确;他们准备了一个极好的安身处。几乎什么也没有剩在外面。结构已经清晰可辨;草创的东西已经在这里说明了;我们并不是那么各不相同,也并不是那么卑劣;我们已完成了一些长方形的东西,并且把它们竖在正方形上。这是我们的胜利;这是我们的安慰。

"这种心满意足的滋味沿着我的脑壁顺流而下,使理解力豁然开朗。别再游荡了吧,我说;我就是目的地。长方形已经安在正方形上;螺旋形安在顶上。我们已被拖过砂石,下到了海里。运动员们又来了。可是他们正在揞着自己的脸。他们已不再那么潇潇洒洒,快快活活。我要走了。我要把今天下午存放在一边。我要作一次远行。我要去格林威治。我要毫不害怕地跳上电车,跳进公共汽车。当我们在摄政街上踽踽珊珊走着,我被推挤得撞在这个女人、那个男人身上时,我没有受伤,也没有因这种碰撞而受到冒犯。一个正方形竖在长方形上。这是些卑劣的街道,沿街的市场上到处不断在讨价还价,各种各样的铁棒、螺栓、螺钉都摊在外面,人们一窝蜂拥下人行道,用粗厚的手指捏捏那些生肉。结构已经清晰可辨。我们已准备了一个安身处。

"那么说,这些就是长在田野里的乱草中,遭牛马践踏,受风吹日晒,糟蹋得几乎不像样子,既不会开也不会结果的花儿了。这些就是我从牛津街的人行道上连根拔来的,我那只值一文小钱的花束,我那只值一文小钱的紫罗兰花束。现在我从电车的车窗里,望见出现在烟囱之间的桅杆;那儿是河;那儿有开往印度的船。我要沿着河走。我要慢慢走过这道堤岸,那儿有个老人在一个玻璃棚下面看报。我要走过这个高坡,望着船只顺流而下。有个女人在甲板上散步,带着一只绕在她脚边直吠的狗。她的衣裙随风飘扬;她的头发随风飘扬;他们正在驶向大海;他们正在离开我们;他们正在这夏日的傍晚渐渐消逝。从此我要撒手,我要放弃了。从今以后我终于要放松那受到克制、硬加阻遏的欲望,毫不自惜,浪掷此生。我们要并马驶越那荒凉的山坡,到那燕子在暗沉沉的深潭上掠水飞翔、一根根圆柱完整耸立的地方。驶入那拍岸的海浪,驶入那白沫飞溅遍布天涯地角的汹涌大浪。我扔掉了我的紫罗兰,我赠给波西弗的献礼。"

太阳已经不再停留在中天。它的光线倾侧,向下斜照。一会儿它射在一块云边上,把它映得一片通明,成了一个没人敢于落脚的火岛。接着日光先后照着一块又一块的云彩,使得下面的海浪就像不断被一些变幻不定越过颤动的蓝空猛烈飞来的羽箭所射中一样。

树梢的叶子被阳光晒得干瘪发脆,在飘忽不定的微风中僵硬地窸窣发响。鸟儿都停着不动,只不时把脑袋急促地向左右扭动一下。它们现在停止了唱歌,仿佛已经喧哗得够了,仿佛这丰饶的正午已经使它们感到了餍足。蜻蜓在一棵芦苇上方一动不动地停留了一会儿,接着它那蓝色细线似的身躯就又箭似的射向天空。从远处传来的隐约嗡嗡声,就好像是天边一些纤细的翅膀在上下抖动时发出的断续颤音。河水这会儿把芦苇扶得笔直挺立,就仿佛四周有玻璃围绕着它们凝固了似的;接着玻璃晃动了起来,那些芦苇就又被漂得歪歪倒倒了。垂头沉思地立在田野里的牲口们,笨重地一步步向前移动。屋旁木桶里的龙头不再淌水,仿佛桶里已经装满,接着它又一滴接一滴地连着滴了三滴。

窗上变幻不定地映出一些明亮的光斑,一根树枝的拐弯,然后是一片清澈明净的空白。窗幔鲜红地垂在窗边上,房间里利刃似的日光照着桌椅,使它们涂着油漆和清漆的光面上现出了裂缝。绿色水罐的肚子鼓得挺大,罐壁上映出拉长了的白色窗户的影像。光驱退了黑暗,豪爽地分头照亮了各个角落和四壁的雕饰;不过它仍把黑暗挤压在一处,聚成不可名状的一堆。

海浪汹涌堆积,波面起伏曲折,然后迸然四散,把石子和沙砾迸了起来。它们掠过岩石,溅起高高的浪花,沾湿原来是干燥的岩穴洞壁,在内陆上留下一个个水塘,海浪退却后,一些失水僵卧的鱼儿在那儿扑打尾巴。

"我签下自己的名字,"路易说,"已足有二十次了。我,又是我,又是我。我的名字就摆在那儿,清楚,明确,毫不含糊。我自己为人也是清清楚楚,毫不含糊的。不过我身上已积聚了广泛继承得来的人生经历,我已经活了几千年了。我就像是一条蛀进一株十分古老的橡树干的蛆虫。不过这会儿我很坚实,这一会儿,在这晴朗的上午,我是精神振作的。

"太阳在明朗的天空中照耀着。但每当十二点钟,我所注意的并不是天晴或者落雨。每到这个钟点,琼生小姐总是用一只铁丝筐托着我的信件送来给我。我在这些雪白的纸页上留下我名字的印迹。树叶在簌簌发响，水在流下阴沟，在一片浓绿中点缀着大丽花和百日草；我一会儿是位公爵，一会儿是柏拉图，是苏格拉底的朋友；是长途跋涉四方移居的皮肤焦黄黝黑的人；是那永恒的行列，妇女们提着手提箱走过斯特兰德大街，就像她们有个时期曾带着水罐走向尼罗河边一样；我那百倍于寻常的漫长一生，它那卷起、叠紧的全部篇页，此刻全都凝聚在我的姓名中；它有时清晰、有时模糊地显现在纸张上。如今作为一个成熟的男人，不管在阳光下或者在风吹雨打中都傲然挺立，我就必须像一把斧头般重重砍下去，全凭自己的分量砍倒一棵橡树，因为要是我游移不定、误入歧途，我就会像雪花似的飘坠，消逝无踪。

"我几乎爱上了电话和打字机。通过信件和电报，打到巴黎、柏林、纽约去的电话上简短而有礼的命令，我把我的无数生命融而为一；我借着我的勤勉和决心，在那张地图上画上了各种路线，把世界上各个不同的地方联系到了一起。我爱在十点准时走进我的房间；我爱那暗沉沉的红木发出的紫色闪光；我爱那桌子和它鲜明的轮廓；还有那拉起来很顺利的抽屉。我爱那伸出话筒口承受我的轻声低语的电话机，以及墙上的日历牌；还有那约会登记册。普兰蒂斯先生约在四点钟；埃雷斯先生约在准四点半。

"我喜欢被请到伯查德先生的私人办公室去，汇报我们跟中国的商业往来。我希望能继承一张大靠椅和一条土耳其地毯。我正在为事业的进行出力；我排除面前的疑难,把商业远远扩展到世界各地发生麻烦的地方。如果我坚持不懈,消除麻烦建立起秩序来,我有朝一日就会拥有查丹的地位,庇特、柏克和罗伯特·皮尔①的地位。这样我就可以除去某些污点,雪掉某些旧耻：那个从圣诞树上摘下一面小旗给我的妇女；我的口音；挨打受难；吹牛的小伙子；我那在布里斯班银行里做事的父亲。

"我曾在一家餐馆里读我心爱的诗人之作,并且一边搅着咖啡,一边听着小职员们在小桌上互相打赌,望着女人们在货柜前迟疑不决。我曾说过,决不容许有比如随手扔一张发黄的纸头在地板上那样不合适的事。我说过,他们跑来跑去总得有个目的；他们总得在一位严厉的主人支使下每星期赚两镑十先令工钱；到夜晚总得有一只手来照拂我们一下,有一件长袍来裹裹我们的身子。我治好了这些创伤,并且对这些畸形儿倍加怜悯,使他们既无需辩解也无需道歉,以免浪费了我们的精力,然后我还将把他们在这种艰难时刻颓然倒下并且在多石的海滩上摔断了筋骨时所丧失的东西归还给街上,归还给餐馆。我要搜索几个字眼,锤炼出一个锻铁的环子,把我们围在里面。

---

① 以上都是英国历史上著名的政治家。

"可是如今我却分不出一点点时间来。这儿既没有间歇,也没有在颤动的叶子遮蔽下的树荫,或者是一个凉亭,好让你避一避阳光,跟一个情人在晚凉时坐下来歇一歇。我们肩承着世事的重担,满眼都是它的幻影;只要我们眨一下眼,或者把目光移开一下,或者转过身去琢磨一下柏拉图说过的名言,或者回忆一下拿破仑和他的赫赫战果,我们就会使世界遭到某种误入歧途的损失。这就是生活:普兰蒂斯先生约在四点;埃雷斯先生约在四点半。我喜欢听电梯轻轻地滑动,砰然一声停在我的那一层楼,然后是一个男人威严的脚步声穿过走廊。就这样,我们凭着共同的努力把一艘艘船只派往地球上最遥远的地方;厕所和健身房一应俱全。我们肩承着世事的重担。这就是生活。只要我努力不懈,我就会继承一把靠椅和一块地毯;萨里郡的一处地产,有暖房,有罕见的针叶树、甜瓜或者花木,使别的商人会不胜艳羡。

"不过我仍旧保留着我的阁楼。我在那儿翻着平常的小书本;我在那儿望着雨点闪闪地落在屋瓦上,最后使得它像警察的雨衣那么闪光发亮;我在那儿望见穷人房屋的破窗子;精瘦的猫;一个妓女去街头拉客前,正在对着一面破镜子挤眉弄眼修饰面孔;罗达有时也会上那儿来,因为我们是恋人。

"波西弗已经死了(他死在埃及;他死在希腊;所有的死总是同样的一种死)。苏珊已有了孩子;奈维尔很快爬到了显赫的地位。生活在流逝。云彩在我们房上不断地变幻。我干这干那,接着又是先干这又干那。在时而聚会时而分手之间,我们都渐渐有了各自不同的气度,养成了各自不同的行为习惯。但要是我不牢牢地留下这一类印迹,并且把我身上的好几个不同的人糅合成一个,实际存在于此时此地,而不是像飞舞在远山上的零星雪花那样转瞬即逝;不在我穿过办公室时向琼生小姐问问关于电影的情况,并且喝一杯茶,接过一片我最爱吃的饼干,那我就准会像雪花似的飘坠,消逝无踪。

"可是当六点一到,我向看门人触帽致意,像往常那样因为一心讨好而过分殷勤多礼;然后弯腰顶风挣扎着往前走,衣钮扣得严严实实,下巴吹得发青,两眼淌出泪水,这时我真希望有个小巧的女打字员依偎在我的膝上;我想到我最心爱的菜是肝泥和咸肉;因此我很想绕到河边,到那条狭窄的小街上去,那儿有人们常常光顾的小酒店,街的尽头望得见往来的船影,女人常常在那儿打架。可是我马上恢复了理智,提醒自己普兰蒂斯约定在四点钟,埃雷斯约定在四点半。斧子一定得砍进木头;橡树必须劈到树心。我肩上承着世事的重担。面前是钢笔和纸张;我要在铁丝筐里的信件上签上我的名字,我,我,我,老是我。"

"夏天来了,接着又是冬天。"苏珊说,"季节在消逝。梨子长得圆熟了,从树上纷纷落下。一片枯叶斜竖在那儿。可是水汽蒙住了窗子。我坐在炉火边,盯着壶里的水在开。我透过窗户上淌下来的汽水看得见那株梨树。

"睡吧,睡吧,我轻声哼着,不管是夏天也好,冬天也好,五月也好,十一月也好。我唱着催眠曲,尽管我哼不成调子,也从来听不到音乐,只除了那种乡间的音乐——狗吠、铃响,车轮碾过砾石的声音。我在炉火旁哼着歌儿,就仿佛一只海滩上的老蚌在咕哝做声似的。睡吧,睡吧,我说着,想用自己的声音预防不管谁弄响牛奶罐,开枪打老鸦、射兔子弄出来的声音,或者至少不让他们把这种破坏的震撼带到这只柳条摇篮边来,惊动里面那蜷缩在粉红色毯子下的娇嫩肢体。

"我已失掉了我那种冷漠的心情,茫然的目光,瞪得圆圆的像是梨子、能瞧得清草木的根的眼睛。我已不再是正月、五月或者任何别的季节了,而是全力纺成了一根围绕着摇篮的细线,织成了一个用我自己的血肉做的茧,裹着我那小宝宝的娇嫩的肢体。睡吧,我一边说着,一边感到自己身体里涌起一种越来越狂野、凶狠的力量,要是有任何陌生人、拐子手敢闯进屋子来惊醒了正在睡着的孩子的话,我就会冲上去一拳把他打倒。

"我整天扎着围裙曳着拖鞋在屋子里走来走去,就像我死于癌症的母亲一样。我已不再从沼地上的草儿或者石南花来辨清眼前到底是冬还是夏,而只是瞧窗户上究竟是蒙着水汽还是冰霜。当云雀冲霄高鸣,然后又像一片苹果皮似的从空中直坠而下时,我俯下身来,喂着我的小宝宝。我过去常常穿行在山毛榉树丛中,注意到樫鸟飞落下来时身上的羽毛变成蓝色,经过牧羊人和流浪汉身边,他们定睛望着一个女人正蹲在一辆翻倒在沟里的大车旁边,如今我却手里拿着掸子在一间间房里走来走去。睡吧,我说着,一心只盼着睡意会像一条鸭绒被子似的覆盖下来,罩住这幼弱的肢体;我要求生活能收起它的利爪,掩住它的闪光,平安地过去,让我的身子变成一个洞穴、一个温暖的庇护所,让我的孩子好在里面安睡。睡吧,我说,睡吧。或者我就走到窗子边,望一望那高高的乌鸦巢和那株梨树。'等到我的眼睛闭上时,他的眼睛一定会睁了。'我心里想。'我会超脱自己的躯体跟着它们一起远行,这样我就能看见印度。他会带着战利品回来,放在我的脚前。它会增加我的财富。'

"但是我不再黎明时就起来,去看卷心菜叶上紫色的露珠;玫瑰花上鲜红的露珠。我不再用猎犬似的鼻子去警惕四周,或者夜晚躺在那儿,望着树叶遮住了星星,星星渐渐移动,树叶仍静静地挂在那儿。卖肉的在吆喝;牛奶得放在阴凉的地方,以免变酸。

"睡吧,我说,睡吧,这时壶里的水正开了,水汽愈来愈浓,从壶嘴里直喷出来。生命也像这样充满我周身的血脉。生命也像这样贯注在我的四肢里。我也像这样被压力驱策前进,以致从早到黑开门关门不停地进进出出,几乎忙碌得要哭出来。'够了。我已经享够了这天然的乐趣。'可是更多的东西仍旧会来临,会有更多的孩子;更多的摇篮;厨房里会有更多的篮子和腌制好了的火腿;发亮的葱头,菜圃上会有更多的莴苣和土豆。我就像一片被大风吹落的树叶;时而掠过潮湿的草地,时而旋转飞起。我已享够了这天然的乐趣;但愿什么时候我能摆脱掉这种餍足,满屋人人沉睡使人感到的压抑会一旦消除,那时我们能坐在那儿读书,而我会刚把针穿好一半就停住不动。灯光映在暗沉沉的窗玻璃上会亮起一团火。常春藤当中会映照出火光。我在冬青树丛中看见了一条灯火辉煌的街。我在掠过村道的风声中听到了热闹的车马声,人们断续的笑语声,以及门一打开时珍妮嚷起来的声音:'快来!快来!'

"然而并没有什么声音打破我们屋里的沉寂,只有门外紧挨着的田野中传来的哀叹声。风掠过榆树;一只飞蛾扑在灯火上;一只牛在哞哞地叫;屋椽上突然喀的一下发出一声干裂声,我把针穿好,嘴里喃喃地说着:'睡吧。'"

"现在是时候了。"珍妮说,"现在我们见面了,又团聚在一块儿。现在我们来谈谈,来讲讲故事吧。他是谁?她又是谁?我十分好奇,可又不知道会碰到什么事。要是我们初次相识时你告诉我一声:'班车四点钟从皮卡迪里开出,'我就不会耽搁下来拣一些必要用品放到手提箱里,而会立刻就来了。

"我们就在这儿这些修剪过的花丛下面,坐在这幅画旁边的沙发上吧。让我们不断地用事实来装饰我们的圣诞树吧。人们很快就走光了;我们得赶上他们。那儿那个人,正站在玻璃柜旁边的那位;你相信么,他简直是生活在瓷瓶瓷罐子中间。只要打破一个,就等于糟蹋了一千镑钱。他从前在罗马爱上过一位姑娘,可是她抛弃了他。因此才摆弄起瓶瓶罐罐、古董旧货来,全是从人家公寓里找来,或是从荒凉的沙漠里发掘出来的。既然美的东西必定每天都会被打破,不然就不成其为美,因此他老呆着不动,他的生活就凝滞在一片瓷器的汪洋大海里。不过说来奇怪,他年轻时有一次还曾坐在泥地上,跟一些士兵在一块喝罗姆酒哩。

"你一定得迅速麻利,灵巧地把一件件事实补充上去,就像把一件件玩具挂到树上,用手指把它们一一扭牢。他老屈身俯就,瞧他甚至向一朵杜鹃花屈身俯就。他甚至向一个老太婆屈身俯就,就因为她耳朵上戴着钻石;还在一辆单马车里为她的财产操心忙碌,指点她谁该救济,哪株树倒了,明天该把谁赶走。(我一定得告诉你,我已经享受了多年的生活,现在我都已经过了三十岁了,老是在冒险,就像一头山羊在高山上从一块岩石跳到另一块岩石;我哪儿也呆不长;我从来不跟某一个人特别亲近;可是你会发现,只要我一抬手,就会有人马上拔脚跑到我跟前来的。)那儿那一位是个法官;那一位是个百万富翁,而那一位戴着眼镜的,十岁时就曾经用一枝箭射穿过他的家庭教师的心脏。后来他曾奉派带着公事骑马穿过沙漠,参加过革命,这会儿他正在为他已在诺福克定居多年的母亲家的家史收集材料。那位下巴发青的小矮个儿,右手萎缩了。可是怎么萎缩的?我们不知道。那位妇女——你小声点,——耳朵上垂着珍珠穿成的宝塔,曾经是一团真正的烈火,她曾使我们一位政界要人的生命融融燃烧过;从他死了以后,她一直能看见精灵,预卜吉凶,还收养了一位皮肤像咖啡色的青年人,她叫他做弥赛亚。那位胡子挂下像个骑兵军官的人,曾经过着最放荡的生活(这在一本回忆录里都记述过),直到有天在火车里碰到了一个陌生人,那人在从爱丁堡到加拉设尔这段路上凭着读圣经就把他彻底转变了过来。

"这样,在几秒钟里,我们就灵巧熟练地解开了别人脸上写着的那些神秘难懂的文字。这儿,在这间屋子里,有许多被抛在海岸上的残缺破碎的贝壳。门不断打开。屋里愈来愈充塞着知识,痛苦,形形色色的野心,不少的冷漠,还夹杂着某些失望。凭我们,你相信么,就能建造教堂,左右政治,判处人死刑,管理某些国家大事。我们共同的丰富经历是源远流长的。我们有许许多多子女,男女都有,我们用心培育他们,麻疹流行时上学校去看望他们,希望抚养他们长大来继承我们的房产。我们都在用不同的方式创造这一天,这个星期五,有人上法庭;有人进城;有人去托儿所;有人去列队行军,排成四列纵队。千万双手在做针线活,在扛起运砖的灰斗。种种活动,数也数不尽。而明天这一切又会重新开始;明天我们又要安排利用星期六。有的人坐火车去法国;有的人乘船去印度。有些人今后再不会上这间屋子里来了。你也许今晚就会死去。别的人也许会生下个孩子来。各种各样的建筑物、政治、冒险、绘画、诗、孩子、工厂都会从我们身上产生。生活来了又去;我们在创造生活。你信么?

"不过我们是生活在血肉之躯中,所以只是通过这血肉之躯的想象力看到事物的轮廓。我在明朗的阳光中看到这些岩石。我没法把这类事实带进一个岩洞里去,蒙着眼依次区别它们的黄色、蓝色、赭色,把它们合成一个实体。我不能老坐着不动了。我得马上就走。班车就要从皮卡迪里开走了。我要把这些事统统扔开——钻石呀,萎缩的手呀,瓷瓶子呀等等,——就像猴子赤裸裸的爪子扔开坚果一样。我没法告诉你生活究竟是这样还是那样。我就要从这堆混杂的人群中挤出去;我就要推推搡搡;在人群里被挤得颠簸起落,就像人海里的一只船一样。

"因为现在我的肉体,我这个不断发出信号,心血来潮地一会儿说出阴暗的'不'字,一会儿又说出爽朗的'来'字的伙伴,已经在那儿召唤了。有个人已经移步走动了。我举起过手么?我望过一眼么?我那带草莓花点的黄围巾曾经挥动过,发出过信号么?他忽然离开了墙边。他领会了。我身不由己走进了树林子里。一切都神魂颠倒,仿佛一首夜曲,鹦鹉成群地啼着穿过树梢。我浑身兴奋。现在我感觉到自己正在推开的这层围幔的粗糙质地;我手心上摸到了那冰冷的铁栏杆和它那粗糙不平的油漆。现在那使人寒战的黑潮浸透了我的全身。我们已经在屋子外面。黑夜在面前展开;黑夜随着游动的飞蛾在眼前横过;黑夜遮蔽着到处游荡寻求险遇的情人。我闻到了玫瑰的味道;我闻到了紫罗兰的味道;我瞧见了刚刚隐没的红色和蓝色。我脚下一会儿是砾石,一会儿又成了青草。高高的屋子背面露出怯生生的灯光矗立在那里。整个伦敦都不高兴看到这些闪闪的灯光。现在让我们来唱我们的那首情歌——来吧,来吧,快来吧。现在我发出的响亮信号就仿佛一只蜻蜓在笔直地飞去。唧,唧,唧,我像一只夜莺在细声地啼鸣,它的歌声仿佛被它太细的嗓子眼给堵塞住了。接着我听见树枝的折裂声和鹿角的断裂声,仿佛树林子里所有的野兽都在追猎,都在荆棘丛中用后脚站起然后又落下。有一只野兽用角刺穿了我,深深刺进了我的身体。

"接着一些湿润清凉的柔嫩花叶拂拭着我的全身,把我包裹起来,使我得到了抚慰。"

"噢,"奈维尔说,"看见那正在壁炉架上走着的钟么?是的,时间在消逝,我们在变老了。不过跟你,只跟你一个人在伦敦这地方同坐在一间生着火的房间里,你坐在那儿,我坐在这儿,这就够了。这世界每个角落都已被抢掠一空,它所有的山峰高地都正遭到洗劫,摘尽了鲜花,夷为平地。瞧那炉火的光一会儿高一会儿低地映在窗幔的金线上。被它照亮的那只果子沉甸甸地掉落了下来。它照着你的靴尖,它把你的脸映成了一片红光,——我想那是炉火光而根本不是你的脸;我想那靠壁的是书,那是窗幔,而那个可能是一把靠椅。不过你一来,什么就都变了样。你早上一来,杯子和碟子就变了样。我扔开报纸想,毫无疑问,我们这不堪入目的丑陋生活,只有在爱抚的目光下才会变得有光彩,有意义。

"我站起身来。我已吃完了早饭。我们将有整整的一天,而且是晴朗、温暖、轻松无事的一天,我们穿过公园走到堤岸街,沿着斯特兰德大街走到圣保罗教堂,然后上一家店里去买了一把伞,一路上一直在谈天,不时停下来看一看。可是这能持久么?我在特拉法加广场上那只一见就永不能忘的狮子旁边自己问自己说;——这样我就一幕幕地重新回顾起自己过去的生活来;那儿有一棵榆树,波西弗正躺在那边。我们要永远、永远地信守不渝,我发誓说。然后在一阵常有的怀疑心情下冲上去,紧紧握住了你的手。你离开我走了。走下地下铁道简直像是死别。我们被分开了,我们被那无数的面孔阻隔开了,还有那穿堂的强风,就像是在那儿呼呼地掠过满地的砾石。

我呆瞪瞪地坐在自己的房间里。到了五点钟,我明白了你是不守信用的。我抓起电话机,从你空无一人的房间里传来的一阵阵倒霉的嗡嗡声,使我的心都沉了下去,正在这时房门开了,你就站在那儿。这是我们最美妙的一次会见。可是这样的聚会和分别,最终却毁了我们。

"现在这房间在我心目中成了中心,仿佛是一个从永恒的黑夜中挖掘来的东西。外面是错综交织的线,但它们却把我们团团围住,包了起来。这里我们俩成了中心。在这里我们可以默默无言,或者虽说话却不用大声。你曾注意到了这个,注意到了那个么?我们说。'他也曾说过那样的话,意思是……'她住了口,我立刻相信自己是被怀疑有些靠不住。确实,昨天深夜我曾听到楼道上有人说话的声音,有一阵啜泣声。这意味着他们之间关系的结束。这样,我们就老兜着圈子,说起一些无关宏旨的话来,而且说得有板有眼的。说起柏拉图和莎士比亚,也说起一些无名人物,一些毫不相干的人物来。我最讨厌有些人在背心的左边挂着一个十字架。我最讨厌各种仪式和哀悼,讨厌基督在另外一个战栗可怜的形象旁边战栗发抖的可悲形象。还有那些全身盛装、挂满勋章和宝星,在大吊灯底下显出一副派头十足、满不在乎的神气,而且老是不得当地夸夸其谈的人。相反地,一排树篱上的一根小花枝,或者平坦的冬日田野上的日落景象,或者公共汽车上一个老太太双手叉腰挎着一只提篮的样子,我们却总是互相指点着叫对方留心看一看。能这样互相指出来叫对方看一看,是一种多么巨大的安慰啊。还有彼此相对无言。顺着隐秘的思路进入往事,翻看书籍,拨开枝叶,摘取果实。而你能领会这个,而且十分赞赏,正像我能领会你身体无意间的一举一动,而且赞赏它的从容不迫,它的强健有力——你一下推开窗子,显得两手是多么的麻利。因为可惜的是我的头脑有点不太灵活,容易疲倦;我对一个目标会感到乏味,也许甚至会厌倦。

"唉!我不能戴一顶遮阳帽在印度骑马行走,然后回到一座小平房去。我不能跟你似的,像个半赤着身子的男孩那样在船甲板上跌跌撞撞走来走去,用橡皮水管互相喷水。我需要这炉火,我需要这把安乐椅。我需要在一天的劳碌奔走、在它的种种苦恼、不断倾听、不断等待和种种疑虑之后,有个人在一起坐一坐。在争吵和和解后,我需要亲密——跟你单独在一块,使这种喧嚷重新平静下来。因为我就像猫那样习惯于整洁。我们必须反对让世界遭到荒废和受到糟蹋,让成群横冲直撞的废料败类在到处转悠。一个人必须用裁纸刀平平整整地切开书页,用绿丝带把信函一捆捆干净利落地扎起来,用大笤帚把煤渣扫成一堆。必须尽力做好一切事情,来驱除受到糟蹋的威胁。让我们谈谈描写罗马人的严肃和美德的作品吧;让我们跋涉沙漠去寻求完美吧。是的,不过我却更爱悄悄地从你亮晶晶的灰眼睛中,从摇曳生姿的青草和夏日的微风中看到这些高贵的罗马人的严肃和美德,从正在玩耍的孩子们——正在甲板上赤着身子用橡皮管互相喷水的船舱侍童们的欢笑和叫嚷中看到这些。所以我并不像路易那样是个对世事漠不关心,一心只想跋涉沙漠探求完美的人。各种色彩常常沾满书页,朵朵云影也常常在它上面掠过。连诗歌,我觉得也只是你在说话的声音。埃塞巴底斯、厄杰克斯、赫克托尔①和波西弗也都是你。他们爱骑马,他们随便地冒险轻生,他们甚至也不大爱读书。不过你可不像厄杰克斯或者波西弗。他们不会用你那样美妙的神气耸耸鼻子、搔搔额头。你就是你。这对我是个极大的安慰,补偿了许多的缺憾——我的丑陋,我的孱弱,还有世界的腐败,青春的逝去和波西弗的死,以及数不清的种种苦恼、怨恨和嫉妒。

"不过要是有一天你吃过早饭后不来,要是有一天我从一面镜子里望见你也许在寻找别的人,要是电话铃在你无人的房间里嗡嗡地空响,那么我就会……在经历过说不出的痛苦之后我就会——因为想欺骗自己的心是毫无意思的,——就会去寻求并且找到另外一个你。这会儿,让我们一拳头叫那时钟的嘀嗒声见鬼去吧。快挨我近一点。"

---

① 埃塞巴底斯,古雅典著名军人和政治家;厄杰克斯和赫克托尔都是荷马史诗中特洛伊战争的勇士。

现在天空中的太阳落得更低了。一座座岛屿状的云块愈来愈浓密,慢慢移过太阳,使礁石突然显得漆黑,摇曳的海冬青从蓝色变成了银白,一块块阴影像灰色的布似的铺满在海面上。海浪不再涌到较远处的水潭和那条不规则地断断续续留在沙滩上的黑色水印。沙子显出珍珠似的白色,又光又滑。

鸟儿猛扑下来,又盘旋着高飞入云。其中有些迎风追逐,散乱翻滚地穿风而行,仿佛是一个整体被割裂成了许多碎片。鸟群像个大网似的降落在树梢上。偶尔有只鸟儿独自飞向沼地,孤单单地停在一个白色树桩上,一会儿展开一会儿合拢它的两只翅膀。

花园里几片花瓣坠落下来。它们掉在地上,样子就像一只只贝壳。枯叶不再斜竖在地,而是停停歇歇地被风一直刮向某一株花茎。一道尤波猛一下闪闪耀眼地穿过所有的花儿,就仿佛一片鱼鳍切断湖水中的一株绿草。时时有一阵强劲的疾风刮得各式各样的草儿起伏不定,接着当风弱了下来的时候,每一片草叶又都恢复了它的尊严。鲜艳的花盘被阳光晒得灼热发亮的各种花儿,每当迎风摇晃时就暂时摆脱开阳光,随后有些沉重得无法再挺直起来的花冠就微微地弯垂了下来。

午后的阳光晒暖着田地,使暗影中透出蓝色,把谷物映得通红。一片耀眼的光亮仿佛把田野涂上了一层漆。一辆大车,一匹马,一群老鸦,——不管什么东西在它上面经过,就仿佛浑身被镀上了金色。要是一头牛把它的一条腿移动一下,就立刻会像在赤金的表面上激起一阵闪光的涟漪,它的两角也仿佛镶着一圈光晕。树篱上挂着带浅黄色芒刺的谷穗,都是一辆辆显得低矮、原始的大车装得满满地从饲草地上驶来时被擦落下来的。团团的云块一路翻腾过来时毫不收缩,始终保持着它胖滚滚的形象。不时地,在它们飘过的途中,它们会把整个村子一下罩进它们撒下的网里,接着,在飘过去以后,又让它们脱出了网外。远处的天际,在亿万蓝灰色的尘粒中,会突然闪出一块窗玻璃的反光,或者现出一座教堂尖塔或一棵树木的简单轮廓。

红色窗幔和白纱窗帘被风吹得扑打着窗槛,一会儿飘进一会儿飘出,成条或者成片地照进屋去的阳光,在射过被风阵阵吹起的窗幔时颜色有些发褐,并且带着一种肆无忌惮的神气。它在这儿把一口玻璃橱照成棕色,那儿使一把椅子显得发红,在另一处又使一只绿瓶子的瓶面上摇曳地映出了一扇窗户的影子。

有一会儿,所有的东西都在摇曳起伏,迟疑不定,就仿佛有一只穿过房间的巨大的飞蛾,用它扑打的双翅把房中庞大坚实的桌椅统统都遮蔽住了。

"时间的一滴坠落了。"伯纳德说,"在我心灵的屋檐上形成的一滴坠落了。在我心灵的屋檐上,时间一边形成,一边又坠落。上星期,当我正站在那儿刮胡子时,就曾坠落了一滴。我手里拿着剃刀站在那儿,突然意识到自己的动作仅仅是习惯性的(时间的一滴就正是这样在形成),因此我嘲弄地祝贺我的双手能跟它保持一致的步调。刮吧,刮吧,刮吧,我说。不停地刮下去。那一滴就坠落了。在一整天的工作中,在间歇的时候,我的脑子老是转到一块空白的地方,自己问自己说:'究竟什么东西失掉了?什么东西完结了呢?'接着,'完事大吉吧,'我一面喃喃地说着,'完事大吉吧,'一面用这些话来安慰我白己。人们注意到我脸上的茫然若失,我说话的茫无头绪。一句话说到一半就含糊不清了。而且在我扣上大衣钮子准备回家时,还更加戏剧性地说了这么一句:'我失掉了我的青春。'

"说来古怪,每当危机关头,一个不恰当的辞藻准会急于自动地冒出来,——这是对老靠带着一本笔记本的古老文明习惯生活的人的一种惩罚。这种时间一滴滴地坠落跟失掉青春毫不相干。这种坠落是意味着时间止在愈来愈收缩集中趋向一个目标。时间如果像一片阳光普照、光影摇曳的牧场,如果像正午的田野那么广阔无垠,那就表示着它还悬而未决。时间正在逐渐收缩集中趋向一个目标。当窗上一滴水珠带着沉淀物沉甸甸地落下来时,时间也在坠落。这些都是真正的循环,都是真正的事件。这时,仿佛全部炫目的大气都消散了,我瞧清了那赤裸裸的底蕴。我看清了在习惯遮蔽下的东西。我懒洋洋地在床上躺了好几天。我走出去吃饭时,像一条鳕鱼似的张大着嘴喘了口气。我并不想操心去说完整一句话,我经常那么迟疑不安的行动也变得像机器似的准确。就在这种情况下,当我经过一所售票处时,我就走了进去,完全像一个机器人那么平平静静地买了一张去罗马的票。

"现在我就坐在这些花园中的一张石凳上,眺望着这座永恒的城市,这时五天以前在伦敦刮着胡子的那个小人儿,显得已经好像是一堆旧衣服了。伦敦仿佛也已经消散无踪。伦敦只不过是一些破落的工厂和几个煤气塔罢了。但同时我也与眼前这番壮观毫无关系。我看见那些身挂紫色饰带的神父和那些好看的年轻保姆;我只注意到外表。我坐在这儿,就像个大病初愈的人,一个非常单纯的人,只会说些简单的字句。'太阳光很猛,'我说,'风挺凉。'我觉得自己就像一只在地面上打着转的虫子,而且简直可以赌咒说,我坐在这儿,几乎像能感觉到它的坚硬,它那打着转的行动似的。我并不想离地而去。我预感到要是我能把这种知觉再向前延伸六英寸的话,我就会触到某种奇妙的境界。但是我的喙不够长。我并不希望延长这种超然物外的精神状态;我不喜欢它;我甚至嫌弃它。我不想成为一个连续五十年静坐不动、意守丹田的人。我但愿被驾在一辆大车、一辆拉菜的大车上,拉着它沿着一条石子路辚辚驶去。

"说实话,我不是那种要么满足于孤身独处要么满足于与无限相处的人。一人独住的房间跟天空一样使我感到厌倦。只有在向着许多人敞开它的各个方面时,我的生存才会熠熠闪出光彩。就让他们遭到失败,而我也百孔千疮、像着火的纸头那样渐渐烧尽吧。唉,我说,莫法特太太,莫法特太太,你快来把它打扫干净吧。我已失掉了许多东西。我已衰老得失掉了某些愿望;我失掉了朋友,有的是由于死亡——像波西弗,有的仅仅是由于无力穿过街来。我并不像从前一度看来那样富有才华。有些东西非我力之所及。我永远弄不懂那些比较艰深的哲学问题。罗马是我可能到的最远的地方。当我夜里入睡时,常常会带着 阵剧痛突然想到我会永远看不到塔希提岛上的土人用灯光来捕鱼,一只狮子在丛莽中跃起,一个赤身裸体的男人在吃生肉。我也永不会学俄文,读吠陀经典。我永远不再会走着路猛然撞在邮筒上。(但尽管如此,由于这次碰撞的猛烈,在我的夜梦中仍然常有几颗星星迷人地坠落下来。)不过我愈往下想,真情就显露得愈加清楚。多年来我一直在抱怨似的咕哝着什么'我的孩子呀……我的老婆呀……我的房子呀……我的小狗呀。'当我用大门钥匙自己开门进来后,总是要先做一番这老一套的仪式,好让自己包裹在这种温暖的气氛里。现在那层可爱的纱幕落下了。我现在再不渴望这些财富了。(附带说说:一个意大利洗衣妇在肉体的纯洁程度上并不亚于一位英国的公爵小姐。)

"不过让我想一想。时间的一滴坠落了;进入了另一个阶段。一个阶段接着一个阶段。这些阶段为什么要有尽头呢?它们又通向哪里?达到什么结局呢?因为它们总是披着庄严的长袍出现的。碰到这些难题,善男信女总是去求教于那些眼前正高视阔步走过我身边的身挂紫带、满脸情欲的先生。可是就我们来说,我们却最憎恨那些导师们。只要有个人站起身来说'看啊,这就是真理',我就马上会在他背后看见有只浅黄色的猫儿正在想偷一条鱼吃。瞧吧,我说,你忘掉那只猫了。所以在学校的时候,奈维尔在那个昏暗的教堂里一看到博士挂的十字架,就大为生气。而我,尽管老是容易为一只猫,或者为围绕着汉普顿夫人不断捧向鼻边嗅着的花束嗡嗡乱转的蜜蜂分心,当时却立刻就编出了一个故事来,把十字架的威严锋芒扫灭得一干二净。我曾编了成千上万个故事;我曾在无数册笔记本里记满了辞藻,准备用在我将来找到的真正的故事上,用在那个所有这些辞藻都能适用的故事上。可是我到现在还没有找到那个故事。以致我已经开始产生了疑问:世上真的有什么故事么?

"现在从这个阳台上瞧瞧下面这些蜂拥的人群吧。瞧瞧那普遍的活跃和喧闹劲儿吧。那个人正在被他那头骡子弄得手忙脚乱。五、六个好心的闲汉正在自愿帮忙。别的人看也不看地在一旁经过。他们自己操心的事就多得像一团乱麻。瞧瞧那一望无际的天空吧,上面正飘满着一团团雪白的云块。想象一下那延伸许多里的平原,那些渡槽,那崎岖不平的古罗马车道和罗马城郊平原上的累累枯冢,而在平原之外就是海,接着又是一些陆地,接着又是大海。我原可以停留在这整幅图景的任何一个细部上——比如说那辆骡车吧,——然后轻而易举地描绘一番。可是干吗要去描绘一个被自己的骡子弄得狼狈不堪的人呢?再说,我也可以编出些故事来讲讲那个正在走上台阶来的姑娘:'她在阴暗的拱门下跟他会了面……"咱们的事算了结了。"他一边掉脸离开了那个关着一只中国鹦鹉的鸟笼,一边说。'或者只是简单地讲:'事情就这样地结了。'可是干吗要把我任意想出来的情节强加上去?干吗要揉揉这个,搓搓那个,捏出一些小人儿来,就像那些托着货盘沿街叫卖的玩具贩子呢?为什么在一切之中,偏偏要挑出这个细节来呢?

"我在这儿正在蜕去我生命中的一层皮,可是他们却大概只会说:'伯纳德是在罗马度十天假。'我在这儿正徬徨无定地在这个阳台上踱来踱去。不过正当我在踱步时,瞧瞧那些点和线是怎样逐渐连成一气,当我正在走上这些台阶时,各种东西是怎样逐渐失掉了它们刚才各自所有的孤立无援的神气。那红色的大花盆现在成了红底上闪出黄中带绿的颜色。世界开始从我身旁急速逝去,就仿佛火车开动时两旁逝过的树篱边缘,轮船行驶时海水的波浪。我也在移动,渐渐卷进了那一件事紧跟着另一件事的总的顺次变换中,而且仿佛不可避免似的,这棵树要移近来,接着是这根电线杆,然后是这段树篱的断缺处。同时,当我被围绕、被卷进去一起参与行动时,往常的辞藻又开始冒了出来,而我也只想打开我头脑里的活板门,放它们自由,因此我径直朝着那个后脑勺有点似曾相识的人走去。我们曾在学校里同过学。我们毫无疑问应该会面。我们一定得在一块吃午饭。我们要谈谈。不过等一等,先稍微等一会儿。

"这种力求置身事外的短短一会儿是不应当小看的。它们太难得了。塔希提成了有可能实现的事。倚在这个栏杆上我远远望见一片汪洋。一片鱼鳍划动了一下,这个单纯的视觉印象跟任何推理都毫无关系,它是突然冒出来的,就像你也有可能望见天边忽然出现一只海豚的鳍一样。正因为这样,视觉印象常常会给你一个简短的提示,告诉你我们该及时去打开障壁,引人开口了。

因此，我在'F'栏下记下了：'汪洋大水中的一片鱼鳍。'我时时都在头脑的空白边缘上记下一些话来以备将来作最后的陈述，现在就记下了这一句，准备供某一个冬日的黄昏使用。

"现在我得上哪儿去吃午饭了，我要把杯子举在手里，透过酒望出去；我要带着比平常更超然物外的神气瞧着周围，当一位漂亮的女人走进饭店，穿过餐桌之间走过来时，我要对自己说：'瞧她朝着一片汪洋大水走到哪儿去呀。'一句无聊的话，可是对我来说却是严肃的，带着石板似的颜色，崩溃的世界和坠地飞散的流水似的声音。

"那么，伯纳德（我又把你重新唤醒过来，你是我干各种事情离不开的伙伴），让我们来开始这新的一章吧，来看看这种陌生、古怪而同时又含混、可怖的新经历——也就是这正在形成的新的一滴——怎样出现吧。那个人的名字叫做拉本特。"

"在今天这个炎热的下午，"苏珊说，"在我正带着我的儿子在散步的这个园子里，这片田地上，我已经实现了自己最高的愿望。大门的铰链长了锈；他使劲把它推开。幼年时代的强烈激情，珍妮吻路易时我在花园里流的眼泪，我在那间充满松木味的教室发的火。在那骡子踏着尖尖的蹄子得得走来，一帮意大利妇女围着披巾、头上插着康乃馨花在泉水旁闲谈的异国我所感到的孤独，如今都已换成了安全、充实和亲密感。我度过了多年平平静静、富有成果的生活。我拥有了一切我能见到的东西。我植下种子培育了树木。我开了池塘,让金鱼在叶子宽阔的睡莲下潜游。我在草莓地和种莴苣的菜地上张起了网子,给梨子和李子罩上了一只只白纸袋,以免被黄蜂叮坏。我眼看着我的儿女们一度曾像嫩果似的用网子罩在他们的小床上,如今都已一个个挣破网眼在我身边走着,长得比我还高,把长长的身影投在草地上。

"我就仿佛自己所种的树那样被围进墙篱,种在这儿。我叫着:'我的儿子,'我叫着:'我的女儿,'就连那个从他堆满钉子、油漆和铁丝网的柜台后面抬起头来望一望的铁器铺老板,也对这辆装满蝶形网兜、水果篓和蜜蜂箱在大门口停下的破旧货车充满敬意。圣诞节时我们在钟座上挂起槲寄生树枝,称好我们的黑莓和蘑菇,点清我们做的果酱罐,每年背靠着客厅的百叶窗板量量身高。我还为死者扎白花环,里面编进银色的枝叶,怀着哀伤系上我的名片献给已故的牧羊倌,向已故的赶车人的遗孀表示慰勉:我还坐在快咽气的妇人们床边,听她们喃喃诉说临死前的恐惧,让她们紧紧抓着我的手;我常去一些屋子里作客,它们除了对像我这样出身的人之外,简直叫人无法忍受,我却从小就见惯了那些农家院子、粪堆和满地乱跑的鸡,以及一个母亲带着成群正长大的孩子挤在两间小屋子里。我见惯了窗上淌下来的水汽,我闻惯了穷困落魄的气息。

"现在我一边手里拿着剪子站在我的花丛里，一边自问：那阴影到底是从哪儿来的呢？究竟是一种什么震动，能使得我那好容易才收敛起来、硬压下去的生命力重又奔放了起来？不过有时候我对于自然的乐趣，正在长熟的水果，弄得满屋都是船桨呀、猎枪呀、骷髅头呀、得奖领到的书本呀和其它种种战利品的孩子们，的确感到了厌倦。我厌倦了这个身躯，厌倦了自己的能干、勤奋和手腕，厌倦了做母亲的随时保护、小心提防地把她自己的孩子——老是她自己的孩子——召集在一张长桌子周围的那股拼命操心费力的劲儿。

"这是在阴冷多雨的春天刚刚来临，黄花突然开放，我正检看着放在蓝色遮棚下的肉块，用手按按沉甸甸地装满茶叶和葡萄干的银色口袋的时候，忽然回忆起了太阳如何升起，燕子如何掠过草地的情景，回忆起了我们还是孩子时伯纳德所说的那些漂亮辞藻，以及树叶子重重叠叠，轻飘地在我们头上摆动，刺破了蓝色的天空，把摇曳不定的光影投射在我正坐在那儿啜泣的山毛榉树下那些像青筋突起般的树根上。一只鸽子飞了起来。我猛然跳起，急忙去追寻那仿佛从一个气球上垂下来的绳子那么愈飞愈高、越过一根根树枝飘然离去的词句。就在这时，像一只摔碎的碗似的，我一早晨的宁静心绪被打破了，我一边把面粉袋放下来，一边想，在我四周的生活，原来就像是围绕着一颗被拘禁的种子生长的草儿。

"正在拿着剪子剪下一些蜀葵的我,曾去过埃尔弗顿,踏着腐烂的橡实,看见了那位正在写字的夫人和手持着大笤帚的园丁们。我们气喘吁吁地往回逃跑,生怕会被射死,并且像黄鼠狼似的被钉在墙头上。现在我正在量着食物,加工保存。到夜晚我就在一张安乐椅上坐下,伸手取过我正在缝的东西;耳听着我丈夫的鼾声;当一辆开过的汽车上射来的强光照亮窗子时,我抬起眼来瞧着,感觉到我那生活的波浪仿佛在牢牢生根的我周围汹涌掀起又粉碎四散了似的;而且当我用针刺进、拔出,把线穿过白布的时候,仿佛听到了喊声,看见了别人的生活正在像草儿围着桥墩起伏回旋。

"有时我想起曾经爱过我的波西弗。他在印度骑马摔死了。有时我想起罗达。惊惶的喊叫时时使我在深夜惊醒。但是大多数时间我在心满意足地跟我的儿子们一起散步。我在剪掉蜀葵上枯萎的花瓣。尽管有点过早地身体发胖,头发变白,但我却仍旧两眼像珍珠似的清澈,安然地漫步在田野上。"

"现在,"珍妮说,"我正站在地下铁道的车站上,所有引人的地方都在这儿相会——皮卡迪里南段,皮卡迪里北段,摄政街,干草市场。我在伦敦市中心的街道底下站住了一会儿。无数的车轮正在我的头上驶过,无数的脚步正在我的头上踏过。条条文明的大道在这儿交汇,又伸向四方。我正置身在生活的中心。可是瞧呀——那里有面镜子映出了我的身形。多么孤单,多么憔悴,多么衰老!我已不再年轻。我已不再是这个行列中的一员了。成千上万的人急速得可怕地顺着这条楼梯降下来。巨大的齿轮毫不容情地搅动着使他们往下直降。成千上万的人已经死了。波西弗死了。我还在行动。我仍旧活着。不过现在要是我招手示意,谁还会来呢?

"我就像一只吓得两胁不住起伏的小动物似的站在这儿,心里直跳,浑身发抖。可是我将要无所畏惧。我会打落那抽在我两胁上的皮鞭。我叫不是只呜呜叫着直向暗处藏躲的小动物。方才只是因为我还来不及像平常抬眼看自己那样先做好准备就突然望见了自己,所以才一时畏缩了一下。的确,我已经不年轻了,——我不久就会举手召唤却自觉徒劳,我会不飘扬我的披巾就让它垂落在我的身边。我不会再听见黑夜中一声突然的叹息,感到有人再在黑暗中向我走来。再不会在通过漆黑的地道时去瞧车窗中的身影。我要去瞧别人的脸,我会瞧见他们也正在探索着别人的脸。我承认,方才一时之间,那些直立的身体无声地随着自动电梯急速下降,就像一支死人的军队身不由己、快得可怕地直往下坠,还有那不停搅动的巨大机器毫不容情地推着我们,我们全体,向前直冲,确实使我心惊胆战,想要逃到一个安全之处去躲起来。

"可是现在我赌咒,在对着镜子认真做了一些使我浑身武装的小小修饰后,我就会毫不害怕了。想一想那些红黄两色、准时开停的漂亮公共汽车吧。想一想那些强大而好看,时而放慢到步行速度,时而又像箭似的直向前冲的小汽车吧;想想那些浑身武装、修饰整齐、正在驾着车向前开去的男男女女吧。这是凯旋的行列;这是得胜的军队,带着旗帜和黄铜鹰徽,头上戴着战争中赢得的桂冠。他们确比那些只围着一块腰布的土人优越,比那些头发汗湿、松垂的乳房上吊着吃奶孩子的女人优越。这些宽阔的通衢大道——皮卡迪里南街,皮卡迪里北街,摄政街和干草市场——就是穿过丛莽的铺沙的胜利之路。我穿着小小的漆皮鞋,披着薄膜似的轻纱头巾,嘴唇涂红,眉毛用铅笔描细,也随着军乐声向胜利进军。

"瞧他们就是在这儿地底下,也还在炫耀着他们那不断放射出珠光宝气的华丽衣服。他们甚至连泥土也不肯任它去长草,生虫。这儿有在一个个玻璃柜子里被灯光照得闪光发亮的轻纱和绸缎,有密密缝着数不清的精细花边的内衣。他们浑身鲜红,碧绿,淡紫,染成了各种各样的颜色。想想他们是怎样一边爆破岩石,一边编织、拉直、熨平、染制和打通这些地道的啊。电梯上上下下;列车开开停停,就像海上的波浪那么有规律。正是这个赢得了我的忠心皈依。我是生来属于这个世界的,我追随在它的旗下。我们都那么了不起地雄心勃勃,既大胆又好奇,而且有魄力能够在正当努力的时候,中途停下来潇洒自如地在墙上涂上一句玩笑话,在这种时候,我又怎能一心想要逃到一个安全之处去躲起来呢?因此我要在脸上扑上粉,把嘴唇抹红。我要把眉梢描得比平时更细。我要出头露脸,跟别的人一起挺直身躯站在皮卡迪里广场上。我要做一个果断的手势招呼一辆汽车,车里的司机会以一种说不出的麻利姿态表示他领会了我的手势。因为我仍旧能激起别人的殷勤。我仍旧觉察到街上的男人们在向我弯腰致礼,就像被微风吹拂得闪闪发红的庄稼在默默低头那样。

"我要乘车回到我自己的屋子。我要在瓶子里插满多得几乎容不下的大束低垂下来的鲜花。我要把一张椅子放在这儿,一张椅子摆在那儿。我要预先摆好香烟、酒杯和几本封面色彩鲜艳的新书,以备伯纳德随时会来,要不就是奈维尔或者路易。不过也许并不是伯纳德、奈维尔或者路易,而是某个新的、不熟悉的人,是我在一处楼道上偶然碰到的人,而正当我们转身分开时,我悄声地说了句:'来吧。'今天下午他就要来;这个我不熟悉的、新认识的人。让那死人的无声的队伍降落下去吧,我要继续向前进。"

"我如今不再需要一个房间,"奈维尔说,"也不再需要四壁和炉火了。我已经不再年轻。我毫不嫉妒地走过珍妮的屋子,而且微笑地瞧着那个年轻人在踏上门阶时有点局促地整了整他的领带。让这个干净利索的年轻人去按响门铃;让他去见到她吧。我只要想见她就可以见到她;不想见时,我就走了过去。老疮疤已经不再刺痛,——嫉妒、心计和烦恼都已经淡漠。我们也已经失掉了我们的自豪。我们年轻时可以随便坐在哪儿,坐在通风的大厅里一张光椅子上,门在不断地开开闭闭也不在乎。我们曾像孩子似的半裸着身体在船甲板上跌跌撞撞走着,用橡皮管互相浇水。现在我可以赌咒说,我也正像那些干完了一天工作,乱纷纷地拥出地下铁道的人一样,毫无区别,并无二致,多不胜数。我已摘取了我的果实。我对一切都漠然视之。

"归根结底,我们并没有什么责任。我们并不是裁判者。别人并没请我们去用拶子拷问自己的同类;别人并没请我们去登上布道坛,在暗淡的礼拜天下午给他们讲道。还不如去欣赏欣赏一朵玫瑰花,或者读读莎士比亚,就像我常在这儿舍茨伯里大街上读到他的作品那样。这儿出现了一个傻瓜,那儿出现了一个无赖,那儿又从汽车上下来那个在她的御舟上被活活烧死的克丽奥巴特拉。这儿也有遭诅咒的人物,那些在违警法庭上靠壁站着的没鼻子的人,两脚受着火刑,嗷嗷直叫。这倒真算得上是诗,只要我们不去写它。他们准确无误地扮演着他们的角色,几乎还没开口,我就已经料到他们要说些什么,因此静等着他们把准是已经由别人写好了的话说出口来的那个神圣时刻的到来。即使只是为了看戏的缘故,我也很愿意在舍茨伯里大街上永远地走下去。

"随后从街上走进了一间屋子,那儿有的人在说话,有的简直懒得开口。他在说,她在说,另外还有人也在说,说的全是些已经被人说腻了的事情,因此这会儿只消一句话就可以省掉这一切麻烦。争论,嬉笑,老一套的牢骚不平充塞空气,使得它令人窒息。我拿起一本书,漫不经心地读了半页。他们还没有闭上话匣子。那个孩子在跳着舞,身上穿着她母亲的衣服。

"可是这时罗达,也许是路易,总之某个如饥似渴、十分痛苦的心灵在一旁经过,又掉头离开了。他们是要求有一个情节,对么?他们要求有一个解释?他们不满足于这样一个平常的场面。不满足于静等人们说些仿佛已经写好了的话;眼看着一句话准确无误地把一小块胶泥贴在预定的地方,来塑造人物;发现突然之间背靠天空出现了一组群像的轮廓。不过如果他们要的是暴力,我倒在一间屋子里既看到过死亡,也看到过谋杀和自杀。一个人走了进来,另一个人又出去了。楼道里有啜泣的声音。我听到过扯断线,打上结,一个女人膝上放着块白布静悄悄地不断一针针、一针针地缝下去的声音。干吗要像路易那样一定要问一个原因,或者像罗达那样飞到一个遥远的牧场去,拨开桂树的叶子去寻找雕像?他们说一个人一定得展翅飞越风暴,相信在这狂涛恶浪的那一边一定会有阳光普照;阳光笔直射进那杨柳丛生的池塘。(这儿现在正是十一月;穷苦人被寒风吹裂的手上捧着火柴在叫卖。)他们说在那儿能找到彻底的真理,在这儿摇摇晃晃走进了死胡同的美德,在那儿能完美无缺地找到。罗达正伸长脖子,蒙住她那双疯狂的眼睛在我们身旁飞驶而过。如今已那么得志的路易,正在走向他那矗立在凹凸不平的屋顶上的阁楼窗子前,凝望她身影消逝的地方,但他必须去到他的办公室里,坐在那些打字员和电话之间,竭力来设法教导我们,使我们得到新生,来改造那尚未诞生的世界。

"可是这会儿在这间我不敲门就进来了的屋子里,人们说的尽是些仿佛已写好在那儿的话。我朝书架边走去。按我的心意,我情愿随便读一两页不管什么。我可以不必说话。可是我在听着。我异常全神贯注。不用说,读这首诗不能不费点力气。书页常常是朽坏、肮脏、撕破、陈旧模糊的页子粘在一起,夹着马鞭草和牦牛儿的碎片。读这首诗你必须睁着无数只眼睛,就仿佛午夜在大西洋上照着奔腾巨浪的明灯似的,有时也许只能发现一缕海草露出水面,有时浪涛会突然裂开,露出一个怪物的双肩。你必须抛弃反感和妒忌,不横加干预。你必须要有耐心,并且无限地细心,让极轻微的响声,不管是蜘蛛的小脚在叶片上的爬动声,或者水流进某个不相干的排水管发出的汩汩声,都一一显示出来。对什么都不该满心害怕地加以排斥。写作这一页(我在别人谈话时所读的这一页)的诗人已经退隐了。这里既没有逗点也没有分号。每一行诗也不是平时可见的那么长短。有些简直是胡说八道。你准会抱着怀疑态度,但结果却会把小心提防的心理抛到了九霄云外,一当那门打开时,就不折不扣地完全接受了。有时你还会哭;也会毫不留情地利刃一挥,把那些烟炱、树皮和各种各样生硬的附加物统统铲去。就这样(当他们在谈话的时候)把你的网愈来愈深地沉下去,小心地拉起来,把他和她所说的那些拉出水面,写成诗。

"现在我听完了他们的谈话。这会儿他们已经走了。只剩下我一个人。我原可以安心地永远注视着炉火在燃烧,就仿佛一个汽室或者一个熔炉似的;但现在有根尖木梢样子看来挺像个绞架,像个矿井,像个幸福谷;一会儿又像条蛇,火红地盘在那里,浑身是白色的鳞片。窗幔上的那个果子在鹦鹉的啄食下长得愈来愈大。吱,吱,火在燃烧,好像林子深处的虫子在吱吱地叫。噼,啪,当树枝弹出来震动空气时发出了爆裂声,现在就好像一阵枪弹齐发,一棵树倒了下来。这些就是伦敦的夜声。接着我听到我久已在期待的那个声音。它渐渐移动,愈来愈近,踌躇一下,停住在我的门外。我喊了起来:'快来吧,在我旁边坐下,坐在椅子边上。'被自己一向就有的幻觉弄得忘乎所以,我大声喊着:'快走近一点,走近一点。'"

"我刚从办公室回来。"路易说,"我把我的大衣挂在这儿,手杖放在那儿,——我喜欢设想当初黎希留走路时也用这样一根手杖。这样我就剥夺了我自己的权威。刚才我曾靠着一张漆得发亮的桌子,坐在一位经理的右边。一张标志着我们事业兴盛的地图挂在对面墙上。我们一起把船只派出去绕遍整个世界。地球上布满了我们的航线。我有着极大的声望。办公室里所有的年轻女士们当我进去时都纷纷跟我打招呼。现在我可以爱上哪儿吃饭就上哪儿吃饭,而且可以毫不夸耀地预料自己不久就会在萨里郡拥有一幢房子,两部汽车,一座暖房和一些希有品种的甜瓜。不过我仍旧经常回去,回到我的阁楼里,挂好我的帽子,独自重新继续我自从用拳头叩校长的仿橡木门之后所开始的那种可笑的尝试。我翻开一个小本子。我读了一首诗。一首就足够了。

唉,西风啊……

唉,西风啊,你跟我的一切,从红木桌子到鞋罩,都格格不入,而且唉,也跟我的太太,那位连英语都永远说不正确的小演员格格不入……

唉,西风啊,你究竟何时吹来……

罗达,露出忘掉一切的出神样子,茫然的两眼显出蜗牛肉似的颜色,不管她是在星光闪耀的午夜来到,或是在中午最平淡的时候来到,西风啊,都是从不会妨碍了你的。她立在窗前,望着那些穷人们屋上的烟囱顶和打破的窗子……

唉,西风啊,你究竟何时吹来……

"我的使命,我的负担,老是比其他的人重。我的肩上压上了一座金字塔。我曾尽力去干大量的工作。我曾驱策着一支粗野难驯、无法无天的队伍。我曾坐在饭馆里,带着我那澳洲口音,竭力想叫那些小职员们愿意跟我交往,同时却又从不曾忘了我自己那严肃而毫不含糊的信念,以及需要解决的矛盾和不一贯。我还是个孩子时,曾梦想过尼罗河,老不愿清醒过来,但却还是伸出拳头去叩了那扇仿橡木门。要是我能像苏珊或者我最羡慕的波西弗那样毫无天生的使命,那该快乐得多。

唉,西风啊,你究竟何时吹来,
　好叫细雨能滋润地面?

"我天生的使命,那座这些年来硬绷绷一直压得我喘不过气来的金字塔究竟是什么?但愿我会老念念不忘于尼罗河和那些头上顶着水罐的女人们;老感觉自己跟麦浪滚滚的长长夏日和冰天雪地的漫漫严冬密不可分。我并不是一个孤身的过客。我的生命并不是像钻石表面上那转瞬即逝的闪烁光辉。我在地底下曲折前行,仿佛是一个提着灯在照亮一间间牢房的看守人。我的天生使命就是要念念不忘并且尽力把那许多线——我们漫长的历史和纷纭复杂的一天中那些有粗有细、已断未断的线——编织成一条巨缆。老是有更多的事情需要了解；纠纷不和需要倾听；弄虚作假需要申斥。这些屋顶全都破破烂烂，烟熏火燎，上面全是些烟囱帽，凌乱不齐的石板瓦，偷偷来去的猫和一窗窗阁楼窗。我小心地从那些破玻璃和旧瓦片中间望进去，看到的只是邪恶和饥饿的面孔。

"假定我能说明这一切的原因——用写在一页纸上的一首长诗——然后就死去。我可以告诉你，这倒并非不值得的。波西弗已经死去。罗达离开了我。但我却要憔悴干枯地活下去，令人尊敬地挂着金头的手杖在这城里的街上走我的路。也许我永远不会死，也许连这种持久不变和始终一贯也无法做到……

唉，西风啊，你究竟何时吹来，
　　好叫细雨能滋润地面？

"波西弗正当绿叶繁盛，全身枝条还在夏日的轻风下簌簌摇动时就被埋进了土里。当旁人都纷纷说话时曾经跟我在一块分享过宁静，而当羊群聚集起来循规蹈矩地悄悄奔回茂密的牧场时曾经转身躲开的罗达，如今也已经像沙漠上的炎热那样消散无踪了。当阳光晒得城里的屋瓦发热膨胀时；当枯叶啪哒有声地落在地上时；当老人们带着尖头棍子，像我们从前刺她那样地刺着地上的小纸片时,我就会想起了她……

> 唉,西风啊,你究竟何时吹来,
> 　好叫细雨能滋润地面?
> 上帝啊,但愿我的爱人会投入我的怀抱,
> 　让我能重新在床上安眠!

我现在又重新拿起我的书来;我现在又要努力去作我的尝试了。"

"唉,生活啊,我多么害怕你!"罗达说,"唉,人类啊,我多么憎恨你们!在牛津街上,你们是那么推推搡搡,碍手碍脚,令人讨厌,你们面对面坐在那儿,两眼盯着地下铁道,样子又显得多么猥琐!现在,当我爬上这座从峰顶上可以望见亚洲的大山时,那些牛皮纸货袋和你们的脸还深深印在我的脑海里。我也曾受了你们的沾染而弄脏了身体。你们在门口排着队买票时,发出难闻的气息。所有的人都穿着灰不灰、棕不棕,颜色混混沌沌的衣服,甚至帽上都从不曾插过一根鲜蓝色的羽毛。没有一个人敢与众不同。为了混一天日子,你们是怎么在那儿泯煞良心,说谎骗人,打躬作揖,奉承讨好,口若悬河,奴颜婢膝啊!你们曾如何牢牢把我困住在一个地方,一把椅子上,自己面对面地坐了下来,整整把我困住了一个钟头!你们是怎样用你们那龌龊的爪子,从我身上夺去了一个钟头与下一个钟头之间的空白,把它们卷成肮脏的一团,

扔进了废纸篓里。可是这就是我的生活。

"然而我却屈服了。讥笑和哈欠被我用手遮了起来。我并没有跑到街上去,在阴沟上摔碎一只酒瓶子来表示我的怒气。我激动得浑身发抖,却还装作毫不意外。你们干什么,我也干什么。要是苏珊和珍妮这样穿袜子,我就也这样穿。生活是那么可怕,我只好老是挡上一重又一重的围幔。一会儿透过这个窥视生活,一会儿又透过那个窥视生活;管它是玫瑰花叶子也好,葡萄藤叶子也好,——我把整条街道,牛津街,皮卡迪里路口,统统都挡了起来,用我一时的心血来潮,用葡萄叶或者玫瑰叶。学校放学时,过道里还有那些信箱匣子。我偷偷走过去看上面的标签,想象着各种名字和面孔。不知是哈罗加特呢,还是爱丁堡,那个地名仿佛镶着一道金色的光圈,因为有一个我已记不起名字的姑娘曾经站在那儿的人行道上。不过那只是个名字罢了。我离开了路易;我害怕拥抱。我曾竭力想用毛毡、用衣服把那蓝澄澄的刀刃遮起来。我企求白昼突然变成黑夜,我渴望看到食橱逐渐消隐,感到床铺变得软乎乎的,人好像悬在半空里,瞧着那拉长了的树木,拉长了的面孔,碧绿的沼地边缘上两个人影在痛苦地诀别。我把字眼抛散出去,就像大地光秃秃的时候播种的人在翻过的田地里撒种子似的。我老是希望黑夜延长,好尽量使它充满着种种的梦境。

"随后在某个府第里,我拨开音乐的树枝,看见了我们所造的屋子；正方形架在长方形上。'里面什么都有的屋子，'当波西弗死后，我在一辆公共汽车上一边说着，一边歪倒在别人的肩头上；不过我还是上格林威治去了。我一边在堤岸上走着，一边祈祷但愿我能永远像雷电似的在天边轰鸣，那儿没有什么蔬菜之类，但却偶尔有一两根大理石圆柱。我把我手上的花束往正在蔓延的浪花中一扔。我说：'毁了我吧，把我带到天涯海角去吧。'浪花已经碎裂，花束也已凋零。我如今已很少想起波西弗了。

"现在我正在爬上这座西班牙的山峰；我要设想骡背就是我的床，我正躺在这儿快要死去。现在在我和那个深渊之间仅仅隔着一张薄纸。我身下的床垫上那些隆起的地方都显得软乎乎的。我们蹒跚地爬着——蹒跚地继续往前走。我脚下的山路不断向上延伸，通向山颠上一棵孤零零的树，旁边有一个池塘。当傍晚群山收敛，像鸟儿拢起翅膀来的时候，我细细剖析着池水之美。我有时摘到一朵红色的康乃馨花，捡起几束干草。我独自陷身在草地里，手指触摸到了一块陈腐的骨头，心想：一旦风扫过这片高地时，也许除了一抔尘土什么也不会剩下。

"骡子不断蹒跚地往上爬着。山脊像一重雾霭似的升起，不过在山顶上我可以望见非洲。现在床在我身下塌陷了。床单上散布着的一个个黄色的圆孔使我透过它们掉了下去。床脚边那个生着一张白色马脸的好心女人做了个告辞的动作,转身走开了。那么谁能陪我一起去呢？只有花,牵牛花和月光色的五月花。我把它们草草地聚成一束,编了一个花冠,把它……唉,究竟给谁呢？现在我们跨过了悬崖边缘。我们脚下闪着捕鲱鱼的船队的灯光。崖壁消失了。像细小、灰色的涟漪起伏,无数的波浪展开在我们身下。我什么也看不见。我们会坠下去,落在波浪上。海水会在我的耳边轰隆作响。白色的花瓣会在海水中变黑。它们会漂浮一会儿,随后就沉了下去。把我在波浪上翻一个身会把我挤沉下去。一切都可怕地纷纷坠落下来,把我淹没在里面。

"可是那棵树上有枝枝丫丫的树杈;那是一座村舍屋顶上僵硬的线条。那些涂得红红黄黄的气泡似的东西是人脸。我伸脚踏在地上,战战兢兢地跨出步子去,把手按在一家西班牙旅馆硬邦邦的门上。"

太阳正在沉落。像坚硬石块似的白昼裂开了,光线从它的裂片之间透过去。红光和金光射进波浪,像一些飞驶的箭,箭上镶着黑暗的羽毛。一道道光线变幻不定地游移闪动,仿佛从一个个沉陷下去的岛屿上发出来的信号,或者是一些顽皮嬉笑的孩子透过月桂树丛投射过来的标枪。可是波浪在涌近岸边时变得完全暗淡无光,发出一连串的轰隆声碎裂下来,就像倒塌了一座墙壁,一座灰色的石墙,浑然地毫无一丝透光的裂缝。

微风拂过,树叶一阵哆嗦;而经过这阵搅动,它们就失掉了原来的那种浓褐,变得发白、发灰,正如沉重的树身摇曳晃动,失去了它浑然一体的感觉一样。一只停在最高枝上的老鹰眨了眨眼,腾身飞起,飘然远翔。一只野鹨在沼地里悲啼着,它盘旋、躲闪,飞到更远些的地方,继续在那儿孤独地悲啼。火车和烟囱冒出来的烟被风吹得蔓延开来,纷纷碎裂,融入了笼罩在海面和田野上的整个毛毡似的天幕。

庄稼已经收割。原来那大片的滚滚麦浪现在只剩下短短的残茬。一只大猫头鹰迟钝地离开榆树,摇摇晃晃地升空飞起,像顺着一条从空垂下的线似的飞到了杉树梢上。群山上缓缓移过的阴影一会儿扩大,一会儿消退。荒原最高处的池塘漠然地静静躺在那儿。没有一张毛茸茸的兽脸去那儿张望,没有一只蹄子在那儿溅水践踏,也没有一个发热的兽鼻伸进水里去浸一浸。一只鸟儿停在一根灰色的细枝上,满满地吸了一口凉水。没有啮草声,没有车轮声,只有突然怒号的风像满帆的船儿驶来,拂过草尖。一块骨头躺在那儿,饱经雨打日晒,变得像一根被海水磨光了的树杈那样闪闪发亮。一株春天晒成了红褐色,盛夏时又被南风吹得弯下了柔软枝条的树,现在已变得像生铁那么光秃乌黑。

这地方是那么辽远偏僻,以致既看不到发亮的屋顶也看不到闪光的窗户。这凝滞厚实的暗沉沉的大地吞没了那些脆弱的镣铐和那些像蜗牛壳似的累赘物。现在这儿只有透明如水的云影,雨点的拍打,一缕锋利似箭的阳光,或者就是突然袭来的暴风雨。一些孤零零的树耸立在远处的群山上,就像是一座座的方尖碑。

火性全退,灼热的焦聚已经涣散了的傍晚阳光,照耀得桌椅显出较为柔和的轮廓,给它们点缀上了一个个褐色和黄色的菱形光斑。四周衬着阴影,它们看来显得更为凝重,仿佛色彩都偏离地聚到了一边。这儿放着刀叉和酒杯,但却显得拉长、胀大了似的,样子十分怪异。镶在一圈金框里的镜子静止不动地映出面前的景物,仿佛在它眼前一切都将永恒地存在。

这时海滩上的阴影延伸开来;黑暗变得愈来愈浓重。那只铁黑色的靴子变得像个深蓝的水洼。礁石失去了严峻的样子。围在那只旧船四周的海水变得一片深黑,就像里面浸满了贻贝。浪沫不停地飞溅,在朦胧的沙滩上到处留下了珍珠般闪光的白影。

"汉普顿宫。"伯纳德说,"汉普顿宫。这是我们约定聚会的地方。瞧瞧汉普顿宫里那些红色的烟囱和方形的雉堞。我说'汉普顿宫'时的这副口气,就证明我已经到了中年。十年、十五年之前,我一定会说:'汉普顿宫么?'带着疑问的口气——那里究竟是个什么样子?那儿有湖,有迷宫么?要不就是带着一种预感:我在这里会碰到什么事情么?我会遇见谁?而现在,汉普顿宫,汉普顿宫,这几个字眼就像锣声似的回响在我费了许多力气才清扫出来的这片空地上——通过半打的电话和明信片联系,发出了一阵阵响亮震耳的招呼声,同时眼前出现了一幅幅的图画:夏天的午后,小船,小心撩起裙裾的上年纪的太太们,冬天的一壶茶水,三月里的几朵水仙……这些都呈现到了水面上,现在又都隐伏在每一个场面的深处。

"现在,在我们约定的旅馆门前,他们已经都站在那儿,——苏珊,路易,罗达,珍妮和奈维尔。他们都已经一起来到了。当我跟他们会合之后,自然会马上设计出另一种安排、另一种方案来。现在白费气力,过多地设计种种场面是应当受到注意,加以阻止的。我最不愿意受这种强迫。还隔着五十码距离,我就觉得自己的生活常规已经被改变了。跟他们做伴的吸引力已经在我身上起了作用。我走近了一些。他们没有看见我。现在罗达看见了我,但由于她害怕会面时的激动,还假装我是个陌生人。现在奈维尔转过脸来了。突然间,我一边举手招呼奈维尔,一边大声喊着:'我也在莎士比亚十四行诗的书页里夹过鲜花哩,'接着就心乱得说不下去了。我这艘小船在汹涌激荡的波浪上摇摆不稳地颠簸起伏。世上真没有一种灵药(让我把这记下来)能抵抗会面时的激动。

"把粗糙不平的边缘互相弥合在一起也是极不舒服的;直到我们慢吞吞地踱进了旅馆,脱下大衣和帽子以后,会面才渐渐地变得令人惬意起来。现在我们齐集在狭长而光秃秃的饭厅里,它面向着一个花园,一片绿荫荫的地带叫人难以置信地仍旧映照在落日里,因而树林间横亘着一条金黄色的光带,我们坐了下来。"

"现在我们彼此紧挨着,"奈维尔说,"坐在这张狭长的桌子周围,现在,当最初的激动还没有平息下来的时候,我们究竟怀着一种什么样的心情?现在要像老朋友们好不容易才会面时应有的那样,诚实、坦白、直率地说说,我们会面时的心情到底是什么?是哀伤。门不会开;他不会来了。而我们都心情十分沉重。因为我们都已经到了中年,我们肩上都压着重担。让我们把各自的重担放下来吧。我们要问一问,你我都是怎样度过自己的一生的?你,伯纳德;你,苏珊;你,珍妮;还有你们,罗达和路易?如今各种屋子的门上都贴满着各种名单。在我们掰开这些小面包,动手吃鱼吃沙拉以前,我摸了一下我的贴身口袋,摸到了我的证明书——我带在身边以便证明我比别人高明的东西。我通过了考试。我的贴身口袋里带着文件就可以证明这一点。可是苏珊,你那映出了萝卜地和麦子田的目光却叫我感到困扰。带在我贴身口袋里的这些文件——它们是证明我已经通过了考试的大声宣告——只发出了怯生生的声音,就仿佛有人在荒凉的野地里拍着手掌以便吓退老鸦似的。现在连这声音(我的拍水声和它发出来的回响)也在苏珊的目光瞪视下沉寂了下来,使我耳朵里只听到风掠过已翻耕的土地和一只鸟——也许是一只满心陶醉的云雀——在鸣唱的声音。那个侍者,或者那对偷偷摸摸厮混在一起——有时到处晃悠,有时躲在一处呆望着还不曾昏暗到足可遮住他们躺卧的身体的树阴——的情人,他们曾听到了我的声音么?没有;拍手的声音没起作用。

"既然我没法掏出我的文件来,大声念念我的证明书以便证明我已通过了考试,那么我还剩下些什么呢?

只剩下苏珊那双像珍珠般滚圆、透明的绿眼睛里的冷冷目光所揭示出来的东西。每次我们聚在一起,刚会面的别扭劲儿还没平伏下来的时候,总有某个人会不甘心于被湮没无闻,这时你就会一心想要把他的人格压下去,使它屈服于自己的人格之下。现在对我来说,这个人就是苏珊。我竭力想用说话来影响苏珊。听我说呀,苏珊。

"只要吃早饭时有人进来,就连我帷幔上绣的那个果子也会大起来,大到鹦鹉会伸嘴去啄它;你简直可以用大拇指和食指把它摘下来,清早稀薄的去脂牛奶会变成乳白色、蓝色或者玫瑰色。在那个时刻你的丈夫——那个拍打着胶皮靴子,用鞭梢指着不下崽的母牛的男人——嘴里老在咕咕哝哝。你什么也不说。什么也没看见。习惯蒙住了你的双眼。在那个时刻你们间的关系是沉默、空虚、阴暗的。而我在那个时刻的关系是温暖和多种多样的。对我来说从来就没有那重复的老一套。每一天都充满危险。我们表面上圆滑,骨子里却像盘起的蛇那么难对付。假定我们正在读《泰晤士报》吧;假定我们正在互相争论吧。那都是挺有意思的事情。假定这会儿正是冬天。大雪纷飞,积满屋顶,把我们全封闭在一个红色的洞穴里。水管冻裂了。我们在屋子当中安了一只黄色的铁皮澡盆。我们手忙脚乱地到处去找盆子。瞧那儿——书橱上面的管子又裂了。我们又笑又嚷地瞧着这一场灾难。就让生活保障统统完蛋吧。就让我们一无所有吧。或者,假定现在正是夏天,我们就会漫步走到一个湖边,去看中国白鹅迈着扁平的脚摇摇摆摆向水畔走去,或者去看一个像骷髅架子似的城市教堂,门前摇曳着苍翠的新绿。(我是随便举例;我总是举一眼看得见的东西。)每一种景象都是一个精巧的图案,是灵机一动地描画出来以便说明人们亲密相处时的意外感和美妙奇趣的。雪和冻裂的水管也好,铁皮澡盆和中国鹅也好,——都是些醒目高悬的标志,凭着这些,我一一回顾,就认清了每一种爱的特色;认清了它们是如何地各不相同。

"眼前——因为我竭力想缩小你的对立情绪——你那双碧绿的眼睛紧盯着我,你那不整洁的衣服,你那粗糙的双手,以及说明了你那母性光辉的一切其它标志,都像蛾贝紧粘在岩石上那样牢牢粘附在你的身上。不过说真的,我并不想刺痛你;我只是想恢复和重整一下我在你身上所丧失了的自信心。改变现状已经是不可能的了。我们的命运已经注定。过去,当我们跟波西弗一起在伦敦一家饭店里相聚的时候,一切都还在摇摆、闪烁;我们有可能做一切事情。可现在我们已经选择了——有时还不如说是仿佛别人为我们选择了——让自己被一把钳子紧紧地夹住了当胸。我也选择了。我并不是在外表上留下了生活的烙印,而是在内心,在洁白、赤裸而柔弱无告的内心。我被形形色色的头脑、面庞和其他事物的烙印弄得满是斑斑的创痕,它们是那么无孔不入,实实在在,有声有色,但却又无可名状。在你心目中,我只不过是'奈维尔',你看清了我生活的狭隘局限和它无法逾越的界限。但在我自己看来,我是广阔无垠的;我是个条条细丝不可觉察地穿入世界深处的大网。我这个网几乎跟它所围绕的东西难以区别。它捕起了那些大鲸鱼——那些巨大的海中怪兽和白糊糊混沌一片、变幻无常的东西;我侦察,我窥视。在我眼前展开了……一本书;我一眼望穿了底蕴;望穿了核心——一直看到了深处。我知道什么样的爱会跳动着腾起熊熊烈焰;嫉妒的恶毒火苗会如何四处蔓延;爱与爱会怎样错综复杂地彼此勾心斗角;爱会造成纠缠不清的死结;爱又会粗暴地将它们一刀两断解脱开。我就曾经被纠缠进去过;我也曾被一刀两断地解脱开。

"但一度也确曾有过另一种值得夸耀的事,那是当我们一心盼着屋门打开,波西弗在门口出现的时刻;当我们在一家酒馆的木板凳子上放浪不羁地倒身坐下来的时刻。"

"曾经有过那座山毛榉林子,"苏珊说,"埃尔弗顿,还有那钟上金光闪闪的时针在树木丛中放出光辉。一群鸽子穿过树叶。变幻无常的光在我头上飘忽不定。我已经记不清它们了。可是奈维尔,我曾为了保持自尊屈辱过你,你现在瞧瞧我放在桌上的这只手吧。瞧瞧我的指关节和手心上浓淡不等的健康肤色。我的躯体已经像个工具似的,被一个挺能干的干活的人每天切切实实地使用得旧了。刀刃是光洁锋利的,中间已经有点磨蚀。(我们常在一起苦斗,就像在田野里争斗的野兽,像用角抵撞的牡鹿。)而你那苍白消瘦的肌肉却一眼就望得透,就连苹果或者一球果实也该像罩在玻璃下面似的外面蒙着一层薄膜。要是跟一个人;只是一个人,但却是时时在变化的一个人一起紧挨着躺在一张躺椅上,你也只能望透一寸深的肌肉;里面的神经、筋脉、缓慢或者急速地流动着的血液;但却决不能看透一切。你不能看到花园里的一所房子;田野里的一匹马;眼前展开的一座城市,即使你像老太婆似的费尽目力想看清她正在缝补的东西。可是我却看到了像一整块一整块坚实、庞大的街屋似的生活;它的墙垛和高塔,工厂和煤气塔;已记不清是什么时候造的古色古香的住房。这些东西都结实、突出,不可磨灭地印在我的脑海里。我既不随和,也不讨好;我坐在你们中间,用我的坚硬来磨砺你们的软弱,用我清澈的双眼中射出的碧绿的光芒,来克制你们那像银灰色的飞蛾翅膀那么扑打个不停的贫嘴乏舌。

"现在我们已经像牡鹿抵角似的交过锋了。这是个必不可少的前奏;老朋友的致意。"

"树丛当中的那道金光已经消隐了,"罗达说,"一片苍绿横亘在它们背后,绵延伸长像梦中所见的一把刀刃,或者像个谁也不去涉足的渐远渐细的岛屿。现在顺着大街开来的汽车开始像眨眼似的灯光闪闪。情侣们现在可以躲到暗地里去了;遮蔽着他们的树干变得粗大,显得淫猥。"

"从前有个时期情况并不是这样。"伯纳德说,"有个时期我们能够随自己的意思不去随波逐流。现在我们却需要打多少个电话,寄多少张明信片,才能冲破一个缺口使我们能聚会在一起,到汉普顿宫来会面啊?从正月到十二月,生活飞逝得有多快啊!我们大家都不停地被事物的激流所冲走,这些事我们已那么司空见惯,因此毫不在意;我们从不去作比较;也从来不曾想起过你或者想起过我;而正因这样无所用心,才算勉强地避免了龃龉,冲破了堵塞在那条已经年深月久的河道口上的丛生的杂草。我们为了赶上从滑铁卢站开来的火车,不得不像一条鱼似的跃出水面,跳得老高。可不管我们跳得多高,最后还是重新回到溪水里去。我如今再不会坐船上南海诸岛上去了。我有儿有女。我已经自己也莫名其妙地被推上了我目前的位置。

"不过我宁愿相信,被死死钉住了的只不过是我的躯体,——这个你们在这儿唤作伯纳德的人。我比当初年轻的时候更能头脑冷静地进行思考,那时候我老不由自主要拼命地寻根究底,探求我自己,就像小孩探究一个麦麸饼似的,'瞧呀,这是什么?这又是什么?这能算是一件好的礼物么?就是这些么?'如此等等。现在我已知道那些礼物袋里装的是什么；因此已不大在乎了。我把自己的思绪放手撒了出去,就像一个农人大把撒出种子,在金色的落日下撒落下来,撒落在碾平放光的光秃秃的耕地上。

"一句辞藻。一句并不完美的辞藻。而且这些辞藻又算得了什么？它们已没有多少东西可以让我亮到桌面上来,摆在苏珊这只手的旁边；已没有多少东西可以连同奈维尔的证明书一起,从我的口袋里摸出来,我不是一位法律权威,或者医学权威,或者财务权威。我全身裹在一些像湿草似的漂亮辞藻里；我闪闪发光,发着磷光。当我说'我燃烧起来。我闪闪发光'的时候,你们谁都感到了这一点。当我在操场边的榆树阴下,嘴里滔滔不绝说出一些漂亮辞藻来的时候,那些年轻小伙子总是觉得'这句话说得好,这句话说得妙'。他们也滔滔不绝地说了起来；他们还带着我那些漂亮辞藻跑开了。而我却在孤独中变得憔悴。孤独是我的致命伤。

"我在一家一家的屋子里辗转游荡,就像中世纪的游方僧那样抡着念珠讲着故事去哄那些妇人和姑娘们。我是个游荡的小贩,靠说故事换取食宿；我是个不大挑剔、容易满足的客人；时常被安置在一个有四根柱子的大床的最好的房间里；有时却又睡在谷仓里的干草堆上。我既不在乎跳蚤也不反对满屋绫罗绸缎。我十分随和容忍。我不是个说教家。我十分懂得生命的短促和其中充满的种种诱惑,因此绝不去给人画许多严厉的框框。可是我也并不像你们所想象的那样毫不挑剔,就像你们从我的夸夸其谈中得出的判断那样。我骨子里还是多少暗藏有一种严厉和鄙视的锋芒。不过我很乐于随和迁就。我编故事。我从什么事情上都能找出有趣的东西来。一位姑娘坐在一家农舍的门前;她正在等待;等谁呢?受到了勾引还是没有受到勾引?那位校长在地毯上看到了一个洞。他叹了口气。她的妻子用手指掠掠她那仍旧还很丰盛的波浪形的头发,一边在沉思……如此等等。手的挥动,在街口上的犹豫不定,有个人朝阴沟里扔了个烟头,——这都是故事。但究竟哪一个是真的故事呢?这我不知道。正因为如此,我像在一口碗橱里挂衣服那样把我的辞藻挂在那儿,等什么人去穿它。在这样等待着,推测着,不断地记着笔记的同时,我并不执著于生活。我可能会像一只蜜蜂似的被人从一朵葵花上掸下来。我那随时一点一滴地积聚起来的哲学,会一下子像水银泻地般消失得无影无踪。而目光粗野但却生性严格的路易,却在他的阁楼里,在他的办公室中,对于他必须知道的事情都已形成了确定不移的结论。"

"这打断了我正想竭力连贯起来的线,"路易说,"是你的嘲笑打断了它,你的满不在乎的神气,还有你的美丽。多年以前珍妮在花园里吻我的时候,曾经打断了这条线。那些爱吹牛的小伙子们在学校里嘲弄我的澳洲口音时也曾打断了它。我刚说：'意义就在这儿。'接着马上就痛苦地心里一惊，——由于虚荣心的刺激。我刚说：'听那只夜莺在铁蹄践踏下，在征服者和移民者的脚下引吭歌唱。请相信吧……'接着就立刻被人打断了。我老是在破砖碎瓦上面小心翼翼地走路。各种不同的光照射下来，平平常常的东西就变得浑身斑驳，样子古怪。我们今天在这傍晚时分重新会合在一起，有酒，有摇曳的树影，有身穿白色法兰绒衣服的青年们携带着坐垫从河边上来，可是这样一个重叙旧欢的时刻，对我来说却在人对人所加的折磨、所作的丑事和牢狱的阴影下，显得黯然失色。我的感官是如此地带有病态，以致尽管我们一起坐在这儿，却很难靠一层粉红的颜色来一笔抹杀我的理性不断对我们提出的严重指责。出路何在，我自己问自己，桥梁又在哪儿？我怎样才能把这纷纷晃动得令人眼花缭乱的幻影，归结成一条能把一切贯串在一起的线？因此我在深思，同时你们在心怀不满地看着我撅起的嘴、我深陷的两颊和我老是皱起的眉头。

"不过我请你们同时也注意到我的手杖和我的坎肩。我已继承到一张结实的红木写字台，摆在　间挂满着地图的房间里。我们的轮船凭它们设备豪华的舱房，赢得了令人艳羡的声誉。我们备有室内游泳池和健身房。我现在穿着白色的坎肩，每当确定一个约会时，总是先查一查一个小本子。

"我显出狡黠和嘲弄的神气,希望你们因此不致觉察到我的战栗、敏感、十分稚嫩而脆弱的心灵。因为我永远是最年轻稚嫩的一个;最容易天真幼稚地大惊小怪;老是最先觉察和同情那些别扭或者可笑的事情——不管是鼻子上的一块污斑,或者是一颗没有扣上的钮扣。我为一切的屈辱感到难受。但我同时又冷酷无情,坚硬如石。我不明白你们怎么会说能在世上活过一阵是幸运的。当一只水壶开了,当轻风掀起珍妮有污斑的披巾,使它像丝网似的飘动时,你们那种无聊的兴奋,孩子般的激动,在我看来,就仿佛是一些朝着正要发火抵人的公牛眼前抛去的丝织的轮船。我谴责你们。可是我心里却依恋着你们。我愿跟你们一起去经受死亡的烈火。但我又更乐于孤身独处。我陶醉于金色和紫色的华服。但我却更乐于越过烟囱纵目眺望;猫把它们长癞疮的肚皮贴在坑坑洼洼的烟囱管上蹭痒痒;打破的窗户;一个兴旺的教堂尖塔上发出来的粗哑的钟声。"

"我只看到我眼前的东西。"珍妮说,"这块披巾,这些酒迹。这只杯子。这个芥末瓶。这朵花。我喜欢摸到的东西,尝到的滋味。我喜欢雨变成了雪,因而变成了触得到摸得着的东西。因为性子直,而且远比你们都更有勇气,我决不在我的美貌中搀上俗气以免叫自己受不了。我贪婪地全盘吞下这一切。这是有血有肉、实实在在的东西。我的想象力是肉体的想象力。它的幻影也不是像路易那样的精巧细致、雪白纯洁的幻影。我不喜欢你那些瘦猫和坑坑洼洼的烟囱顶。你那屋顶上讨厌的美景叫我受不了。穿着制服的男男女女,假发和长袍,圆顶礼帽和漂亮的开领网球衫,变化多端的妇女服装(我经常注意各种服装),都使我感到赏心悦目。我跟他们形影不离地进出于各种房间,各种厅堂,这儿那儿,他们到哪儿,我也到哪儿。这个人把一只马的蹄子举起来看看。那个人老把装着他个人收藏品的抽屉拉开关上。我从来不孤独。我身边老围绕成团的追随者。我母亲从前准是一味追求晚会,我父亲则是一味醉心于大海。我却像是一只一路跟在军乐队后面走的小狗,随后又停下来闻闻一株树干,嗅嗅一堆黄色的垃圾,突然冲过街去追逐一只杂种野狗,接着又提起一只前腿,专心闻着肉铺里飘来的一缕诱人的肉香。我的广泛交往曾使我到过许多新奇的地方。那么多的人都离开墙根,一下子向我跑过来。我只要举一举手就行了。他们立刻会像箭似的冲向约会的地方——也许是阳台上的一把椅子,也许是街角上一家铺子。你们生活中那些苦恼和分歧对我来说是一夜一夜地解决的,有时候只凭坐着吃饭时手指在桌毯下的一触, 我的肉体变得那么灵活流动,在于指的 触下甚至全化成了一滴水,鼓得十分饱满,颤颤悠悠,闪闪发光,在狂喜中坠落下来。

"当你们坐在桌前写写算算的时候,我却坐在一面镜子跟前。就这样,坐在我神圣的卧室里面对着镜子,我仔细审视着我的鼻子和脸颊;我那张得太开以致露出了牙床的嘴唇。我瞧着。我小心打量着。我挑选着究竟是黄色还是白色,是色调明朗一些还是暗淡一些,是线条弯曲一些还是挺直一些来得更合适。我对一个人活泼,对另一个人刻板,有时候浑身银白像根冰柱子那么有棱有角,有时又一身金黄像蜡烛火那么摇曳生姿。我曾放浪形骸,仿佛一条尽情地挥出去的鞭子。那边角落上那个人的衬衫前胸本来是白的;随后变得发红了;浓烟和烈火包围了我们;是起了一场大火……可是我们几乎连嗓子都没有提高,只一味坐在壁炉前的地毯上,像对着蚌壳似的悄声倾诉着我们的心膱,免得卧室里有人会听见,不过有一次我曾听到厨子动弹了一下,又有一次我们还当嘀嗒的钟声是足球在那儿……我们已经灰飞烟灭,没留下一点遗骸,一点未曾烧尽的骨头,一绺头发,可以保存在表链上的小盒子里,就像你的亲友们死后留下来的那样。如今我已头发斑白;如今我已瘦削憔悴;但是我正在正午的光天化日下坐在镜子跟前照着我的脸,一丝不爽地看清了我的鼻子,我的两颊,我那张得太开以致露出了牙龈的双唇。不过我并不害怕。"

"一路上有路灯柱子,"罗达说,"还有些树木,它们的叶子还遮不住从车站通到这儿来的路。那些叶子还是能遮得住我。但我并没有躲到它们下面。我直接走到这儿来会见你们,并没像我往常那样兜着圈子想规避感情的激动。不过这只是因为我已经让我的身体学会了去干某一件事。从内心来说我仍旧没有学会;我怕,我恨,我爱,我羡慕而又瞧不起你们,但我从来没有快快活活地跟你们会面过,我一路上忍住不曾去躲在树阴或者邮筒背后,直接从车站走到了这儿,即使还隔着老远的时候,就从你们的大衣和雨伞上看出了你们是怎样靠着不断地偶尔会面来过活的;你们都有使命在身,有派头,有儿女,有权势,有名望,有爱,也有社会交往;而我在这方面一无所有。我没有自己的面目。

"在这儿这间餐厅里你们只看鹿角,大玻璃杯,盐瓶子,桌毯上黄色的污迹。'待者!'伯纳德说。'来面包!'苏珊说。侍者就马上来了;他端来了面包。而我却看见像一座大山似的酒杯的杯壁,只看到一部分鹿角,还有那只水罐壁上的亮光,就仿佛黑夜中的微光一闪,充满着惊奇和恐怖。你们的话音就像森林中树木的干裂声。你们的脸和上面的坑坑洼洼处也是一样。夜半远远地靠着广场的栏杆,静静地站在那儿,这是多么美啊!你们身后是雪白的浪化,渔夫们正在远处天边收网撒网。风吹动着原始森林树梢的叶子(不过我们这会儿是坐在汉普顿宫里面)。鹦鹉的啼声打破了丛莽的沉寂(这儿电车正在开动)。燕子在午夜的深潭上掠水飞过(我们正在谈话)。这就是我们一起坐在这儿时我竭力想去领会的环境。就因为这样我必须在七点半的时候忍受这汉普顿宫里的苦修。

"但既然这些小面包和一瓶瓶的酒我正需要,你们那坑坑洼洼的脸也显得挺美,而这桌毯连同它上面的黄迹又决不会使得理解力愈来愈扩大范围,以致最后(就像夜里我的床悬在半空,我从大地的边缘上坠落下去时所幻想过的那样)能包括整个世界,我就只好去把个人的种种古怪行径彻底分析一下了。我还不得不在你们竭力缠着我讲你们的儿女、你们的诗、你们的冻疮,以及一切你们正在做的或者正在感到难受的事的时候来动手进行分析。不过我是不会上当受骗的。不管怎样想引我往这个方向那个方向,不管如何缠住不放,竭力刺探,我还是会穿透这层薄纱,掉进火海。而你们是不会来伸手救我的。你们倒会比古时的行刑者还更残酷无情,任我掉落下去,并且趁我掉下去时把我撕得粉碎。不过有时候仿佛脑壁会变得挺薄,什么念头都能透得过去,这时我就会想象:我们可以吹出那么一个大泡来,连太阳都可以在里面出没,我们也可以把蓝色的白昼和漆黑的午夜一起偷到手里,马上脱身逃开此时此地。"

"一滴又一滴地。"伯纳德说,"寂静正在坠落。它在头脑的屋顶上逐渐形成,然后又坠落在下面的池子里。永远独自一人,独自一人,独自一人,听着寂静坠落,然后把它们坠地的声音尽量扫到远远的一边。饱经沧桑,悠然自得地带着中年的自满,我这个被孤独毁了一生的人听任寂静一滴又一滴地坠落。

"不过如今那不断坠落下来的寂静正在把我的脸打得坑坑洼洼,把我的鼻子渐渐冲化,就像雨中淋在院子里的雪人那样。随着寂静的坠落,我被完全销蚀融化,变得面目模糊,几乎跟任何人都一模一样,难以分辨。这并不要紧。其实又有什么事是要紧的呢?我们吃得挺好。鱼、小牛排和酒已经把自高自大心理的尖利牙齿都磨钝了。急迫心情早已无影无踪。连我们中间最好虚荣的,也许是路易吧,也不再在乎别人是怎样想的了。奈维尔的苦恼也已无影无踪。让别人去得意吧,——他就是这么想的。苏珊静听着她所有已经安然入睡的孩子们的鼻息声。睡吧,睡吧,她喃喃地说。罗达已经把她那些船儿摇到靠了岸。究竟它们是沉没还是安全下了锚,她已不再关心了。我们乐于接受一切这样的说法,就是这世界看来对任何人都给予了公平的机会。现在我想到,地球只不过是偶然从太阳表面上飞出来的一块石头,在无限空间中任何地方都并不存在着生活。"

"在这一片寂静中,"苏珊说,"似乎从来不会有一片树叶坠落,有一只鸟儿在飞翔。"

"似乎曾经发生过一次奇迹,"珍妮说,"随后生活就永远停顿在此时此地了。"

"所以,"罗达说,"我们已再没有什么可活的了。"

"可是,"路易说,"你们听听这世界正在广漠无垠的空间中移动。它轰然有声;被照亮的一小片历史已经逝去,连同我们那些皇帝和皇后;我们已经消逝了;还有我们的文明;尼罗河;以及全部的生活。我们各自的一点一滴都已消散无踪;我们都已在无边无际的时间中、在黑暗中湮灭消失了。"

"寂静正在坠落;寂静正在坠落。"伯纳德说,"不过现在你们听:嘀嗒,嘀嗒,呼呼,呼呼;世界已经在召唤我们回来。当我们方才超越了生活时,我有一会儿曾听到了那怒号的黑暗之风。随后就又是嘀嗒,嘀嗒(这是钟声);接着是呼呼,呼呼(这是汽车声)。我们登陆了;我们已上了岸;我们正坐在这儿,一共六个人,围着一张桌子。是回忆起我的鼻子才提醒了我。我忽地站起来;'斗争!'我喊着,'斗争!'边喊边回忆着我自己鼻子的形状,同时就用这只小勺恶狠狠地敲打着这张桌子。"

"让我们反抗这种无限的混乱,"奈维尔说,"这种不可名状的愚蠢吧。一个士兵躲在树背后跟一个女护士调情时,会比所有的星星都值得羡慕。不过有时候一颗闪烁的星星出现在明净的天空中,会使我觉得世界是美丽的,而我们这些蠢虫却用我们的情欲把树木都糟蹋得丑陋不堪了。"

("是呀,路易,"罗达说,"寂静只保持了一个多么短促的时间。他们已经在把餐巾放在盘子旁边,用手摩摩平了。'谁来了?'珍妮说;奈维尔叹了口气,记起波西弗已经再也不会来了。珍妮掏出了她的小镜子。她像个艺术家似的打量着自己的面孔,在鼻子下面扑了扑粉,然后稍稍考虑了一下,就在嘴唇上不深不浅、恰到好处地抹上了一点口红。眼看着这番打扮既感到轻视又觉得害怕的苏珊,扣上了自己大衣上最上面的一颗钮扣,接着又把它解开了。她正准备去做什么呢?做某件事情,但一定是与此不同的。"

"他们正在自己告诉自己。"路易说,"'现在正是时候。我还生气勃勃哩。'他们在这样说。'我这张脸在黑洞洞的无限空间衬托下准会非常突出。'他们没有把这话接着说下去。'现在正是时候。'他们老是说着这句话。'园子快关门了。'跟着他们,罗达也汇合进了他们的洪流,也许我们本该悄悄落在后面一些走的。"

"就像有事情要悄悄商量的同谋犯似的。"罗达说。)

"这话一点不假,"伯纳德说,"而且当我们正顺着这条路走着的时候,我想起了一件确凿的事实:有个皇帝曾骑着马在这儿的一个鼹鼠丘上绊倒过。不过拿一个头上戴着个金茶壶的小人物,来跟那广漠而旋转不停的无限空间相对照,似乎有点太古怪了。你会轻易恢复对各种人物的信任,却不大容易恢复对他头上戴的东西的信任。我们英国过去的历史只不过是一英寸长的光辉。那时候人们在自己头上戴上个茶壶,就宣称:'我是皇帝!'不,我是一边跟大家一起走着,一边竭力想恢复对时间的感觉,但那

229

种弥漫于眼前的黑暗,却使我变得茫然起来。这所王宫显得轻飘飘的,仿佛只是一朵暂时停留在天上的云块。一个接一个地把皇帝扶上宝座,戴上皇冠,这不过是人们头脑里想出来的恶作剧。而我们这并排走着的六个人,凭我们自己身上那种我们称之为思想和感情的杂乱无章的闪光,又能拿什么去反对这股潮流,怎样去跟它进行对抗?究竟有什么是经久不变的?我们的生命也同样是在沿着这些漆黑无光的小径暗暗流走,度过一段混沌不明的时间。奈维尔有一回把一首诗塞到我手里。怀着一种突如其来的对于永恒的确信,我曾说:'莎士比亚所了解的东西我也同样了解。'但这种心情已经过去了。"

"说来荒唐而可笑,"奈维尔说,"当我们在这儿走着的时候,时间仿佛又回来了。这是一只狗的欢蹦乱跳造成的。机器在转动。年代使那座大门变得古色古香。现在对比着那只狗看起来,三百年的确显得比逝去的一刹那要长一些。威廉王戴着假发骑上了他的马,宫女们用鲸骨撑开的绣花长裙曳过草地。在我们这会儿一路走着的时候,我开始相信欧洲的命运是无比重要的,而且尽管听来仍旧显得有些可笑,但确实一切都全靠着那次布伦亨战役①。是的,在我们一起走出这座大门时,我宣布,

---

① 布伦亨,德国西南部多瑙河边的一个村庄,1704 年英军曾在这里大胜德军。

这会儿正是时候;我现在成了乔治王的忠诚子民。"

"我们顺着这条林阴道往前走时,"路易说,"我稍稍地靠在珍妮身上,伯纳德跟奈维尔手挽着手,而苏珊的一只手握在我的手里,我们称自己为小孩子,祈求上帝在我们睡着时保佑我们安然无恙,这真叫人禁不住要掉眼泪。一起唱着歌,为了在黑暗中壮壮胆而拍着手,同时柯里小姐在一旁奏着小风琴,这滋味是多么甜蜜啊!"

"铁门关上了。"珍妮说,"时间的利齿不再咬人。我们战胜了无边的空间,用口红,用粉,用轻纱似的手绢。"

"我紧紧抓住,牢牢不放。"苏珊说,"我紧握住这只手,不管是谁的,心里是爱,是恨,这都没有关系。"

"一种平静、超脱的心情笼罩着我们,"罗达说,"我们享受着这种暂时的轻松感觉(毫无焦虑的泰然心情是难得有的),同时我们的脑壁仿佛变得透明。雷恩修造的宫廷挺像一首向大厅里冷淡乏味的听众表演的四重奏,它是个长方形。正方形已经叠在长方形上,因此我们说:'这正是我们的住处。现在建筑物已经在望。已经再没有什么东西留在外面了。'"

"那朵花,"伯纳德说,"我们跟波西弗一起吃饭时饭店桌上的花瓶里插的那枝康乃馨花,已经变成了一朵六边形的花;它包含着六种生活。"

"映着那些水松树,"路易说,"看得见正有一种神秘的光在照亮着。"

"它是花了不少心血,费了不少手脚才弄出来的。"珍妮说。

"婚姻,死亡,旅行,友爱,"伯纳德说,"城市和乡村,儿女和其他种种;从这片黑暗中分割出来一个多面体;一种有多种面目的花。让我们停住一会儿;让我们来看看我们到底弄出来了一点什么东西。让它映着水松树闪闪发光吧。是一种生活。就在那儿。它消逝了。它熄灭了。"

"现在他们都已不见了。"路易说,"苏珊和伯纳德。奈维尔和珍妮。你和我,罗达,在这座石头墓穴旁边停一会儿吧。我们究竟会听到他们在唱什么样的歌儿呢,现在,当这几对已经寻找过坟墓,珍妮伸出带着手套的手指点着,假装看见了一朵睡莲,而苏珊,一直爱着伯纳德,这会儿正在对他说着:'我那毁了的一生,我那虚度的一生。'还有奈维尔,正在湖边,在月光映照的水边,拿起珍妮那抹着樱桃色指甲油的小手,喊道:'爱情啊,爱情啊。'而她却模仿着鸟叫似的声音回答说:'爱情么,爱情么'我们究竟听到了什么样的歌儿呀?"

"他们走向湖边,不见了。"罗达说,"他们悄悄穿过草地溜走了,但却满有把握地要求我们对他们的古老特权大放慈悲——千万别去干扰它。心潮翻腾汹涌得那么厉害,他们不得不抛开我们。黑暗隐没了他们的身体。我们到底听到了什么样的歌儿——是猫头鹰的,是夜莺的,还是雷恩的呢?轮船在轰隆轰隆地开;电车轨道上光在闪烁;树在庄严地弯腰低垂。一层光幕笼罩在伦敦上空。这儿是个老妇人,正在默默地走回去,还有个男人,一个迟归的渔夫,正拿着钓竿从坡上走下来。一个声音、一点活动我们都不能放过。"

"一只鸟儿正在飞回巢去。"路易说,"夜睁开了眼,在入睡之前向灌木丛中迅速地扫视了一眼。它们给我们带来的这些纷纭复杂的信息,除此以外还有许多曾经在这位或那位皇帝统治下在这一带出没过的已死者——男孩子和女孩子,男人和女人,——我们怎么才能把他们传来的信息统统归纳在一起呢?"

"一种重压落在黑夜上,把它压倒了。每棵树都跟一个阴影连在一起显得很粗大,但却并不是映在树背后的阴影。我们听见一个斋戒中的城市屋顶上发出报警的鼓声,当时土耳其人正饥肠辘辘,心怀叵测。我们听到他们正像牡鹿长鸣般地尖声叫嚷着:'快开门,快开门!'听那些电车正在嘎嘎尖鸣,电车轨道在闪闪发光。我们听见山毛榉和白桦树抬起了它们的枝桠,仿佛新娘正让她的丝绸睡衣窸窣坠地,然后走到门口说:'快开门,快开门!'"

"一切都显得活生生的。"路易说,"今晚我到处都听不到死亡的声息。你或许会觉得那个男人脸上的蠢相,那个女人脸上的衰老,浓重得足以抗住符咒,召来死亡吧？但今晚死亡究竟上哪儿去了呢？一切傻话蠢事，鸡零狗碎，这个那个，统统像玻璃似的碎成齑粉，化作蓝中带红的浪潮，夹带着数不清的鱼儿，消散在我们的脚下。"

"要是我们能一起登上山峰，凭高远眺，"罗达说，"要是我们能凌空独立，远离尘俗，那有多好，——可是你为一点点欢笑赞扬的喝彩声就会怦然心动，而我却最恨人们嘴上的是非和毁谤，只信赖孤独和不可抗拒的死亡，因此只好分道扬镳了。"

"永远地分道扬镳了。"路易说，"我们牺牲了在羊齿草丛中的拥抱，以及在湖边，站在墓穴旁，像避人密商的共谋者那样不停地、不停地、不停地谈情说爱的机会。不过现在你瞧，正当我们站立在这儿时，地平线上一个浪花碎裂了。鱼网逐渐收拢升高。它升到了水面上。活蹦乱跳的银色小鱼划破了水面。它们跳动着，拍打着，被抛在了海岸上。生活把它的捕获物胡乱扔在草上了。有几个人影向着我们走来。他们是男人呢还是女人？他们身上仍旧裹着他们当初被沉溺入水时所裹的模糊难辨的浪花的外衣。"

"现在，"罗达说，"当他们走过那棵树旁时，他们恢复了正常的形状。他们只不过是几个男人和女人。他们一脱下浪花的外衣，惊异和畏惧的感觉就起了变化。重新涌起了怜悯之情，当看见他们走到了月光底下，就像是一支大军的残兵败卒,正仿佛是我们自己的影子似的,他们每晚(在这儿或者在希腊)走上战场,又每晚带着满身创伤和残破的脸回来。现在光线又照到了他们身上。看得清他们的脸了。他们变成了苏珊和伯纳德,珍妮和奈维尔,都是我们所熟悉的人。这多么叫人望而生畏啊!这多叫人束手无策,叫人难堪!我全身又感到了一阵熟悉的寒战,一阵恐惧和憎恨,我觉得他们撒在我们身上的那些钩子,那些问候、招呼、指头的点点戳戳、目光的注视探索,仿佛把我紧紧抓住,拖向了某一个地方。可是他们总不能不说话,而他们一开口所说的那些话,以及那种熟悉的腔调,那种老跟你的期望背道而驰的内容,和那种又重新从黑暗中勾起千百件往事的手势,都使得我大失所望。"

"有某种东西在摇曳闪动。"路易说,"他们沿着林阴道走近来时,幻影就又出现了。又开始谈笑风生,问这问那。我对你有这样的想法,——你对我又是怎样想的呢?你到底是怎么样一个人?我到底是怎么样一个人?——这些又都重新在我身上激起了一种局促不宁的心情,脉搏跳动加快了,眼睛发亮了,那种如果没有它就会使生活变得平淡无奇和死气沉沉的个人生活的全部疯狂劲头,又都重新出现了。他们完全控制了我们。南方的阳光闪耀在这个墓穴上;我们动身投入了那凶险无情的大海的浪潮。当我们迎接他们——苏珊和伯纳德,奈维尔和珍妮——回来时,愿上帝帮助我们演好我们的一份角色。"

"我们的出现似乎破坏了什么东西,"伯纳德说,"也许是整整一个世界。"

"不过我们简直喘不过气来了,"奈维尔说,"我们是那么精疲力竭。我们正陷在一种疲乏和什么也不想干的心情之中,就好像我们现在一心只盼着能重新回到我们当初所离开了的娘肚子里去。除此以外的一切都显得是乏味、强加和令人厌倦的。珍妮的黄披巾在眼前的光线下显出像飞蛾似的颜色;苏珊的两眼黯淡无光。我们看起来简直跟河水难以分别。只有一截烟蒂是我们当中惟一显得突出的东西。我们的全部心情都带着黯淡的色彩,只觉得应当撇下你们,挣脱一切,任情地独自去挤出某种苦水,某种同时也带点甜味的毒汁来。可是这会儿我们实在是太精疲力尽了。"

"经过我们这一阵如火的激情之后,"珍妮说,"再没有剩下什么可以保存到项链盒子里去的了。"

"到现在我还像只小鸟似的,"苏珊说,"仍旧不知满足地渴望着得到某种我所错过了的东西。"

"让我们再稍稍留一会儿再走。"伯纳德说,"让我们几乎是别无旁人地单独在这河边的高坡上踱一会儿。现在是差不多该睡觉的时候了。人们都已回家去。这会儿望着河对岸那些小店主卧房里的灯光逐渐熄灭,是多么叫人感到快慰。那儿一盏……那儿又是一盏。你们想他们今天的收入大概是多少？刚刚够他们付房租、电灯费，买吃食和孩子们的衣穿。不过只是勉强刚够。这些小店主卧房里的灯光，使我们多么深深地体会到生活还是可以过得下去的呀！星期六到了，手头也许刚好还有几文钱可以买几张电影票。熄灯以前，也许他们要到小园子里去一趟，看看卧在木板窝里的大兔子。这只兔子他们是准备宰了作星期天的午餐菜吃的。然后他们就关了灯。然后他们就睡觉了。而对成千上万个人来说，睡觉不外乎只是温暖和宁静，外加稍微作一会儿天马行空的幻想。'我已经把我那封信，'那个卖蔬菜的想，'寄给了《星期天日报》。说不定我会在这场足球赛中赢到手五百镑赌注吧？那我们就可以宰那只兔子吃了。生活真有味。生活挺不错。我已经寄出了信。我们要宰那只兔子吃的。'然后他就睡着了。

"那还在继续不停。听。那儿传来仿佛车皮在铁路侧线上连接的声音。那就是我们生活中一件接一件事情的愉快的连接。连接，连接，连接。必须，必须，必须。必须走，必须睡觉，必须醒来，必须起床——这就是那个严肃而宽大的字眼，我们老装模作样地咒骂它，却又把它紧记在心，没有了它我们就会毁了。我们是多么崇拜这种像侧线上车皮接拢似的声音啊！

"现在我听到从河的下游远远地传来的合唱声；是那些爱吹牛的小伙子们在唱歌，他们刚在拥挤的轮船甲板上出游了一整天,现在正乘着一辆大游览车回来。他们还像从前那么唱着,当冬夜穿过院子时,或者当夏天屋子的窗户都敞着时,喝醉了酒,乱砸家具,头上戴着带条纹的小圆帽,大马车拐过路口时一致转过头来;而我那时多希望能跟他们一起去。

"我们正在这歌声,这打着旋的河水,这隐约听得见的风声中失去了什么啊!我们身上的一小部分已经化为乌有了。好吧!那么说是有某种十分重要的东西已经失落。我再支持不下去了。我要睡觉。可是我们必须走;必须去赶火车;必须走回到车站里……必须,必须,必须。我们只不过是些肩挨着肩摇摇摆摆向前走着的躯体。我只是在我脚上的酸痛和两腿的疲倦中感到自己的存在。我们似乎已经一起走了好几个钟头。可是走了些什么地方?我已记不清了。我仿佛一根木头平稳地顺着一道瀑布落下来。我不是个裁判者。没人要我作出判断。在这种灰暗的光线下房子和树木全一模一样。那是个邮筒么?那里走着的是个妇女么?车站到了,就是火车把我轧成两段,我也会在那一边重新连在一起,因为我是完整的,是无法分割的。但奇怪的是即使在这会儿,在睡梦里,我也还是在右手里紧紧地捏着我回滑铁卢站的半截回程票。"

现在太阳落山了。海天一色，混沌难辨。拍岸碎裂的海浪把白色的扇形水头远远地漫进海滩，使发出隆隆回响的岩洞深处都铺上了一层白影，然后才又带着叹息似的声响掠过海边砂石退了回去。

树木摇着枝桠，树叶纷纷坠地。它们就心安理得地静静躺在原地等待着消亡。一度曾红光闪闪的残破器皿上射出来的灰黑色反光照进了园子里。黯淡的阴影使花茎间的通道变得漆黑。画眉鸟已经不叫，蛆虫缩回了它小小的洞里。不时有一根发白的空心麦草被风从陈旧的鸟巢上吹落下来，掉在散满着烂苹果的颜色发暗的草丛间。工具房墙上的光线已经消隐，蜻蜓蜕下的皮空荡荡地挂在一只钉子上。屋里的各种色彩都像溢出了它的边框似的；原来整洁的笔触都变得鼓鼓囊囊，歪歪扭扭；食柜和椅子的褐色身影化成了一片模糊。从天花板到地板之间整个儿垂着一大块摇曳不定的黑暗的帷幕。镜子朦胧不清得就像是一个遮满爬藤的岩洞的洞口。

巍巍丛山失掉了它们的实体感。飘摇不定的光还偶尔在那些已经暗沉沉看不清的道路之间楔入一丝微弱的亮影,但像鸟翅收拢的山坡汇合处却连一点点光都照不见,而且那里也没有一点声音,只除了一两只鸟儿在寻找一株更僻静的树枝栖身时发出的哀鸣。在悬崖边上不停响着的,既有那曾经掠过树林的风声,也有那眼前在大海上平息下来成为千百个宁静如镜的陷坑的水声。

就仿佛空中有一种黑暗的波浪在汹涌激荡似的,黑暗不断地蔓延着,逐渐笼罩了房屋、山坡和树木,就像水波四面冲刷着一艘沉船那样。黑暗冲刷着街道,围绕某一个单独的人影打旋,渐渐把它吞没;把正在夏日绿叶如盖的榆树浓荫下拥抱的一对人影也完全隐没。黑暗的波浪涌上杂草丛生的林间小路,涌上起伏不平的草地表面,淹没了一棵孤零零的荆棘树和树脚下一个空空的蜗牛壳。再往上去,黑暗攀登光秃的山坡,一直爬到断续嶙峋的大山顶峰,那儿白雪常年积在坚硬的岩石上,即使山谷中已经溪水潺潺,遍地布满葡萄的黄叶,坐在阳台上的姑娘们用扇遮着脸眺望着山上的积雪时也是这样。而这一切,也都被黑暗吞没了。

"现在来总结一下吧。"伯纳德说,"现在来向你说明一下我生活的意义吧。既然我们互不相识(尽管我想我们在上船去印度的时候见过一次面),我们可以坦率地谈谈。我老有个幻觉,仿佛有什么东西能维持一会儿不变,它有轮廓,有重量,有深度,是完完整整的。这个,从目前看来,似乎就是我的生活。要是做得到的话,我愿意把它整个儿交给你。我会像一串葡萄似的把它摘下来。我会说:'拿着吧,这就是我的生活。'

"但可惜的是,我能看见的东西(这个里面满是人影的球),你是看不见的。你看到我坐在桌子对面,有点发胖的、上了年纪的人,两鬓已经斑白。你看到我拿起餐巾,把它打开。你看到我给自己斟了一杯酒。同时你也看到在我身后门老在开,人来人往的。但是为了让你理解,把我的生活交给你,我必须给你讲一个故事,——而这类故事是那么多,那么多,童年的故事,学校时代的故事,恋爱,结婚,死亡,等等,等等;却没有一个是真的。可是我们像孩子似的互相讲着故事,而且为了美化它们,我们编造了这些荒唐离奇、五光十色、漂亮好听的辞藻。我多么厌倦那些故事,多么厌倦那些总是四平八稳、漂漂亮亮地流传下来的辞藻啊!唉,我多么怀疑那种在半张拍纸簿纸片上勾划出来的干净利落的生活设计啊!我开始渴望像恋人们用的那种简短的语言,断断续续、含糊不清的字句,就像人行道上拖沓的漫步声。我开始去寻求一种设计,更加符合那种断断续续、确凿无疑地不时出现的屈辱和得意的时刻。在一个风雨交加的日子里躺在一个田沟里,刚下过雨,随后大量乌云布满天空,——破碎的云块,细小的云片。这时使我满心欢喜的正是那种紊乱,

241

那种高远,那种平静和骚动。大片的云总是变幻不定的,事物的运动也是这样;一种险恶不祥的东西,跌跌滚滚,匆匆忙忙;一时巍然屹立,一时蔓延伸展,一时又突然飘走不见了,而我一刹那间躺在田沟里,忘掉了一切。这时,什么故事,什么设计,在我的心目中连一丝影子也没有了。

"不过眼前在我们一边吃饭时,让我们把这些场面翻过去,就像孩子们把几页图画书翻过去,同时保姆在一旁指点着说'这是一头牛,这是一只船'那样。让我们翻过几页去,不过为了让你感到兴趣,我还要附带加个注。

"首先,有个育儿室,窗户朝着园子,园子那边是海。我瞧见了某种发亮的东西,——当然,准是一口食柜门上的铜把手。然后是康斯泰伯太太把海绵高高举过头顶,挤着它,立刻,左面,右面,顺着脊背,到处感到了一种如利箭穿射似的快感。同样地,在我们的有生之年,只要还在呼吸,每当我们撞在一把椅子,一张桌子或者一个女人身上,也总会感到一阵像被利箭穿透似的快感,——当我们在花园里漫步,在这儿饮酒时,也是这样。确实,有时当我经过一座窗口透出灯光、里面正在生孩子的小屋时,我几乎想要去请求他们,别朝这个新生的躯体上挤海绵。然后,是那个花园和那片绿阴如盖、几乎遮蔽了一切的葡萄藤叶子;在浓绿深处像火花般耀眼的花朵;在大黄叶子下一只被癞皮虫缠得苦恼不堪的老鼠;在育婴室天花板上一只嗡嗡飞个不停的苍蝇,以及那一盘盘样子单纯老实的面包和黄油。这一切都仿佛出现在一瞬间,但却一辈子都留在脑海里。一张张脸若隐若现。飞跑着拐过街角,'哈罗,'你会说,'珍妮在这儿。那是奈维尔。那是穿着灰法兰绒衣服、系着蛇形皮带的路易。那是罗达。'她有个水盆,用它来漂白色的花瓣。这是苏珊,我跟奈维尔在工具房里的那一天她还哭来着;我马上觉得自己原来漠不关心的态度软化了。可奈维尔并没软化。'正因为这样,'我说,'我是我,而不是奈维尔。'真是个了不起的发现。苏珊哭了,我就跟在她后面。她那泪水沾湿了的手帕,她因为不如意而哭得像水泵似的一起一伏的肩背,弄得我满身难受。'这可真叫人受不了。'当我挨着她在像骷髅骨那么硬的树根上坐下来时,这么说。就在那时候,我第一次觉察到了世上存在着仇敌,它们变幻不定,但却经常在那儿;那就是我们老在反抗的各种势力。让自己消极地任其支配是不可想象的。'那是你走的路,入世,'有人会说,'而我走的却是这条路。'那么,'就让我们去探索吧。'我喊着,跳起身来,跟苏珊一起跑下山去,随后就看见了那个穿着双大靴子在院子里登登地走着的小马夫。下面,透过浓密的树阴望去,园丁们正用大笤帚在打扫草地。那位夫人在写字。我大吃一惊,呆住不动,心想:'我决不能去打搅他们,使那些笤帚哪怕是停住一下。他们扫,就让他们扫吧。也不能去扰乱了

243

那个正在写字的女人的平静。'说来奇怪,一个人不知为什么既不能去阻止园丁扫地,也不能去打搅一个女人的安静。因此我这一辈子,他们就仍旧留在那儿。这就仿佛一个人在斯东汉①一觉醒来,四周全被一些石头,被那些仇敌,被他们的存在所包围住了似的。接着一只斑鸠从树丛里飞了出来。而我,由于正在初恋,就编了一段辞藻——一首诗——来描写这只斑鸠,只是一句,因为我的头脑里开了一个窍,也就是使人能一眼看透一切的那种突如其来的心明眼亮。接着又是更多的面包、黄油,更多的苍蝇沿着天花板嗡嗡乱转,那上面闪烁着点点的光斑,白濛濛地摇曳不定,同时一些手指般的尖尖光影滴落在壁炉架的一角上,形成一些蓝汪汪的水潭。每天我们坐在那儿喝茶时都瞧见这些景象。

"可是我们是各不相同的。蜂蜡——那种敷在脊背上的处女蜂蜡——在我们各人身上融化时都化成形状各不相同的斑块。在醋栗树丛中跟厨房下女调情的那个着靴子的小伙子的抱怨;晾在绳子上被大风刮得飘起来的衣裳;阴沟里的那个死人;月光下孤零零的苹果树;满身癞皮虫的老鼠;滴下蓝色水潭来的光影;——我们身上的白蜡受到每一桩这类事情的沾染时产生的影响都各不相同。路易痛恨人类情欲的本性;罗达痛恨我们的冷酷;苏

---

① 英国萨利斯堡平原上的史前石柱群遗址。

珊无法跟人相处；奈维尔渴望秩序；珍妮热心于爱；如此等等。当我们彼此分开时，我们都感到异常痛苦。

"不过我却避免了走这样的极端，因此比我的许多朋友都更为长命，只是有一点发胖，头发发白，可说是饱经沧桑，因为我感兴趣的是生活的全景，——不是站在屋顶上鸟瞰，而是从三层楼的窗子里所看到的全景，——却并不是一个女人对一个男人说些什么，即使那个男人就是我。因此我在学校里的时候怎么会被别人唬住呢？他们又怎能弄出些事情来难住我呢？当时那位博士老蹒蹒跚跚地走进教室，就仿佛在登上一只风暴中的战船，对着一只喊话筒发号施令似的，既然凡是人有了权势总会变得装模作样，所以我既不像奈维尔那样恨他，也不像路易那么尊敬他。当我们一起坐在教堂里的时候，我就记笔记。那儿有圆柱，有阴影，有黄铜祭品，孩子们用祈祷书挡着打打闹闹，交换邮票；一个长了锈的唧筒似的声音；博士嗡嗡不停地讲着不朽，讲着我们应当努力做个大丈夫；波西弗直搔着他的大腿。我记着讲故事的材料；在我的笔记本纸边上画着人像，因而显得更心不在焉。下面是我当时看到的几个人的样子。

"波西弗那天在教堂里两眼直瞪瞪地盯着前方。他同时还有个用手拍拍后脑勺的习惯。他一举一动总显得与众不同。我们大家也都用手拍拍后脑勺，却学不像。他有一种凛然不可侵犯的美。正因为他一点也不早熟，

245

所以他总是毫无异见地读着各种专门写来教诲我们的书,从而养成了一种使他得以避免不少丢脸和麻烦事情的出色的 equanimity①(拉丁词自然而然地在这儿冒了出来),他就带着这样一种心理平衡,把露茜的淡黄色辫子和粉红色脸蛋看成是女性美的最高典范。由于这样循规蹈矩,他后来的兴趣是极为高雅的。不过总也会有点音乐,有点放荡的欢乐之歌。透过窗子也少不得会听见一两首来自某种匆遽而陌生的生活的行猎之歌,——一种在群山间响亮回荡然后又逐渐消失的声音。有什么值得惊奇,出人意外,使我们无法解释,只觉得简直近乎荒唐的呢?——当我正想着他时,这样一个想法突然冒了出来。小小的观测镜立刻垮了。大圆柱倒塌了下来;博士消失得无影无踪;一种突如其来的狂喜心情笼罩了我。他是在跟人赛马时摔死的,当我今晚沿着舍茨伯里林阴路走来时,那些从地下铁道门口涌出来的无足轻重而且几乎说不出形状的脸,以及那许多微贱的印度人,那些死于饥饿疾病的人,受欺骗的妇女,遭鞭打的狗和啼哭的孩子……所有这一切在我看来都是受到了剥夺的。他原可以去仗义执言。他原可以去保护弱者。到了四十上下的年纪时,他原可以去推翻那些权势者。我从来没想到有什么样的催眠曲能把他哄得昏昏入睡的。

---

① 意思是"心理平衡",源出拉丁文。

"不过还是让我来继续挖掘下去,用我的勺子再舀起这类被我们乐观地称之为'我们友人的性格'中的另一个——路易——来吧。他坐在那儿直盯着那个说教的人。他的整个心思都好像凝聚在他的眉头上了,他的嘴唇紧紧地抿着;他两眼专注,可是突然之间闪出嘲笑的光芒来。他也害着冻疮,是血脉流通不畅引起的后果。闷闷不乐,孤独无友,在被人疏远中他有时会偶尔推心置腹,向人描述浪花是怎样拍打他家乡的海岸。青年人的冷酷目光直盯着他那发肿的关节。真的,不过我们也敏锐地觉察到了他是多么说话锋利,头脑灵敏,遇事严格,每当我们躺在榆树荫下装作在专心看着板球比赛时,我们总是多么自然而然地渴望得到他难得的称赞。正如波西弗的优越受人敬重那样,他的优越却遭人怀恨。为人拘谨,多疑,走路高高提着步子就像一架起重机,但尽管如此,当时却传说着他曾直接用光拳头砸烂过一扇门。不过他的那座高峰实在太光秃秃地净露着石头,这一类的朦胧迷雾简直有点跟它不大相称。他没有那种能使人与人互相接近的亲切感。他老是态度傲慢,高深莫测;简直是位善于有意做出一副一丝不苟的神气来令人望而生畏的学者。我的辞藻(像如何描绘月亮之类)从没受到他的赞赏。另一方面,我对仆役们的应付自如却使他嫉妒得要命。但这并不意味着他丧失了对自己长处的信心。那是跟他对秩序的尊崇可以媲美的。后来他的成功原因也就在此。不过,他的生活却并不幸福。可是瞧呀,他在我的手掌心上已经两眼翻白了。突然间你对人到底是怎么回事感到了乏味。我把他放回到水潭里让他去重新恢复光彩。

"下一个轮到奈维尔,他正仰天躺在那儿凝视着夏日的天空。他就仿佛是一片飘荡在我们中间的飞絮,懒洋洋地老逗留在操场上有阳光的地方,并不用心倾听,却也并不显得疏远。正是受了他的影响,使我胡乱地到处涉猎,却从不曾认真去接触过拉丁古典语文,同时也是从他那儿染上了种种难改的思想习惯,使我们无可救药地变得看法偏颇,——比如说把十字架看做是罪恶的标志。我们在这类问题上的爱憎参半、模棱两可,在他看来是无可辩解的背叛不忠。那摇头晃脑、夸夸其谈的博士,我曾描写他坐在煤气炉边挥舞自己的袜带,在他看来只不过是个宗教迫害的工具。因此他一反自己平时的懒惰,热心地钻研起喀特勒斯、贺拉斯、卢克里修斯来,不错,他懒洋洋地静躺在那儿,但却兴高采烈地专心注视着那些板球队员,同时又用他那像食蚁兽的利舌那么迅速、机灵、什么都能抓住的脑子,探究出那些罗马典籍文句中的全部奥秘来,并且还要找上一个人而且总是能找到一个人来坐在他旁边。

"还有那些老师的太太们会曳着长长的衣裾,簌簌有声地走过,高大而威严;这时我们就会举手触帽。还有那无穷的沉闷会无所不包地笼罩一切,永无变化。永远、永远、永远没有任何东西会用它的鳍划破那一片灰沉沉的大水。不会有任何事情发生,来消除那沉重得无法忍受的厌倦。一学期一学期地在过去。我们长大了;我们起了变化;因为,不用说,我们都是动物。我们并不是不管怎样都永远自觉的;我们自动地呼吸,吃喝,睡觉。我们不只各自分散地存在,而且还像混沌一团的东西那么存在。一下子就会把一马车的小伙子发动起来,出去赛板球,比足球。整整一支大军出发去横扫欧洲。我们在公园里、庭园里聚集,并且热心地反对任何竟然想独自存在的叛教者(如奈维尔,路易,罗达)。同时我已习惯于每当听到一两支清楚可辨的曲调,比如路易在唱的,或者奈维尔在唱的,我就会情不自禁地全神贯注于那歌唱的声音,它咏唱着夜晚穿过庭院传来的几乎既无歌词又无含义的熟悉的歌儿;现在当那些大小汽车载着人们上戏院去的时候,我们仿佛又听到了那声音在我们的四周回响。(听:汽车飞快地经过这家饭店;河下游不时响起一阵汽笛,那是一艘轮船正要起锚入海。)要是火车里有个旅行商贩请我吸一撮鼻烟,我是会接受的。我喜欢事物那种丰富,简陋,亲切,虽不那么聪明,但却十分平易而且简直有点粗俗的面貌;喜欢俱乐部和酒馆里的人们,喜欢那些几乎赤身裸体地光穿着内裤的矿工们的谈话,——喜欢那种直率,毫不做作,除了吃饭,恋爱,钱和还能过得去的日子之外全无其它目标；那种不抱任何大的希望、理想和其它雄心壮志；那种只求把事情做好而毫不装腔作势等等。我喜欢这一切。因此我愿意到他们中间去，而奈维尔却会生气，至于路易，我完全同意，他准会转身就走。

"就这样，我身上那件蜡的背心完全不是平均而有秩序地，而是大块大块地化了下来，这儿一大滴，那儿一大滴。现在，透过这层透明的东西，就可以望见外面那些美妙的牧场了，它们乍看起来是那么皎洁明亮，人迹罕到；还有那些草地，上面满是玫瑰和藏红花，但同时也有岩石和毒蛇，有肮脏和漆黑的东西，有使人迷惑、绊住和跌倒的东西。你从床上跳起身来，推开窗子；鸟儿多么嘈杂地一哄而起！你很熟悉那种翅膀的扑击，那种高歌啼鸣，啁啾婉转和纷扰乱飞；一片大喊小叫的嘈杂声音；滴滴露珠都在闪烁，颤动，仿佛整个园子是一幅散碎零乱、隐约发光的镶嵌画，还没有拼成一个整体；有一只鸟儿就在紧靠着窗子的地方婉转歌唱。我听见了这些歌声。我注视着这些幻影。我看见了这些琼们、陶洛赛们、米丽安们，当我走过林阴路，在桥头上停下来望着河水时，我又把它们的名字统统忘掉了。在它们当中出现了一两个比较触目的形象，那就是在窗前用青春时期的自我陶醉婉转歌唱的鸟儿；它们在石头上摔碎它们的蜗牛，把嘴伸进软乎乎、稠腻腻的东西里去，冷酷，贪婪，毫不容情；这就是珍妮,苏珊,罗达。她们不是在东部就是在南方教养长大的。她们留起了长长的辫子,现出一副受惊的小马驹的样子,这是妙龄少女们的特征。

"珍妮第一个怯生生地挨近大门边来吃糖。她挺机灵地一把从你手里把糖抢了过去,但她两只耳朵却往后紧贴着,仿佛会咬人似的。罗达很野,——谁也抓不住她。她又有点害怕又手脚不灵。苏珊是最先变得像个真正的成年妇人,充满着纯粹女性的温情的。是她在我脸上洒上了灼人的热泪,既美,又吓人;这两种特点都有,也都没有。她天生是诗人的偶像,因为诗人们总是渴望平静;有个人坐在旁边缝着,口里说着'我又是爱,又是恨',她既不温柔也不热烈,但却具有某种品质,正符合写诗的人都特别向往的那种为表现完美风格所必需的既崇高又不刻意造作的美。她父亲披着松松垮垮的晨衣,趿着破旧的拖鞋,懒散地走过一个个房间,然后又顺着铺石板的过道走去。在寂静的夜里能听到一英里外一道水墙似的瀑布在隆隆地冲下来。那只衰迈的老狗几乎无力跳到他坐的椅子上去。当她不停地转着缝纫机的轮子时,可以听见那几个蠢头蠢脑的仆人正在声震全屋地大声说笑。

"即使在苏珊扭着她的手绢,喊着'我又是爱,又是恨',而我正在极度苦恼激动的时候,我也曾提到了这一点。'一个愚蠢不堪的仆人,'我说,'在上面的阁楼里大说大笑。'而这种小小的戏剧性插曲，表明我们在沉浸于自己的生活体验时，常常多么地并非全心全意。每当满心激动的时候，旁边总有那么一个好发议论的家伙在那儿指指点点；他老在悄声细语，就像那个夏天的早上在那间屋子里，正当收下的庄稼运到窗前的时候他就悄声地向我说：'河边的草地上长着杨柳。园丁们用大笤帚在扫地，那位太太正在写字。'这样，他就把我们引到了完全越出我们自己当时的处境的境界；引到了象征的，因而也许是永恒的境界，要是在我们的睡觉、吃饭、呼吸，那么既满含着肉体要求、又满含着精神要求的喧嚣生活中谈得上有什么永恒境界的话。

"河边长着杨柳。我跟奈维尔、拉本特、贝克、罗姆赛、休士、波西弗还有珍妮一起坐在平坦的草地上。透过那些春天夹杂着朵朵绿穗、秋天夹杂着橘黄颜色的茸茸细叶，我看见小船，房屋；我看见忙碌、衰老的妇女。我把一根又一根的火柴醒目地插在草地上，以便标志在理解（也许是哲学、科学，也许是我自身）的过程中的这一个或者那一个阶段，这时我那无拘无束随意活动的感官末梢，正在捕捉各种朦胧的知觉，过后再让头脑去吸收和消化它们：钟鸣声；一个骑车的姑娘，她一路骑着的时候，仿佛稍稍地揭开了一角帷幕，后面隐藏着一片混沌莫辨、喧嚣纷扰的生活，它正在我这些朋友和这棵柳树的圈子以外汹涌激荡。

"只有这棵树抵挡住了我们的不断变迁。因为我总是在不断地变化、变化;一会儿是哈姆雷特,一会儿是雪莱,一会儿又是陀思妥耶夫斯基一部小说里的主人公,我已忘了他叫什么;说来难以相信,我在整整一个学期里还是拿破仑;不过主要还是拜伦。有个时期我一连几星期扮着这样的角色:大步走进房间里,一边把手套和大衣扔在椅背上,一边小声地骂着人。我经常走到书架边去,再啜一口那神效的灵药。这一来,就弄得我竟会把一连串排炮似的辞藻,去倾泻在某个很不相宜的对象身上——有时是个已婚的姑娘,有时又是个已经入了土的姑娘;每一本书里,每个靠窗的座位上,都塞满了一张张写给某一位使我变成了拜伦的女子的信,却都不曾写完。因为要用别人的文体去写完一封信实在太难了。我曾满头大汗地急忙赶到她家,交换了表记,结果却并没娶她,无疑是因为要达到那样的感情热度,时机还太早的缘故。

"这儿又需要有点音乐了。不是那种狂热的行猎歌,波西弗的音乐;而是一种痛苦、嘶哑、发自肺腑,而同时又是昂扬、像云雀那么清脆、洪亮的歌声,应该用它来代替这种平淡乏味而愚蠢的描写,——多么过分地矜持!多么过分地说理!——这样是没法去描绘那种转瞬即逝的初恋时刻的。一层粉红色的薄雾笼罩了白昼。瞧瞧她来到之前和离去之后一间屋子的变化吧。瞧瞧外面那些蒙然无知的人在怎样赶他们的路吧。他们既看不见也听不见,只是一味地往前走。在这样一种喜气洋洋然而又有点使人感到重浊的气氛里活动时,一个人对他自己的一举一动会变得多么地敏感,——连拿起一张报纸来时,也会觉得仿佛有什么东西粘乎乎地粘你的手。随后来的是一种镂心刻骨的感觉——仿佛一只蜘蛛在吐丝,织网,拚命去盘绕一棵荆棘树似的。随后又像闪电似的,突然变得满不在乎;光突然熄灭了;随后,那种无限轻松的喜悦感又重新恢复;某些田野上仿佛永远现出了碧绿的光彩,一幅幅自然风光——比如说,汉姆斯台德那儿的一片绿阴——仿佛在黎明的曙光下出现;人人的脸上都容光焕发,大家都像参与共同密谋似的,怀着一种心照不宣的温存喜悦之情;随后,是一种事情已告圆满结束的神秘感觉,而接着,又是那种每当她耽误了回信,每当她爽约不来时发生的像鲨鱼皮那么粗糙难受的感觉——那种像利箭穿心般叫人浑身打战的激动心情。涌起了种种让人如坐针毡般难以忍受的疑心,恐惧,恐惧,恐惧……不过当一个人并不需要什么连贯的东西,只不过需要一阵咆哮、一声呻吟的时候,煞费苦心地去想出这些连贯的词句来又有什么用处呢?而且若干年之后你所看到的,只不过是个正在饭店里脱下她的斗篷的中年妇人。

"不过还是再回过头来吧。让我们再假装把人生当成是一种固体物质,形状像个圆球,可以让我们捏在手里随意摆弄。让我们假装认为我们可以编出一个合乎逻辑的简单故事来,因此当了结了一桩事情——比如说恋爱——以后,我们就可以井然有序地再接下去讲另一桩。我方才说有一棵柳树。它那像倾盆大雨般垂下的枝条,它那弯曲起皱的树皮,看来像是置身于我们的想象力之外,但眼前却仍然无法阻止住它们,仍然被它们所改变,不过尽管如此,它们还是稳定不变地显示着自己,而且还有一种我们的生活所缺乏的坚定精神。它所作的评价,它所树立的标准,就表现在这里,当我们变迁不定时,它何以仿佛老是在冷静地衡量,其原因也正在这里。比如说,奈维尔跟我一起坐在草地上。可是我要问,如果跟着他透过树枝去注视河上的一艘小船,一个正在从纸袋里拿出香蕉来吃的年轻人,一切能像那样明确无疑么?由于这幅景象被那么热烈地鲜明刻画出来,而且又那么浸透着他高度的想象力,因而一时之间仿佛我也同样透过柳树枝看到了它:小船,香蕉,年轻人。但接着它就消失不见了。

"罗达失魂落魄地走了过来。她要是穿上件华丽的长袍,准能骗过任何一个学者,要是掩住那两只穿着拖鞋的脚,准能骗过一只正在碾平草地的驴子。她那双梦幻般的、惊愕的灰眼睛深处,究竟隐隐约约闪动着什么令人生畏的东西,跃然欲出?即使像我们那样冷酷无情而且心存报复,我们也还没有坏到这样的程度。我们准是因为有着自己起码的好心肠,或者是因为向一个我一点也不熟悉的人这样随便谈论有点不太合适,所以我们不想再说下去了。她所看到的那棵柳树,是生长在一片灰暗、没有一只鸟儿在那儿歌唱的荒漠边上。树叶子被她一瞧就索索发抖,当她经过旁边时就痛苦地起伏摇晃。电车和公共汽车声音粗哑地在街上隆隆开过,它们越过山岩,急急地向远处飞驶而去。也许有一根圆柱在阳光照耀下矗立在她那片荒漠上,在一个池塘的旁边,常常有野兽偷偷走到那儿去喝水。

"然后珍妮来了。她在那棵树上燃起了她的熊熊烈火。她就像个皱成一团的玩偶,狂热地渴望着要痛饮那干燥的尘灰。气势汹汹,锋芒毕露,丝毫不是出于一时冲动,她是完全胸有成竹地跑来的。因此许多小小的火焰蜿蜒地燃遍在干燥大地的裂缝上。她使得柳树摇曳起舞,但却并不是在幻想中;因为她对任何不存在的东西是从来都看不见的。这是一棵树;那儿有条河;现在是下午;我们正在这儿,我穿着我的毛哔叽衣服;她穿着一身翠绿。既没有过去,也没有将来;只有围在一圈光环里的眼前,还有我们的肉体;此外就是那不可避免的高潮和狂欢。

"路易呢,当他小心翼翼地(我一点也不夸大)把一件雨衣平整地铺好,在草地上坐下来时,使人不由注意到他的在场。这真叫人望而生畏。我总算有那份聪明,知道敬重他的正直不欺,尊重他用那双因为生冻疮而包扎着破布的手去摸索一粒货真价实的钻石。我在他脚边草地上挖洞埋下一盒盒用过的火柴。他莞尔一笑,用刻毒的口吻责备我的无聊。他那贫乏可怜的想象力使我感到有趣。他故事中的人物都戴着礼帽,谈着用十镑价钱出售钢琴的事。在他的田野上电车尖声驶过;工厂冒着刺鼻的浓烟。他出没在寒酸的小镇和街道上,那儿在圣诞节的时候女人们喝醉了酒,赤身裸体地躺在床单上。他的话像从铅弹滴制塔上坠落下来,落进水里又反迸起来。他搜索到了一个字,仅仅只有一个字,来形容月亮。然后他就站起身来走了,我们也都站起身来走了。可是我迟疑了一会儿,望了望树,而当我望着秋天如火如荼的黄色树枝时,一点沉积物凝成了;我凝成了;一滴坠落了下来;我坠落了下来,——这就是说,我从某种已经结束的体验中解脱了出来。

"我站起身走开了,——是我,我,我;并不是拜伦,雪莱,陀思妥耶夫斯基,而是我,伯纳德。我甚至把我的名字重说了一两遍。我摇着手杖走着,进了一家店铺,买了——但却并非因为我爱音乐的缘故——一幅镶在银色画框里的贝多芬像。这倒并非因为我爱好音乐,而是因为整个人生,它的大师们,它的探索者们,当时以一长列光辉人物的形象出现在我的身后;而我是他们的继承者;我,是继续者;我,是奇迹般被指定把他们的事业继续下去的人。因此,摇着手杖,含着眼泪——与其说是出于骄傲,还不如说是出于自卑,——我顺着街道继续往前走去。翅膀已经开始扑动,鸟儿开始高歌欢鸣;现在你走了进去;你进了屋子,枯燥、冷漠、挤满了人的屋子,桌上陈放着它的各种传统、常用物件、成堆废物和无价之宝的地方。我来找缝制家常衣服的成衣匠,他还记得起我的叔父。顾客来得极多,但面目不像那些第一流的脸(奈维尔、路易、珍妮、苏珊、罗达)那么鲜明触目,而是模糊,面目难辨,或者说面目是如此多变,因而显得难以辨认。我脸上发红同时又心存鄙视,在一种赤裸裸的惊喜参半的古怪心情中承受了这突然的一击;这混乱的兴奋心情;这复杂、骚乱、突如其来地同时来自四面八方的生活的冲击。在珍妮坐在描金椅子上显得光彩焕发、气度雍容的晚会上,老不知道下一句该说些什么;弄出了难堪的冷场来就仿佛每颗沙砾都看得清楚的光秃沙漠那么触目;紧接着又说出了不该说的话,因而自觉像根直捅捅的通条那么过分诚恳,但愿能变得像发亮的便士那么圆滑却又实在做不到,——所有这一切是多么令人难堪!多么叫人丧气啊!

"然后有位太太做了一个生动的手势,说:'跟我来。'她领着你走进一个隐秘的斗室,让你有幸跟她亲密相处。称呼由姓改成了名字;名字又改成了昵称。对印度、爱尔兰或者摩洛哥究竟该怎么办?年老的绅士们钻在枝形吊灯下面解答着这类问题。你感到自己令人惊奇地知道了不少事情。外面种种模糊难辨的势力在发威；里面我们却十分亲密，十分爽直，确实有这样一种感觉，就是在这儿，在这间小小的房间里，我们尽可以把这一天看做是一星期中的任何一天。星期五或者星期六。在脆弱的心灵上包上了一层外壳，发出珍珠的光泽，灿烂耀目，激情的利喙怎么也啄不穿它。它在我身上形成得比大多数人都更早。不久我就能在别人刚吃完甜食时已经在泰然地削自己的梨。我能在周围一片沉默时从容说完自己的话。也正是在这段时期里，追求学识的完美具有了一种吸引力。你感到能用在右脚脚趾上拴上根绳子一早起床的办法，来学会西班牙文。你把自己的约会本上的小格填满了八点赴晚宴，一点半赴午餐会等等。你有了许多的衬衫、袜子和领带可以在床上摊出来展示。

"但是这种一丝不苟，这种军人般秩序井然的列队前进，实在是一个错误，一种省力的行为，一种欺骗。即使当我们穿着白坎肩，彬彬有礼地在约定的时刻准时来到时，在这种行动的下面，总是隐隐流动着一连串迅速交替的断片残梦，育婴室的催眠曲，街上的喧嚷，残缺不全的语句和幻影——榆树，柳枝，正在扫地的园丁，正在写字的女人，——这一切，就是在我们正引着一位太太走向午餐桌时也还是在不断地起伏隐现。正当你那么一丝不苟地把桌毯上的刀叉摆一摆整齐时，千百张面孔在那儿扮着鬼脸。其中没有一样东西你可以用勺子捞到它，也没有一样东西你可以称之为一件大事。可是它,这种潜流,却是活生生的,深深隐藏在那儿的。当我专心浸沉在其中时,我会停下来品味某件事,接着又是另一件,注目凝视一个也许插着一枝红花的花瓶,同时突然想到了某一条道理,某一个突然的发现。或者当我正在斯特兰德大街上走着时,我会忽然说:'这正是我需要的一句辞藻,'因为这时正有一只神话般美丽的怪鸟,一条鱼,或者一团镶着红边的云块涌现了出来,一下子永远驱散了某个老在缠绕着我的念头,随后我就继续往前走去,重新满怀乐趣地察看着橱窗里的领带和别的东西。

"生活的结晶,或者像你所称呼的那样——生活的圆球,绝不是摸上去硬绷绷、冷冰冰,而是包着一层薄薄的气壳。只要一挤它就会整个爆裂。我从这口大汽锅里完完整整提炼出来的词句,只不过是连成一串的六条不小心被捉住的小鱼,成千上万别的鱼则在扑哧扑哧地直跳,弄得这口大汽锅里像是有一锅银水在沸腾冒泡,而它们却从我手缝里溜掉了。各种人脸重新浮现,这一张,那一张,都在我的气泡壁上印下了他们的美,他们是奈维尔,苏珊,路易,珍妮,罗达以及成千上万别的人。真难把他们安排得井然有序,单独把某一个分离出来,或者把整个的效果发挥出来,——又像是在说音乐了。多么宏大的一曲交响乐啊,包括它里面的和声和不谐和音,它的高音清亮,低音重浊,接着又昂扬激越起来!每个人奏着他自己的曲调,用小提琴,长笛,小号,定音鼓,或者其他各种各样可能的乐器。奈维尔奏的是'我们来谈谈哈姆雷特'。路易奏的是沉寂。珍妮奏的是爱。然后突然在一阵情绪冲动下,跟一个性情平和的男人一起上昆布兰的一家旅馆去呆上整整一星期,窗子上不断地雨水淋漓,每顿饭吃的只有羊肉,羊肉,还是羊肉。可是这一个星期却是从未被提起过的激情旋涡中一块永不磨灭的中流砥石。就是在那段时间里,我们玩着多米诺骨牌;当时,我们争论着老得嚼不动的羊肉的问题。当时,我们在荒野沼泽间漫步。随后,一个小姑娘从门外探头进来,把那封用蓝色信纸写的信交给了我,从信里我知道了那个曾使我成为拜伦的姑娘就要嫁给一位乡绅了。一个套着护腿的男人,一个手里老拿着根鞭子的人,一个常在饭桌上大谈肥阉牛问题的人……我嘲弄地欢呼了一声,仰望着天上的浮云,痛感到了自己的失败;想到了自己渴望自由自在;逃避麻烦;又想受到束缚;作个了结;继承事业;当个路易这样的人;又想保持我自己;随后我独自披着雨衣走了出去,在永恒的群山下感到自己满腹牢骚,毫不高超;然后走了回来,抱怨羊肉,收拾起行装,就此又重新回到了旋涡中,回到了痛苦的磨难里。

"但尽管如此,生活还是愉快的,过得去的。星期一之后是星期二;然后又到了星期三。头脑增加了年轮;个性变得坚强起来;痛苦已经被岁月所吸收。一开一合,一开一合,愈来愈劲头十足、嗡嗡有声,青春的火气和热情被全部发动起来,全力运转,以致整个人都仿佛在不断收缩伸展,像一座钟的发条似的。从正月到十二月,流水奔腾得多快!我们随着事物的激流漂走,它在我们心目中已显得那么司空见惯,几乎丝毫没有留下形迹。我们漂着,漂着……

"不过,既然一个人总得跳一步(以便把这个故事讲给你听),那我就在这儿,在这个问题上跳一步,现在跳到一个完全是老生常谈的事情上——比如说火棍和火钳的事情上来吧,这是在那位使我变成拜伦的女士嫁人后过了一段时间,我在一个我想称之为琼斯第三小姐的人的影响下所看到的东西。她是这样的一位姑娘——每当想邀你一起吃饭时就准是穿着某一套衣裳,摘下某种样子的一朵玫瑰来戴在身上,她会使你在刮脸时总想到:'要稳一点,稳一点,这是桩非同小可的事情。'接着你就会问:'她对孩子会怎么样?'你注意到她弄那把雨伞时有点笨手笨脚;但当一只老鼠被捉住时却很专心致志;而且最后一点,她不会让早饭时吃的面包(我一边刮脸一边正想着婚后生活中那川流不息的早饭)老显得平淡无奇,——你坐在这位姑娘对面,看到早饭面包上停着一只蜻蜓时,是决不会感到吃惊的。同时她还激起了我想在社会上爬上去的愿望;她也使得我蛮有兴趣地去瞧以前老觉得讨厌的新生婴儿的脸。而你头脑里的脉搏的那种细微而有力的跳动——嘀嗒,嘀嗒,——也显得节奏更加庄严。我漫步在牛津街上。我们是延续者,我们是继承者,我一边说,一边想着我的那些儿女们;即使这种心情有点浮夸到了荒唐的程度,使你只好借跳上一辆公共汽车或者买一份晚报来加以掩饰,它却仍旧是一种古怪的因素,使得你那么劲头十足地系好靴带,现在又那么兴致勃勃地跟一些正在干着各种事业的老朋友们高谈阔论。路易,这位老呆在阁楼里的人,罗达,这位老显得湿淋淋的泉水女神,如今都已变得跟我过去曾觉得是肯定无疑的想法格格不入;都代表着正跟我如今认为是那么明显无疑的事(我们总得结婚,成家过日子)截然相反的另一面;我为此爱他们,可怜他们,同时却又深深地羡慕他们那不同的命运。

"一度我曾有过一位为我写传记的人,他如今早已死了,但如果他现在还以他早先那种急于讨好的心情追踪我的足迹,他一定会在这儿这样写道:'就在这个时期,伯纳德结了婚,买了一所房子。……他的朋友们发现他愈来愈热心于家庭生活。……儿女的出世使他急需增加自己的收入。'这正是传记的文体,它也确实把一片片破碎的东西、边沿参差不齐的东西拼凑到了一起。归根结柢,要是你写信也老用'敬爱的先生'开头,用'你忠实的某某'结尾,那么你就无法去指责这种传记文体;你无法鄙弃这些像罗马大道似的平平坦坦通过我们纷纭复杂的生活的词句,因为它们迫使我们不得不作为一个文明人,用跟警察们一样的那种缓慢稳重的步子走路,尽管你也许同时会小声地嘟囔着各种各样胡说八道的话——'听,听,狗叫','滚,滚,死亡','别哄我世上有真心实意的婚姻',等等。'他在事业上获得了一些成就。……他从叔父那里继承到一小笔遗产。'——传记作者就是这样写下去的,而且要是一个人穿着长裤并且用的是背带,你也得说到这件事,尽管这常常会弄得你劳而无功,白费气力乱写这样的字句,但你还是得说到这件事。

"我的意思是说,我已变成了像人们在田里踏出一条小路来似的在生活中留下了脚印的人。我的左边靴跟已经有点磨蚀了。每当我走进去时,屋子里总是会一阵忙乱。'伯纳德来啦!'不同的人说的时候口气又是多么地各不相同啊!有许多的屋子,就会有许多不同的伯纳德。有可爱但却软弱的;有强健但却傲慢的;有聪明但却严酷的;有脾气挺好但却——我决不会弄错——十分乏味的;有心怀好意但却态度冷淡的;有衣冠不整但却——走进另外一间屋子——又是俗气、爱打扮、穿得太讲究的。我到底是怎样一个人,在我自己看来却又与此不同,全不像上面所说的那样。我最愿意让自己牢牢地坐定在早饭的面包前,面对着我的太太,正因为她如今已完全是我的太太,而绝不再是从前想跟我见面时就戴上某种样子的一朵玫瑰的那位姑娘了,因此她使我有一种置身于无忧无虑之中的感觉,大概就像一只雨蛙伏在一片惬意的绿叶下时的感觉一模一样。'把那个递给我……'我会说。'这是牛奶……'她会这样应答着,或者是:'玛丽就要来了……'——对那些已经把自古至今一切战利品都已继承到手的人来说,这只是些简简单单的话,但对当时还正日复一日地置身在生活的高潮中的人来说却并不是这样,在这种情况下你会在每天吃早饭时感到完美和满足。肌肉,神经,肠子,血管,这一切就等于是我们整个身子的线圈和弹簧,这架机器的不知不觉的嗡嗡运转,正像舌头的一伸一吐那样,十分顺利正常。一开一合;一开一合;吃,喝;有时还加上说话,——全部机制仿佛在一会儿伸展,一会儿收缩,就像一台时钟的发条那样。吐司和黄油,咖啡和咸肉,《泰晤士报》和信件……突然电话铃急急地响了起来,我不慌不忙地站起身来向电话走去。我拿起那黑色的话筒。我注意到自己的脑子在从容不迫地调整自己,以便去接收传来的信息,——也许是(一个人总是会有这样的幻想的)要你去承担领导大英帝国的职责;我发现自己不动声色;我觉察到我那注意力的原子是多么活跃地散布开来,围住干扰物,吸收那信息,自动调整到一种新的状态,在我放下听筒的那一会儿,就已经创造出了一个更丰满、更强有力、更复杂的世界,我就是被召唤要到这个世界里去担当我的角色,而且毫无疑问一定能胜任愉快。我戴上帽子,踏进了一个人头济济的世界,那些人也同样都戴上了帽子,当我们在火车里、地下铁道里推挤着,彼此遇见时,我们用既是竞争者又是伙伴的目光互相会意地挤挤眼,大家都同样带着满身的手段和计谋,要去达到一个同样的目的——谋生。

"生活是愉快的。生活挺不错。光是生活的进程本身就叫人满意。就拿一个身体健康的普通人来说吧。他喜欢吃饭和睡觉。他喜欢吸点新鲜空气,用轻快的步子走过斯特兰德大街。或者拿乡下来说吧,那儿有只公鸡停在大门上啼;那儿有只家禽正在绕着一块田边飞跑。总有一件事等着要做。星期一之后是星期二;星期三,星期四。每一天都激起同样的安宁生活的涟漪,重复着同样的韵律曲线;给新的沙滩带来了一层寒潮,或者缓缓地消隐而并不带来寒冷。生命就这样在逐渐增加年轮;人格逐渐变得坚强。原来像冒冒失失、偷偷摸摸地把一粒谷子撒向空中,让它被四面八方来的生活的狂风刮得东飘西荡似的举动,现在已变得慢条斯理,有条不紊,而且撒得有的放矢,——至少看来是这样。

"天啊,多么愉快!天啊,多么好!当火车驶过市郊,看得见那些卧室窗子里的灯光时,我会说,那些小店主的生活是多么不错啊。当我站在窗口,望着手里提着小口袋正在蜂拥进城去的工人时,我就说,可真像一窝蚂蚁那么勤劳能干、精力饱满啊!当我看见一些人穿着白球裤正在正月天的雪地上追着一个足球飞跑时,我就说,手脚是多么坚实、灵活而有力啊！由于如今爱为小事情闹脾气,——也许该怪吃的那些肉,——我觉得给我们婚后生活中那无边的平静搅起点小波澜来倒也显得有趣,我们的孩子快要出世了,稍微打破一下这种平静只会更增加点乐趣。我会在吃饭时打瞌睡。我净说些荒唐话,仿佛因为我是个百万富翁,所以满可以随便乱扔一些五先令的小钱;或者因为我是个高空作业工人,所以有意要在一个小矮凳上绊跤。临上楼睡觉前,我们常在楼梯上才结束争吵,然后站在窗口,望着就仿佛一块蓝石头的内部那么清澈的天空。'谢天谢地,'我说,'我们不必把这些散文硬调和进诗里去。简简单单的话就足够了。'因为眼前景色的辽阔和清澈看起来是那么了无阻碍,使我们的生活可以越过所有那些林立的屋顶和烟囱,向着一望无际的天边不断地向前伸展。

"直到陷进了那种猝然的死——波西弗的死。'哪一边是幸福?'我问(我们的孩子已经生下),'哪一边是痛苦?'这是我在下楼梯当中想到自己的两腰时,纯粹作为对身体情况的考察而说的。同时我也在观察屋子的情况:窗帘在迎风飘起;厨子在哼唱着;衣服挂在半开半掩的橱门里隐约可见。'但愿再给他(我自己)一点休息的时间吧。'我一边下楼一边说。'现在他就要在这间客厅里受罪了。简直无法逃避。'不过光用言语还不足以表达痛苦。需要大叫大喊,天旋地转,印花布床单显得模糊发白,对时间和空间的感觉混乱;觉得移动的东西完全静止不动;声音一会儿很近一会儿又挺远;肌肉像被裂开,鲜血迸涌,一个关节突然抽搐,——在这一切后面隐隐现出某种重要的事情,不过还很遥远,还只应当把它搁在一边。因此我走出了门。我看到了第一个他已再也无法看到的清晨,——那些麻雀仿佛是孩子们用线拴着的玩具。毫不关心地从旁观看着事物,却仍能看出它们本身的美,——这是多么古怪!还有那种如释重负的感觉;装腔作势和虚幻不实都不见了,一种明朗透澈降临了,你一边走着,一边自己仿佛变得消失不见,而事物却都清晰可见,——这是多么古怪。'现在,还会有些什么样的新发现呢?'我说着,为了紧紧抓住不放,掉头不顾那些报牌,继续往前走,望着那些图画。圣母像和圆柱,拱门和橙子树,都像创始的第一天那么宁静,不过它们已经知道了人世的悲伤,它们就悬在那儿,而我则凝神地望着它们。'瞧,'我说,'我们在一起,没有一点干扰。'这种轻松自在、无所挂碍,就像是一种胜利,它在我心中激起那么强烈的喜悦,因而即使现在我有时候也还常到那儿去,以便重新唤回这种喜悦,以及波西弗。可是这并没能维持多久。折磨你的是头脑里那只眼睛老在可怕地活跃:他如何摔下来,变成什么样子,他被人们抬到了哪儿,那些人身上只围着腰布,拉紧着绳子;头上的绷带和污泥。接着又可怕地猛然涌来了一个回忆,料不到又赶不开,那就是——我没能跟他一起上汉普顿宫去。这只利爪在抓得人痛苦不堪,这只利齿在撕得人粉碎:我没有去。尽管他竭力在说,这并没什么关系;何必去打搅和破坏了我们当中这毫无阻挠心心相印的时刻呢?但尽管如此,我懊丧地说,我总归是没有去,从而被那些老缠住人不放的魔鬼们骗出了神圣的避难所,而跑到了珍妮那儿去,因为她有一个自己的房间;房里摆着几张小桌子,桌子摊满着各种小玩意。到了那儿,我痛哭流涕地坦白忏悔自己没上汉普顿宫去。而她则回想起了别的一些在我看来微不足道,对她来说却十分痛心的事,使我明白了当世上有许多事我们没法参与时,生活会如何地显得黯淡无光。还有,后来过不多久,一个侍女送来了一张便条,而在她转身去写回信而我满心好奇地想知道她在写些什么、写给谁的那一会儿,我仿佛看到了在他的坟头上落下了第一片秋叶。我看到了我们正匆匆地跨过眼前这一刻,把它永远地留在了身后。接着,我们肩并肩地坐在沙发上,势所必然地重提着那些别人早已说过的话:'如今百合花要在五月里才开得茂盛哩。'我们用百合花来比波西弗,——而正是这个波西弗,我一心只希望他能蓬乱着头发,推翻权势,跟我一直形影相随;他已经被太多的百合花所淹没了。

"因此眼前这一刻的真诚感消失了;变得有点象征色彩;而我最受不了这个。我嚷着说,不管我们怎么样嘲笑议论得触犯神明,也还比这样乱洒百合花的甜水,在他身上堆满各种辞藻好。因此我默然不再开口,而头脑中既没有未来,也不想远事,一心一意只看重目前的珍妮,挨了这一鞭只是扭了扭身子,在脸上扑了点粉(我就爱她这一点),随后站在门口台阶上一边用一只手按住头发免得被风吹乱,一边挥手跟我道别,正是这个手势使我对她感到敬重,就仿佛它正表明了我们的决心——再不让百合花生长了。

"我用彻悟的眼光瞧着街道上那无聊的虚幻景象:它的门廊;它的窗帘;买东西的妇女们发黄的衣服,贪婪和踌躇满志的神气;包着大围巾出来呼吸新鲜空气的老人;行人过马路时的小心翼翼;人人都一定要继续活下去的决心,而实际上,我说,你们这些笨鹅和蠢人啊,屋顶上随时都可能会飞下瓦片来,汽车也随时可能会出岔;因为一个醉汉干吗手里拿着根大棒到处寻衅,是什么道理也说不清的,——就是这么回事。我就仿佛是一个人被放进后台去,让他看了种种舞台效果的奥秘似的。不过,我终于回到了自己那个安乐窝似的家,管客厅的女仆叮嘱我要穿着袜子悄悄走上楼去。孩子正在睡觉。我走进了自己的房间里。

"难道就没有一把利剑或者别的什么东西,可以用来砸烂这四堵墙,这安身立命之所,这种生儿育女,这种老生活在窗帘帷幕之中,一天天变得更沉湎于图书和画册么？倒还不如像路易那样,为追求完美而耗尽心血;或者像罗达那样撇下我们,越过我们头上而飞向荒漠;或者千挑万挑而结果只挑上了像奈维尔那样的人;还不如做个像苏珊那样的人,对烈日下的酷热和霜打的青草都又爱又恨;或者跟珍妮那样,爽爽快快,就像个野兽。他们每人都有他们自己的乐趣;对死亡他们又都抱有同感;这对他们都很有好处。因此我一一拜访了我这几位老朋友,用手指摸索着硬打开了他们项链上紧锁着的小盒。我顺次去到他们跟前,才捧着我的忧伤——不,不是我的忧伤,而是我们这种人生的难以理解的本质——请他们剖析。有些人去找牧师;有些人去求教于诗神;而我却求教于我的朋友,我自己的心,我在辞藻和断简残篇中寻求一种完整无缺的东西,——在我看来,月亮和树木中的美还是显得不够;对我来说一个人跟另一个人的接触就是一切,但就连这个也还感到捉摸不透,因为我是那么不完美,那么脆弱,那么无可形容地孤独。我就是这样地束手无策。

"这就是故事的结局么？是一声长叹？水上的最后一个涟漪？一道涓涓细流流向一条阴沟,然后就潺潺地消失无踪？让我赶紧用手掼一摸桌子,① 就这样,——好恢复我对眼前的感觉。一个摆着各种调味品

---

① 西方迷信,认为用手摸一下木头的东西可以消灾免祸。

瓶子的餐具架；一满筐的圆面包；一盘香蕉，——这都是叫人看了觉得舒服的情景。但是要是根本无所谓故事，那又怎么谈得到结局或者开场呢？当我们试图讲述生活的时候，生活大概是不愿意让我们这样来摆弄它的。深夜不眠时，我奇怪自己为什么不能更加克制一些。那就不必去操心把材料一一归入那些文件格了。力量是多么奇怪地在一条干涸的小河沟里逐渐消退隐没的啊。深夜独坐，自感到我们已经是精疲力尽了；我们的这点水只能勉强淹着那些海冬青的穗子；我们甚至都无力再把那些稍远一点的鹅卵石浸没。什么都完了，我们已经无能为力。只能等待着——我整夜都在等待着——全身再涌起一点精力；我们站起身来，我们把浪花的鬃毛往后一甩；我们步履沉重地奔上岸边；我们是不肯被束缚住的。这就是说，我刮了胡子，洗了脸；不惊醒我的妻子，独自吃了早饭；戴上了帽子，走出门去谋生。星期一之后，星期二又来到了。

"不过某种迟疑、某种疑问的心情还是存在。我推开门，发现大家那么专心忙碌着，觉得十分惊奇；我犹豫了一下，端了一杯茶，不管人家问要不要糖和牛奶。现在，在游荡了千百万年之后，当星星终于坠落在我的手掌上时，它发出的光能使我稍稍打个冷战，不过如此而已，我的想象力早已经枯萎了。不过某种迟疑的心情还是存在。一个暗影在我的头脑中颤动着掠过，就仿佛在一间傍晚的屋子里飞蛾的翅膀颤动着在桌椅间飞过那样。比如说,当我这年夏天上林肯郡去看望苏珊,她穿过花园,像半张的风帆那样不慌不忙,用一个怀孕的女人那种摇摇摆摆的姿态迎着我走来时,我心里想:'事情就是在这样发展着,可是为什么?'我们在花园里坐下来;大车一路掉着干草驶了过来;四周是乡间常有的那种老鸦和鸽子的一片嘈杂的鸣声;果子都包着纸,用网保护着;管园子的在那儿掘着地。蜜蜂嗡嗡地在花丛间暗红色的通道中穿来穿去,停在向日葵的花盘上。细树枝被风刮过草地。这一切是多么和谐,同时又令人似觉非觉,仿佛笼罩在一层雾里;可是对我来说却显得可憎,就好像你的肢体被一张网把它们紧紧地束在了它的网眼里。她曾经拒绝了波西弗,却让自己去忍受这个,这种被紧紧密裹得透不过气来的境遇。

"我在河边坐下来等火车,当时我心里想着,我们是如何放弃抵抗,屈服于自然的愚蠢安排啊。浓荫覆盖的树林展开在我的面前。由于神经受到某种气味或者音响的轻轻一触,那个老的幻影——扫地的园丁,写字的太太——又重新出现了。我瞧见了埃尔弗顿山毛榉树下的身影。园丁在扫地;桌前坐着的太太正在写字。可是如今我在童年的直觉中加进了成年的贡献——餍足和听天由命;对我们生来无法避免的东西的感触;死;对种种局限性的认识;人生是如何比我们曾经想象的更冷酷无情。

当时,在我还是个孩子的时候,就已确知仇敌的存在;反抗它们的必要性使我满心烦恼。我曾经跳起身来大喊:'让我们去探索一番吧!'这样一来就消灭了对处境的畏惧。

"可现在到底有什么处境可以消灭的呢?厌烦和听天由命。又有什么可以探索的呢?树叶和林子中并没隐藏着什么。要是一只鸟儿展翅飞起,我已不会再去做一首诗了,——我只会再重复一遍自己早已说过的东西。因此要是我有一根手杖去指点出人生曲线的种种高低曲折,那么这就是其中最低陷之处;在这儿,它徒劳无益地盘旋在浪潮不到的泥泞里,——我现在就正背朝着一道树篱坐在这儿,帽檐低低地拉到眉梢,望着那群绵羊露出它们那副呆头木脑的蠢相,用又细又僵的腿麻木不仁地一步步往前走着。不过要是你把一把钝刀子放到一块长长的磨石上去一磨,就立即会迸出一点东西——一道尖利的火光来;相反要是放到日常惯见的那种既无理性、又无目的的蠢然大物上去磨,就只会迸出一种轻蔑和敌视之火来。我把我的头脑、我的生命,这沮丧疲惫、奄奄一息的陈旧的东西,拿来朝着这堆浮在油腻腻水面上的鸡零狗碎、枯枝败叶、叫人望而生厌的残骸朽骨、破船烂板上劈头盖脑地砸过去。我跳起来大声说:'揍,揍!'我反复地嚷着。这是一种努力,一种挣扎,是一种不断的挑战,是不断地砸碎又拼拢,——这是一种每日不间断的战斗,胜利也罢失败也罢,只一味全力以赴地猛打穷追。使零乱的树木井然有序;树叶的浓荫变得疏朗,摇曳生光。我用一句出人意外的辞藻网罗住了它们。我用字眼使它们摆脱了混沌不明。

"火车到站了。它长长地驶进月台,停了下来。我赶上了这班火车。因而傍晚就回到了伦敦。多么叫人感到满意啊,这通情达理的气氛和烟草味;一些老太婆带着她们的篮子爬上了三等车;亲友们在一些小站上道别时的互道晚安和明天见,然后就出现了伦敦的灯光——既不像青春时的炫目狂欢,也不像暗红色的褴褛破旗,但不管怎样总还是伦敦的灯光;高高亮在大楼办公室里的强烈电灯光;沿着冷清的人行道两侧的路灯光;热闹地闪耀在街头市场上的照明灯光。正当我已暂时赶走了我那仇敌的时候,这一切都使我感到高兴。

"同样我也乐于发现——比如说,在戏院里——那种人生的壮观场面。在这儿,一头浑身土色、粗俗不堪的田里的畜生会挺直身躯,十分机智勇敢地起来反抗绿色的树林和绿色的田野,以及那些一边嘴里咀嚼、一边不慌不忙一步步往前走着的羊群。此外,不用说,灰色的长街上一扇扇窗户都灯烛辉煌;一块块小地毯横在人行道上;有打扫干净、装饰一新的屋子,炉火,食品,美酒和闲谈。两手已经干瘪的男人,耳朵上挂着珍珠串成的宝塔形耳坠的女人们出出进进。我看见一些老人,脸上被世俗的劳累深深刻上了带着嘲弄神情的衰老皱纹;美貌受到那样的珍爱,仿佛在年岁上它也是新生的东西;而青年人又是那么地耽于追欢寻乐,以致你真会觉得欢乐是确实存在的;似乎草地正是为此而修平;大海掀起微波,树林中欢跃着毛羽鲜明的小鸟,也都是为了迎接青春,为了迎接即将来临的青春。在那儿你会遇见珍妮和海尔,汤姆和蓓蒂;在那儿我们互相开着玩笑,彼此吐露着衷情;而且没有一次不在门口分手时预先约定后会之期,在另外的某一家屋里,按不同的情况,比如季节的变换而定。生活是愉快的;生活真不错。过了星期一之后是星期二,随后又来了星期三。

"是的,不过每过一阵子之后又会出现不同的变化。这也许表现在某一晚屋里的某种样子,椅子的某种摆法上。深深地埋身在屋角的一张沙发里,看着,听着,似乎是十分惬意的。这时,碰巧有两个身影背朝窗子站在一棵枝叶纵横的树前。你会心情一阵激动之下,感到:'世上的确有一些身躯,没有漂亮的脸,但却有满身漂亮的衣服。'接着,在涟漪散处,一阵冷场之后,那个你本来会跟她融洽谈心的姑娘会在心里对自己说:'他年纪太大了。'不过她错了。这并不在于年纪;这是因为又有一滴坠落了下来;又是新的一滴。时间又一次动摇了事物的安排。我们从醋栗树叶遮成的穹隆下钻了出来,走进了一个更为广阔的世界。现在事物的真实秩序——我们老有这样的幻想——变得清楚明白了。因而暂时地,在一间客厅里,我们的生活自动调整得跟正在庄严地通过天空的白昼保持了同一步调。

"就因为这样,我没有去穿上我那黑漆皮鞋,找一条不错的领带,而去找了奈维尔。我去找我这位老朋友,他在我还是拜伦,是梅瑞狄斯笔下的年轻人,又是陀思妥耶夫斯基书中那个我忘了叫什么名字的主人公时,就已经熟悉我。我找到他时,他正独自一个人在看书。一张整整洁洁的桌子;一条一丝不苟、平平整整地拉上了的窗帘;一把正在裁开一本法文书的裁纸刀,——我心想,没有哪个人在我们初次见到他以后,会在神态或者衣着方面起什么变化。这会儿他就正坐在自从我们初次见面以后就一直坐着的那把椅子上,还穿着那样的一身衣服。这儿有无拘无束;这儿有亲密无间;炉火光映得帷幔上的一个圆圆的苹果掉了下来。我们在这儿谈着;坐着闲谈;漫步顺着那条林阴小路走去,这条路通向树下,通向那些浓密的树叶簌簌作响,枝头挂着累累果实的树下,我们经常一起踏着这条小路,以致如今围绕着其中的某些树,围绕着某些戏剧和诗歌,某些我们最心爱的宠物四周的草皮都变得光秃秃的了,——这些草地是不断被我们杂乱无章的脚步踏光的。每逢我不得不等待的时候我就看书;每逢我夜里醒来时,我就摸索着在架上取下一本书来。不断膨胀,经常扩充,我的头脑里积累了一大堆来历不明的东西。我不时地从中掰下一块来,也许是莎士比亚,也许是某个姓裴克的老太太的话;我常一边躺在床上抽着烟,一边自言自语说:'那是莎士比亚的话。那是裴克的话,'感到一种确知无疑和广有知识的激动心情,这是无限欣慰而又无法表达的。因此我们一起欣赏着我们的裴克,我们的莎士比亚;互相对照着各自的版本;让对方的真知灼见使自己的裴克或莎士比亚得到更好的阐明;然后就陷入了一段沉默的时刻,只是偶尔被几句简短的话所打破,就仿佛沉默的水面上一片鱼鳍浮上来一闪;接着,这片鱼鳍,这个念头,就又深深沉入水中,周围稍稍激起一圈心满意足的微波。

"是的,但突然间你听见了时钟的嘀嗒声。沉湎于这个世界中的我们重又意识到了另外一个世界。这令人感到痛苦。是奈维尔使时间起了变化。他本来是按他头脑里那不受限制的时间来进行思考的,刹那之间思绪能从莎士比亚一直延伸到我们自身,这时他通了通炉火,却按标志着某一特定人物的到来的另外一个时钟开始生活了。他那广阔而可敬的思想活动范围缩小了。他变得警觉起来。我能觉察到他正在倾听街上的声音。我注意到他怎样摸了摸一张椅垫。从古到今和亿万人类中,他挑选了一个人,一个特定的时刻。大厅里传来了一个声音。他正在说的话就像闪烁不定的火焰似的在空中摇曳起来。我注视着他正在从别的脚步声中分辨某一种脚步声;期待着某种特定的识别标志,用蛇一般迅速的目光瞥了一下门上的把手。(由此可见他的感受力出奇地敏锐;他总是在受到某一个人的熏陶。)这样强烈的一种热情把其他的一切热情都排斥了出去,就像异物被从明净的液体中排除了出去一样。我开始自觉到我的混浊的天性,其中充满了沉淀物,充满了迟疑,充满了要用笔记本记下来的种种辞藻和笔记。窗帷的褶皱变得沉静、稳重;桌上的镇纸变得坚硬;窗帷上条条线纹闪闪发光;一切都变得清晰明确、一目了然,显出一副与我无关的情景。因此我站起身来,离开了他。

"天哪!当我走出房间时,那种旧的苦恼的利齿、那种对某个不在眼前的人的思念,是如何狠狠地咬噬着我啊!思念谁呢?起初我自己也不知道;随后我想起了波西弗。我已好几个月没有想到他了。现在跟他一起大笑,一起嘲笑奈维尔,手挽手地一起大笑着走开,——这就是我所渴望的。但是他已不在。他的位置空在那儿了。

"说来奇怪,已死的人常会在街角上、在梦境里突然跳出来,出现在我们面前。

"这股那么寒冷、猛烈地突然刮来的狂风,这一晚使得我怀着渴望伴侣、安心和交往的心情,穿过整个伦敦去看我另外的两个朋友罗达和路易。当我一边上楼时,一边心里在奇怪着,他们之间到底有什么关系?他们俩到底单独在一起讲了些什么?我想象她摆弄茶炊时准是一副笨手笨脚的样子。她越过石板屋顶呆呆凝视着,——这个泉水女神身上老是湿淋淋的,脑子里充满着梦想和幻影。她拉开窗帘望着黑夜。'快滚吧!'她说。'荒野在月光下都是漆黑一片。'我按按门铃;我等待了一会儿。路易大概正在把牛奶倒在小碟子里喂猫;路易,他把那两只瘦骨嶙峋的手合在一起时,就好像船坞的两半在汹涌的水面上痛苦费力地慢腾腾合拢那样,他熟知埃及人、印度人,以及那些怀揣宝石、身穿粗衣的颧骨高高的人所说过的话。我敲敲门;我等待了一会儿;没有人来答应。我又沉重地走下了石头楼梯。我们那些朋友们是多么疏远,多么少通音信,多么难得彼此来往,互相了解。而我在我那些朋友们眼里,也同样是模模糊糊,很少了解;像一个幻影,只是偶尔见到一下,更多的时候是见不到的。人生的确只是个梦。我们的火光,那只在不多的几个人眼里闪过的一星星鬼火,很快就会熄灭,而一个意志也就消失了。我回忆我的朋友们。我想起了苏珊。她买了地。黄瓜和西红柿在她的暖房里成熟。去冬的霜冻冻死了的葡萄藤,又重新发出了几片新叶。她脚步沉重地带着她的儿子们穿过她的草地。她巡视着由一些套着护腿的男人经管的地,用她手里的手杖指指一座房顶,一些树篱,一些失修倒塌的墙。鸽子摇摇摆摆跟在她身后,吃着从她那能干的、俗气的手里撒下来的谷粒。'不过我不再一清早就起来了。'她说。然后是珍妮,不用说,又在款待一位新的年轻人。他们那平常的交谈已到了要害关头。房间会弄得暗沉沉的;椅子重新摆过。因为她仍旧在追求着眼前。毫不抱任何幻想,坚强、冷静得就像一块水晶,她挺着胸膛冲向战斗。她毫不怕它的枪刺把她刺穿。当她额上一绺鬓发变得灰白时,她毫不在乎地把它搀混进其他的头发里。这样当人们来埋葬她时,一切都仍旧不会出什么岔子。只会看见几小根束起的缎带。不过不管怎样,门总算开了。来的是谁呀?她问着,一边站起身向他迎来,不慌不忙,仍像那初春的夜晚,当屋里可敬的公民们正规规矩矩上床睡觉时,那些伦敦高楼大厦下的一株树阴简直还遮不住她谈情说爱的艳事;电车刺耳的声音和她高兴的尖叫声搀合在一起,而当一切野性的快感都已得到满足,她平静下来颓然躺下时,树叶的摇曳起伏还将遮掩住她的疲乏,她那甜蜜的怠倦。的确,我们这些朋友是如此难得来往,很少了解;但尽管这样,当我遇见一个陌生人,而且就在这儿这张桌子旁想要暂时摆脱一下我所谓的'我的生活'时,它总显得不是我所频频回顾的那种生活;我不是一个人;我同时是好几个;我简直不知道我究竟是谁,——是珍妮,苏珊,奈维尔,罗达,还是路易,也不知道怎样把我的生活与他们的生活区别开来。

"那个初秋的夜晚,当我们再一次聚会起来,在汉普顿宫一起吃饭的时候,我心里就是在这样想着。一开始我们都感到相当不舒服,因为大家这时都已经对自己的情况做了一番交待,但另外每一个身上穿着这样或者那样的服装,手里拿着或者没有拿着手杖,先后顺着路走到聚会处来的人,仿佛都正好跟他的情况形成鲜明的对比。我看见珍妮瞧了瞧苏珊那俗气的手,跟着就把自己的手藏了起来;我呢,想到奈维尔那么干净整洁、一丝不苟,就深感自己被那种种辞藻玷污了的生活实在是一团糟。而他也竭力夸起口来,因为他为自己独自一人、独处一室以及他所取得的成就感到羞惭。路易和罗达,这两个合谋者和在饭桌上留心注意着一切的侦察者,却感到:'不管怎样,伯纳德总还能让侍者给我们端面包来,我们却不会打这种交道。'我们一时间仿佛看见了那个我们无法仿效、但同时却又无法忘掉的人整个儿赤裸裸地呈现在我们的面前。我们看见了我们原可以做到的一切;看见了我们已经错过的一切,因而一时间对别人应得的嫉妒起来,就仿佛当惟一的一块蛋糕切开以后,小孩子们总会眼看着自己的那一块似乎变小了似的。

"不过尽管如此,我们已经喝了些酒,而在它的魅力下,我们忘掉了敌意,也不再互相攀比。而且,饭吃到一半时,我们觉得那处在我们身外,跟我们格格不入的一片黑洞洞的东西,愈来愈变得浓重起来了。风声,车轮疾驶声,仿佛变成了时间的怒号,而我们正在急急地往前冲去……但冲向哪儿？我们到底是什么人呢？一时间我们仿佛熄灭了，像燃尽的纸灰中一点残余火星似的熄灭了，黑暗怒号起来。我们越过时间、越过历史渐渐远去。对我来说，这只持续了一秒钟。是我自己的爱吵吵嚷嚷把它打断的。我拿起一把勺子来敲着桌子。要是我能够用罗盘来测量事物的话，我很愿意那样做，但是既然我仅有的仪器是辞藻，我就发挥了一些辞藻，——但这一次到底讲了些什么，我已忘记了。我们变成了只是围坐在汉普顿宫一张餐桌边的六个人。我们站了起来，一起沿着林阴道走去。暮色显得渺茫不实，仿佛空谷传来的一阵阵笑声的回音。在这种情境下，我的欢悦心情又连同着我的肉体一起重新回来了。在园门前，在一棵雪松树前，我仿佛看见了一片耀眼的光芒——奈维尔，珍妮，罗达，路易，苏珊和我，我们的生活，我们自己。威廉王仍旧显得仿佛是个虚幻不实的统治者，他的王冠只不过是些炫目的金银片。而我们——在砖头前，在树枝前，我们这多少亿人中的六个，在无限的占往今来中的眼前这一刻里，正在这儿扬扬得意地焕然发光。眼前就是一切；只有眼前就足够了。然后，奈维尔，珍妮，苏珊和我，就像浪涛拍岸似的纷纷碎裂，让位于下一片叶子，让位于某一只鸟儿，让位于一个玩着铁环的孩子，一只跳跳蹦蹦的狗，经过炎热的一天后聚积在林子里的热气，像白丝带那样扭动在水面微波上的光线。我们分散了；我们隐没在树阴和黑影里，让罗达和路易继续站在墓穴旁边的高坡上。

"当我们从那一阵入水潜没——多么深,多么美!——之中重新回到水面上来,看到那两个密谋者仍旧站在那儿时,心里感到有点惭愧。我们失掉了他们还保持着的东西。我们打搅了他们。不过我们已经疲倦了,而且不管是好是坏,大功告成还是半途而废,暮色的纱幕总还是把我们的行为掩盖了起来;当我们在面河的高坡上稍稍停留一会儿时,光线越来越暗淡了。汽艇正在让它所载的游人登岸;传来远远的欢笑声,唱歌声,就像人们正在挥着他们的帽子参加最后的合唱。歌声从水面上传来,我心里仿佛又一下涌起了那一生都在支配着我的惯常的冲动,想听任别人齐声合唱着同一首歌的喧嚣声浪把我上下颠簸;让那几乎是无聊的欢乐、激动、得意和渴望的喧嚣声浪把我抛掷上去又掉落下来。不过这会儿不行。不!我还无法让自己平静下来;我还无法弄清楚我自己;我不得不让一分钟之前还曾使我变得急切、入迷、羡慕、警觉和对别的一切都抱着反感心情的东西重新落进水里。我还无法恢复过来,忘掉那种没完没了的浪费,游荡,不由自主地随波逐流,悄然无声地冲向远去,冲到桥洞底下,树丛或者小岛背后,海鸟栖息在木桩上的地方,冲到正在起伏不定的水面上,最后变成海上的浪花。……我还无法从那样的放荡中恢复过来。我们就这样地分手了。

"那么,这样跟苏珊、珍妮、奈维尔、罗达、路易斯混在一起,放浪形骸,是不是就是死亡?是一种分子的重新聚合?对未来的一点暗示?笔记已经潦草记好,书已经合上,因为我只是个断断续续上课的学生。我从不在规定的时间里做我的作业。稍后,在行人拥挤的时间里走在舰队街上时,我重新回想起了那个时刻;我又把它继续下去。'难道我一定要在桌毯上敲我的勺子么?'我问,'难道我不能也同样不加反对么?'公共汽车堵塞住了;一辆紧跟着一辆开来,然后卡的一声停了下来,像一串石块连成的链条上又加上了一节。行人来来往往。

"形形色色,手里提着皮包,敏捷非凡地互相闪避,进进出出,这些人就像一条涨水的河流那样走过街道。他们闹哄哄地来来去去,就像列车穿过地下铁道。抓住一个机会,我穿过马路去;钻进一条暗沉沉的横巷,走进一家店里去理发。我仰身靠在椅背上,身上罩上了一块布单子。面前是镜子,我在里面看得见自己那被裹住了的身子和过往的行人;他们停下来,照一照,又不感兴趣地继续往前走去。理发师开始来回移动着他的理发剪子。我感到自己在那冰凉的铁器的震颤下毫无抗拒的能力。那么,我心里说,我们就这样被捆住身子安顿在那儿让人剪去了毛发;我们就这样成排地躺在潮湿的青草、干枯的或者还是苍翠的枝叶上面。我们再也无须在风雪下暴露于光秃秃的树篱前了;再也无须在狂风怒号时挺身支着沉重的负担昂首而立;或者在沉闷的正午天,当鸟儿深隐在树枝中,湿气使叶子泛白的时候,毫无怨言地默默呆在那儿。我们已经被剪了毛,我们已经完蛋了。我们变成了那个漠然无动于衷的宇宙的一部分,它当我们正热火朝天时却在睡觉,而当我们入睡时却光焰炽烈起来。我们已抛开了我们的地位,现在静静地躺在这儿,毫无生气,而且很快就要被人遗忘了!正在这时,我瞧见理发师的眼角上现出了一种仿佛街上有什么事引起了他的兴趣的神气。

"是什么引起了理发师的兴趣?他究竟在街上看见了什么?这样一来,我又重新复苏了。(因为我并不是个神秘的怪物;老是有什么东西会引动我的心,——好奇,嫉妒,艳羡,对理发师发生了兴趣以及诸如此类的事,都会使我重又回到世事的表面上来。)当他正在刷掉我外衣上的头发碴时,我不惜用心思去捉摸清楚他这个人,然后,我挥动着手杖,走上了斯特兰德大街,同时为了跟自己相对比,我回忆起罗达的样子来,她老是那么偷偷摸摸,老是露出一副害怕的眼色,老在追寻某一根荒漠里的圆柱并且为了寻找它而消失不见了;她害死了她自己。'等一等。'我一边说,一边在想象中(我们总是这样跟自己的朋友们互相交往)挽住了她的手臂。'等这些公共汽车开过吧。别这么冒险地穿过去。这些人都是你的兄弟。'我在劝说她的同时,也是在劝说我自己的心灵。因为生命并不是单一的;我甚至并不总是知道自己究竟是男是女,是伯纳德,还是奈维尔,路易,苏珊,珍妮或者罗达,——我们全那么奇怪地彼此交融在一起。

"我挥动着手杖,刚刚理过发,颈子背后还有点麻酥酥的,一路经过那些就在圣保罗的近旁沿街叫卖从德国运来的便宜玩具的小贩们,——圣保罗,这个伸开两翅正在孵蛋的母鸡,上下班时间的公共汽车和川流不息的男男女女就在它的羽翼下往来经过。我想象着路易会怎样衣冠整洁,手持手杖,迈着他那生硬的、甚至有点昂首天外的步子跨上这些台阶。我想,正因为带着澳洲口音('我父亲在布里斯班银行界工作'),他准会比像我这样已经听了一千年这些老一套的催眠曲的人怀着更大的敬意上这儿来。我每次进来时,总会一下就注意到那些蹭得油光光的鼻子,擦得发亮的铜乐器;那种单调平板的嗡嗡哼唱,其中一个男孩的声音会呜咽萦绕在圆屋顶之下,仿佛一只失群乱飞的鸽子。我总会深有所感于那种死者的宁静和安息气氛——仿佛战士们正长眠在他们旧有的战旗之下。接着,我就会对这种仿佛一个坟墓似的老在盘旋不息的荒唐做作嗤之以鼻;嗤笑这种号角、凯歌、盾形纹章,以及怎样人吹大擂加以宣扬的关于复活、永生的信心。接着,我那游移不定的探究眼光,又会使我显得像个满心畏惧的孩子;像个蹒跚徘徊的退休老人;或者像那些虔诚顶礼的女店员们,她们那瘦弱可怜的胸膛里天知道正怀着一些什么样的隐忧,因而在上下班的拥挤时刻跑来寻求安慰。我迷茫、张望,满心惊奇,有时甚至想偷偷地依附在别人的祷辞的飞箭上,冲上屋顶,冲破它,凌霄飞去,不管飞向何方。可是接着就发现自己像一只失群哀鸣的鸽子似的掉了下来,扑着翅膀向下坠落,满怀着有趣、惊奇的心情落在某个奇形怪状的屋檐承溜上,某个蹭得油光光的鼻子或者荒唐的墓石上,又继续瞧起那些带着导游手册在旁边徘徊走过的游客来,同时那男孩子的声音还在屋顶下回荡,风琴不时短暂地醉心于奏出一些笨拙的欢乐音调来。我心里自问,像这样,路易又怎能把我们所有的人都包容起来?怎能用他的红墨水,用他那极细的笔尖,把我们统统圈住,合而为一呢?乐声在圆屋顶下如怨如诉,逐渐地平息了下来。

"这样,我就挥动着手杖又走到了街上,瞧着文具店橱窗的铁丝公文夹,望着一筐筐从海外殖民地运来的水果,喃喃地哼着'皮里柯克正坐在皮里柯克的小山上',或者'听,听,狗吠',或者'世界的伟大时代又开始了',或者'滚,滚,死亡'……把随波飘荡的诗和胡诌搅和在一起。下一步总有什么事情等着去做。过了星期一是星期二;星期三,星期四。每一天都激起同样的小小波澜。人也像树一样有年轻。也像树那样,叶子会凋零。

"因为有一天,正当我俯身凭靠在通向田野的门上时,韵律忽然中断了:韵律和吟哦,诗歌和胡诌。我脑中出现了一片清明。我透过浓密的树叶望见了习俗。倚在大门上,我心中惋惜着那么多乱七八糟的事,那么多不如意和彼此分离,因为一个人甚至都无法穿过伦敦城去看望一位朋友,生活中是那么充满着种种约束;你也无法坐轮船上印度去,看看一个赤身裸体的人在蓝澄澄的水里用鱼镖扎鱼。我曾说过生活从来是不完满的,就像一句未说完的话。尽管我能从火车上遇见的任何一个行商手里接受鼻烟来吸,但却仍然无法保持那种连续感——保持世世代代的人们,带着红色水罐上尼罗河边去的妇女,啼鸣在征服者和移民们中间的夜莺所有的那种感觉。我曾说过,这种意图是太雄心勃勃了,我怎能连续不停地举步攀登这个阶梯呢?我自己对自己这样说着,就像在对一个结伴远航去北极的人说话似的。

"我曾向那个在多次非凡的历险中都跟我厮守在一起的自我说话;这个忠实的人当人人都已上床睡觉的时候仍旧坐在炉火前,用火棍捅着炉灰;这个人曾经那么神秘而且被突然公认为已经功成名就地坐在一座山毛榉树林中,河边的一棵柳树旁,曾经俯身凭靠在汉普顿宫的胸墙上;这个人曾经在紧要关头保持了镇定,用勺子敲着桌面说:'我不同意。'

"但就是这个自我,当这会儿我正俯身凭靠在门上,面对着脚下五色缤纷波涛起伏的田野时,却默然不答。他既不反驳,也不想开口说话。他还没有捏紧拳头。我

289

等待着。我倾听着。什么也不曾来临,什么也没有。这时我哭了起来,突然深信自己已经完全被遗弃,现在是什么也没有了。没有一片鱼鳍来搅破眼前这片汪洋大海。生活已经把我毁了。当我说话时既没有应和也没有反驳。这是真正的死亡,比朋友的死亡、青春的死亡更为货真价实。我是理发店里一个被紧紧包裹起来只占这么一小点地方的躯体。

"我脚下的景色凋零了。就仿佛日蚀时那样,日光隐没了,使原来一片郁郁葱葱布满了盛夏浓绿的大地显得满目凋零,脆弱而虚幻。我也仿佛在一条尘土飞扬的曲折小道上看见了我们聚在一起,结伴走来,一起吃饭,在这一间或者那一间屋子里会面的情景。我看见了我自己忙忙碌碌不知疲倦的样子,从这个人身边匆匆跑到那个人身边,被拉走,被驾车带走,出门旅行,又回到家里,一会儿加入这一伙,一会儿又加入那一伙,在这儿吻一吻别人,在那儿又抽身躲开;老是抱着某种特殊的意图紧盯这些事不放,鼻子嗅着地面就像猎狗在追踪似的;只偶尔抬起头来,偶尔发出一声惊诧、绝望的叫喊,然后就又照旧用鼻子嗅着追踪起来。多么乱七八糟的一大堆杂事呀:这儿生了孩子,那儿死了人;有甜蜜有趣的事,也有费力烦心的事;而我自己老是在其间忙忙碌碌,东奔西走。现在这一切全了结了。我再也没有胃口去狼吞虎咽;再也没有毒刺可以去扎人;既没有尖利的牙齿和强健的手,也没有那样的愿望,想再爬上果园的墙头去摸那些梨子和葡萄,受那灼人的日晒了。

"树林消失了;大地沉入一片阴影。没有一点声音打破这寒冬似的景色。没有鸡啼;没有炊烟;也没有火车开过。我心里说,真是个没有自我的人。只是个凭倚在门上的沉重的躯体。一个死人。怀着冷漠的绝望和幻想全都破灭的心情,我回顾着那一团飞扬乱舞的尘土;我的一生,我朋友们的一生,还有那些神话中的精灵,拿着扫帚的男人呀,正在写字的女人呀,河边的柳树呀,——这些也全都是尘土凝成的云雾和幻影,尘土变幻无常,正像云雾消长不定,一会儿金黄,一会儿鲜红,失掉高耸的巅峰,飘到这儿,飘到那儿,朝三暮四,轻浮无定。而我,带着笔记本,编着辞藻,只不过是记下了一些变幻,一些阴影。我一直是在孜孜不倦地记录着阴影。我心里说,现在没有了自我,既无分量,又无形象,叫我怎么去继续在一个既无分量、也无幻想的世界中混下去呢?

"我这种沮丧心情的沉重分量,压得我正凭靠着的门霍然打开了,把我这个上了年纪、身体笨重、头发灰白的人推了出去,推向色彩暗淡的空荡荡的田野。再也听不见任何应和的回声,再也看不到什么幻影,也召不来任何反驳,只能老是毫无遮蔽地一直向前走去,在死寂的大地上毫不留下什么印迹。即使有一只羊在大声咀嚼,一步步向前走动,或者有只鸟儿,或者有个人在用一把铲子铲土也好,即使有一丛荆棘把我钩住,或者有条里面满是湿漉漉浸饱了水的树叶的土沟害得我失足掉下去也好,——可是都没有,只有一条沉闷的小路在平地上一直向前伸展,伸向眼前这片老是不变的天地的阴冷、苍白和单调、乏味的景色。

"那么在日蚀之后,光明又是怎样重新回到大地上来的呢?是奇迹般怯生生地回来的。只是一条条朦胧的光影。它像个玻璃罩似的悬在那里。它像是个有一条细裂缝的环子。里面闪出一星微光。下一瞬间又现出一片暗褐色。接着冒出一团水汽,仿佛大地正初次在开始呼吸,一下,两下。然后在一片昏暗中,有个人身上发出绿光在那儿走来。随后是一片白色的雾霭逐渐盘旋着散去。树林的脉搏跳动起来,现出澄蓝和碧绿,同时田野逐渐地饱饮进鲜红、金黄和棕褐的颜色。突然,一道河水捕捉到了一线蓝光。大地吸收着色彩,就像海绵慢慢地吸进水分似的。它变得沉重、变得丰满起来;显得悬而未决;正在我们的脚下摇摆着,把自己安顿下来。

"就这样,大地景色又回到了我的眼前;我看到田野五色缤纷波浪起伏,不过现在有一点不同;我看到,但却没被瞧见。我毫无遮蔽地向前走去;没有欢呼声来迎接我。我已经失去了那件旧斗篷,那种旧的反应;那只能反射声音的凹拢的手心。像鬼影那么朦胧,走到哪儿都毫无足印而只是能观察四周,我独自漫游在一个从未涉足过的新世界里;我擦过新的花朵,除了发一些婴儿般单音节的字音外说不出话来;我,这个曾说出过那么多漂亮辞藻的人,如今却完全失掉了辞藻的庇荫;我,这个总是跟自己声气相投的人结伴交游的人,如今却无人作伴;我,这个总是有人在一起共享那掏清了炉灰的炉箅,或者那有金色光环围绕的食柜的人,如今却变得孤孤单单。

"可是叫人如何去描绘那失去了自我后所见的世界呢? 找不到字眼。蓝色,红色,——就连这些也使人感到困惑,就连这些也深藏在迷雾中,而不是透亮清澈。怎么再去用清清楚楚的字眼描绘或者述说任何事物呢?——除了说它正在枯萎凋零,说它正在经历一次逐渐的变化,就连在一次短短的漫步中,它也会变得平平常常,总是那副景象。当你向前走着,每张树叶都彼此相似时,茫然的感觉就会重新出现。当你带着一连串虚幻的辞藻去看它们时,美的感觉就会重新出现。你呼吸着实有其物的气息:在下面的山谷中,火车正穿过田野,披着像垂下的耳朵似的煤烟。

"但是我在草地上坐了一会儿,高踞在海浪和树林的呼啸声之上,我望见了那所屋子,那个花园,还有那拍岸的波涛。正在一页页翻着画册的老保姆停了下来,说:'瞧,这是真实的东西。'

"这就是我今晚沿着舍茨伯里林阴道走着时心里想到的念头。我正在想着画册中的那一页图画。而正当我在挂大衣的地方碰见你的时候,我自己对自己说:'不管我碰见的是谁都一样。整个"生活"这件小事已经完结了。我不知道那是谁,也不想知道;反正我们就在一块儿吃饭吧。'因此我挂好了大衣,轻轻拍了拍你的肩膀说:'咱们坐在一块儿吧。'

"现在饭已吃完了;我们四周全是些果皮和面包屑。我想要掰下这一块来递给你;不过到底这里面有没有什么实实在在的、真实的东西,我也不知道。我甚至也不知道我们究竟是在什么地方。在这一小片天空笼罩下的到底是哪一个城市?我们正坐在这儿的地方是巴黎呢,还是伦敦,或者是某一个兀鹰翱翔的高山下一座座粉红色房子散布在柏树荫下的南方城市?这会儿我一点也拿不准。

"现在我开始记不清事情了;我开始疑惑这些桌子是否稳定,疑惑此时此地是否真实无虚,并且用我的指关节使劲地敲着那些看起来确是坚实可靠的东西的边边角角,口里说着:'你真是坚硬的么?'我曾看到过那么多各种各样的事物,说过那么多各种各样的话。我已茫然自失在吃吃喝喝的过程中,迷失在用自己的双目去浮面地探索那层包裹着灵魂的薄而坚硬的外壳,当一个人年轻时,这层外壳总是把你严严地包了起来,——青年人的残酷,他那无情的利喙老是不断地啄、啄、啄,其原因就在这里。如今我自问:'我到底是什么人?'我一直在谈到伯纳德、奈维尔、珍妮、苏珊、罗达和路易。我等于是他们全体合而为一么？我只是其中的一个而且是突出的么？我不知道。我们一起坐在这儿。不过如今波西弗早已死了,罗达也已死了;我们被彼此分开;我们并不聚集在这儿。可是我并没找到任何能把我们分开的障碍。我和他们是分不开的。当我这会儿在说这些话时,我就觉得'我就是你'。我们看得那么重的所谓彼此的区别,我们那么热心维护的所谓个人人格,如今都抛开了。是的,自从老康斯泰伯太太举起她那块海绵,把热水浇在我身上使我浑身充满了情欲的那个时候起,我就一直是多情善感的。我额头上感受到波西弗坠马时受到的打击。我颈子背后感受到珍妮对路易的一吻。我眼睛里满含着苏珊的泪水。我远远望见罗达所见到过的那根像一条金线般闪闪发光的圆柱,而且还感觉到她一跃逝去时所带起的那一阵风。

"因此,当我在这儿这张桌子上,用自己的双手来塑造我一生的故事,把它作为一个整体摆在你的面前时,我不得不去回想已经远远消逝、深深隐没,渗透在这一个或者那一个人的一生中,已成为它们的一部分的那种种事物;还有那种种梦幻,种种围绕在我们四周的事物,以及我们的那些形影不离的伙伴们——那些若明若暗的魔怪,它们日夜不断地经常出没,它们在入睡时变得颠颠倒倒,它们时常发出慌乱的急叫,当我想要逃开时它们伸出自己那幻影般的手指把我紧紧抓住,——它们都是你可能成为的那些人的影子;是没有出世的自我。同时还有那个老畜生,禽兽,那个浑身长毛的野人,他用他的手指去抓食成串的肚肠;它狼吞虎咽,直打饱嗝;他说起话来瓮声瓮气,发出喉音,——嗯,他也在这儿。他牢牢踞在我身上。今晚他一直在大吃鹌鹑、生菜和杂碎。他现在爪子里正捧着一杯上等的陈白兰地。他浑身斑驳,呜呜直哼,当我喝下一口酒时,他使我脊梁骨上感到一阵酥麻。的确,吃饭之前他洗过手,但它们仍旧是毛茸茸的。他把裤子和背心都扣严实了,但它们所裹着的那些器官总还是一样。要是我让他吃饭时等得久了,他就要发起倔来。他不断挤眉弄眼,带着那种近乎白痴般的贪馋神气指着他想吃的东西。老实跟你说,我有时候真有点管不住他。这个人,这个浑身多毛、长得活像人猿似的人,在我一生中起了他的一份作用。他使得绿的东西显得更加碧绿,他在每一片树叶后面举起冒着鲜红火焰和刺鼻浓烟的火炬。他甚至使冷冷清清的花园也变得光彩焕发。他曾在昏暗的小巷里挥动他的火炬,使那儿的姑娘们突然显得红艳照人,令人心醉。唉,他曾那么高高地举起他的火炬!他曾弄得我迫不及待,心痒难熬!

"但这都已成为过去。这会儿,在今晚,我的躯体就像一座肃穆的神殿似的高高耸立,其中的地板上铺着地毯,人声营营,祭坛上烟雾缭绕;不过在最上面,在我这个平静的头脑中,只涌现出悦人的阵阵乐声和阵阵馨香,同时那只失群的鸽子在不住哀鸣,旗帜在坟墓上簌簌飘动,午夜看不见的微风摇曳着敞开的窗外的树枝。当我带着这种超脱的心境俯视四周时,就连那些散碎的面包残屑也显得有多么地美!梨子的皮盘成多么匀称的螺旋形,又薄又色彩斑驳,就像某种海鸟的蛋壳,就连笔直地并排摆着的刀叉也显得干净利索、整齐合理;连我们剩在那儿的面包角看来也坚坚实实,像涂着一层黄澄澄的釉彩。我甚至还有点赞赏自己的手,那上面的根根指骨呈扇形散开,周围绕着神秘的青筋,显出灵活自如,能柔软地屈伸,也能突然地把东西捏碎,——我赞赏它那无限的敏感。

"能无限地感受一切,包容一切,为自己的充实而高兴得发抖,但又清醒而善于自制,——看起来我这一生就是这样,因为欲望已不再强烈地迫使它;好奇心已不再使得它染上各种千变万化的色彩。它已变得深沉而平静无波,因为他已经死去,——这个我称之为'伯纳德'的人,他曾老带着笔记本作着笔记,记下吟风弄月的辞藻,各种人的特色;人们如何掉头四顾,把烟头扔在地下;在'B'栏里记下蝴蝶翅膀上的粉,在'D'栏下记下对死亡的各种叫法。不过现在让门打开吧,那扇老支在它的铰链上不停开合的玻璃门。让一位妇女走进门来,让一个蓄着胡须、穿着晚礼服的年轻人在椅上坐下来吧;他们能告诉我一些什么吗？不！那些事我都已知道。要是她突然站起身来走了，我会说：'亲爱的，你已经不能让我目送着你的背影了。'那崩落的海浪引起的震动声曾回荡在我的一生，它使我惊醒过来，看见环绕在食柜上的金色光晕，如今再也不会使我手里拿着的东西索索抖动了。

"因此现在，自命把握了事物的奥秘之后，我能够不用离开原地，离开我所坐的椅子，就像个侦察者那么四处窥探。我能够神游那有土人坐在一堆篝火旁的辽远的荒漠边际。白昼来临，一位女郎把一些中心火红的晶亮宝石挂到额上；太阳把它的光芒直射到一幢人们还在沉睡的屋子上；海浪的条条波纹颜色变深，它猛烈地拍打着海岸；浪花飞溅；海水四溢，漫过小船和海冬青。鸟儿齐声啁啾；花茎之间伸展着深暗的通道；屋子照亮发白了，睡着的人伸着懒腰；一切都渐渐地骚动起来。光线涌进房里，不断把黑影驱向一角，使它们神秘莫测地悬在那儿。中间那个黑影里面有什么东西？到底是有是无？我也不知道。

"哦，那是你的脸。我碰到了你的目光。我曾认为自己那么广博，像一座神庙，一座教堂，整个宇宙，毫无羁绊，可以无所不在地深入各种事物的任何边际，也包括这儿在内，可现在已什么也不是，只不过是你所看到的这样——一个上了年纪的人，身子相当笨重，两鬓苍苍，他（我在镜里望见了自己）正把一只胳膊支在桌子上，左手擎着一杯陈年白兰地。这是你给我的沉重一击。我曾走着路撞在一个邮筒上。我身子摇摇晃晃。我举手捂住脑袋。我的帽子丢掉了,我失落了我的手杖。我弄得自己一副蠢相,理所当然地遭到了行人的嘲笑。

"天啊,生活是多么说不出的叫人厌恶!它对我们开了些多么卑鄙的玩笑,这一会儿自由自在,下一分钟又是这样的事。在这儿我们置身于面包屑和弄脏了的餐巾中间。那把餐刀已经粘满了油腻。杂乱、肮脏和腐败包围了我们。我们一再在把一些死鸡死鸭的尸体塞进嘴里去。我们必须用这些油腻腻的面包屑,沾满口水的餐巾,以及小小的尸体来维持我们的身体。老是周而复始地重复这一套;老是碰到对头;目光盯着我们的目光;手指紧扭着我们的手指;时时地耐心等待。召唤侍者。付清账单。我们必须硬撑着站起身来离开椅子。我们必须去找到自己的大衣。我们必须走出门口。必须,必须,必须,——这讨厌的字眼。再一次,我这个曾以为自己可以置身事外,曾说过'现在我已撇开了这一切'的人,发现海浪已把我冲倒,头上脚下,把我所有的那些东西冲得七零八落,让我去捡,去收拾,去把它们集在一起,竭力鼓起劲儿,站起身来去对付敌人。

"说来奇怪,能忍受那么多痛苦的我们,却也会给别人造成那么多痛苦。奇怪的是,一个我全不熟悉,只记得在一艘开往非洲去的轮船跳板上曾见过一次的人的脸——只不过记得眼睛、两颊、鼻孔的一个模糊轮廓,——竟能给我带来这样的侮辱。你瞧着,吃着,微笑着,感到厌烦,高兴,恼怒,——我所知道的不过如此而已。可是这个坐在我身边一两个小时的阴影,这张有两只眼睛向外窥视着的假面具似的脸,却能够逼得我退缩,把我牢牢困死在所有这些不相干的人脸中间,把我紧闭在这间闷热的房间里;驱使我像一只飞蛾般在一枝枝蜡烛当中乱飞乱扑。

"不过等一等。当他们正在窗洞后面结算着账单时,先等一会儿。既然我曾责骂过你给了我沉重的一击,使得我在果皮、面包屑和陈年的碎肉渣中间跟跄欲倒,那么我也想用片言只语记述一下:同样也是由于你的目光的注视对我所产生的压力,我是如何开始看到了这个,看到了那个。钟在嘀嗒嘀嗒地走着;那个女人打了个喷嚏;侍者走了过来,——发生了一种事物逐渐聚合拢来,汇成一片的现象,加速和统一的现象。听:哨子响了一声,车轮飞快驶过,门在它的铰链上轧轧作响地转动。我重新又恢复了复杂感、现实感和斗争感,为此我要感谢你。同时怀着一点惋惜、一点羡慕的心情和极大的好意,我要握住你的手,祝你晚安。

"谢天谢地能让我孤身独处!现在我又独自一人了。那个几乎完全陌生的人已经走了,大概是去赶一班火车,去雇一辆汽车,去某个地方找一个我不认识的人。

那张老盯着我瞧的脸不在了。压力解除了。这儿是些喝完了的咖啡杯。这儿是一张张推开了的椅子,但是没有人来坐它们。这儿是许多空桌子,但今晚再也不会有人来吃饭了。

"现在让我高声唱起我的颂歌来吧。谢天谢地能让我孤身独处。让我独自一人呆着吧。让我扯下、扔开这块生活的纱幕和迷雾吧,它只要被一点点微风一吹就会发生变幻,日日夜夜、整天整宿都在不断变幻。就在我坐在这里的这一会儿,我就一直在变。我也看到天空在变。我望见阴云遮住了星星,然后放开这些星星,接着又再次遮住了星星。现在我已不再去看它们的变化了。现在没有人看见我,而我也不再变化了。谢天谢地能够孤身独处,它解除了目光给人的压力,肉体给人的诱惑,以及一切说谎和卖弄辞藻的必要。

"我那本塞满了辞藻的书掉到了地板上。它落在桌子底下,静等着打杂女工来扫走,她每天清早都没精打采地走来搜寻碎纸屑、废电车票,以及这儿那儿揉成一团扔在等待扫走的杂物堆上的一两张便条。吟风弄月的辞藻究竟都是些什么?谈情说爱的辞藻又是些什么?我们究竟该给死亡起个什么样的名字?我都不知道。我只需要一种简单的语言,像恋人之间所用的那样,需要那种单音节的字眼,像小孩子走进屋里看见母亲正在缝纫时,他就一边捡起一小块鲜艳的呢绒、一片羽毛或者一小条印花布,一边嘴里喃喃地说着的那一种。我需要一种嚎叫,一种呐喊。当暴风雨掠过沼地。在无人过问、独自躺在一条土沟里的我身上扫过时,我不需要任何字眼。任何干净利落的东西。任何足跟牢牢站稳在地板上的东西。不要那种共鸣和悦耳的回声,它们突然从我们的胸膛里涌出来回荡在一根根神经之间,形成狂热的音乐和虚假的辞藻。我已经讨厌透了那些漂亮的辞藻。

"宁静、咖啡杯和桌子要比这些好得多。独自坐在那儿,像一只孤独的海鸟伸开双翅停在一根木桩上似的,要比这些好得多。就让我永远坐在这儿,伴着这些光秃秃的东西,这只咖啡杯,这柄餐刀,这把叉子,这些东西本身,我自己也只是我自己。别走过来打搅我,提醒我现在已到了关门的时候,应该走了。我情愿把我身上所有的钱统统都给你,只求你别来打搅我,让我静静地独自永远坐下去,坐下去。

"可是现在那侍者头儿自己也已经吃完了饭,他走了出来,皱着眉头;他从衣袋里掏出他的围巾来,作势示意准备要离开了。他们必须离开;必须安上窗板,必须折起桌布,用一个湿拖把把桌子底下擦一擦干净。

"那么真该死,不管我多么疲乏和厌倦这一切,仍旧必须硬撑着站了起来,找到我的那件大衣;必须把我的两臂伸进衣袖;必须用围巾把自己裹起来以便抵御夜晚的寒风,走了出去。我,我,我,不管我多么疲倦,多么精疲力竭,而且几乎已经被用鼻子去嗅种种事物弄得厌倦透顶,不管我这个上了年纪的人已经变得身子笨重,害怕劳累,也仍旧必须挣扎着走出门去,去赶一次末班车。

"我又看到面前那熟悉的街道。那笼罩在文明之上的穹苍已经黯然无光。天空黑得像涂了漆的鲸鱼骨。不过天边有一点亮光,不知是灯火,还是黎明的曙光。感得到有某种骚动——不知哪儿的梧桐树上有麻雀在啾鸣。有一种天将破晓的感觉。我不想把它叫做黎明。对一个站在街道上、几乎有点头昏眼花地仰望着天空的上了年纪的人来说,城市的黎明又到底意味着什么呢?黎明就是天空发白;是又一次新的开端。是又一个白昼;又一个星期五;又一个一月或者九月的二十号。又一次人们纷纷睡醒。星星逐渐隐退、熄灭了。波浪之间的一条条光带变深了。田野上的薄雾变得浓密了。一抹红晕凝聚在玫瑰花上,甚至也凝聚在卧室窗下的那朵白玫瑰上。一只鸟儿在啁啾。农舍里的人点亮了他们清早的蜡烛。是的,这是永恒的重新开端,不断的潮落和潮涨,潮涨和潮落。

"在我的身上也涌起了浪潮。它在逐渐扩大,高高耸起。我又一次觉察到了一种新的欲望,有什么东西从我心底里涌起,就像一匹骄傲的骏马,它背上的骑手先用马刺踢着它,然后又把它向后勒住。现在,正当我骑在你背上伫立着,在最后一段跑道上跃跃欲试时,我们究竟望见了什么样的敌人正在向我们迎面扑来呢?这就是死亡。这敌人就是死亡。我正在向着死亡冲去,平端着我的长矛,头发迎着风向后飘拂,就像一个年轻人,就像当年驰骋在印度的波西弗那样。我用马刺踢着马。哦,死亡啊,我要一直向你猛扑过去,永不服输,永不投降!"

海浪拍岸,纷纷碎裂。